슬기로운
감옥생활2

KB071920

슬기로운 감옥생활2 ④

초판 인쇄 2023년 9월 11일
초판 발행 2023년 9월 15일

지은이 JS
펴낸이 김태헌
펴낸곳 문학홀릭

주소 경기도 고양시 일산서구 대산로 53
출판등록 2021년 3월 11일 제2021-000062호
전화 031-911-3416
팩스 031-911-3417

슬기로운 감옥생활2

JS 장편 소설

슬기로운
감옥생활

C o n t e n t s

차례

슬기로운
감옥생활

15

아, 서울!

"나, 서울 좀 갔다 와야겠어."

종태는 아침밥을 먹으면서 불쑥 그 말을 던졌다.

"왜요?"

지예는 입을 우물거리다 말고 눈을 동그랗게 떠 보였다. 수저질을 하다 말고 우뚝 멈춘 그녀였다.

"그냥. 볼일도 있고 해서…… 만나볼 사람이 있어서 그래."

"……?"

지예는 말이 없이 그를 쳐다보기만 하고 있었다. 지예는 다소 불안한 표정이었다. 어젯밤에도 집으로 안 들어오고 차에서 잠을 잤다는 것이 못내 서운했던 그녀였다. 그런데 오늘 아침 갑자기 서울로 가봐야 될 것 같다는 말에 가슴이 뜨끔해졌다.

"걱정마. 내가 할 일이 있으니까 가는 거지. 잠깐 다녀올 생각이야."

종태는 다시 밥을 씹으면서 말했다.

"그럼 난 어떡해? 혼자 여기 있으란 말야? 무서워."

그녀는 정말 무서운 듯이 얼굴을 잔뜩 찡그려 보였다.

"무섭긴…… 바로 옆이 동넨데 뭘 그래? 그리고 옆에 군인들 초소도 있는데……."

"나도 같이 가면 안 돼? 서울 집에도 잠깐 들르고. 모처럼만에 서울 좀 가봤으면 좋겠다!"

지예는 그 말을 하면서 얼굴이 활짝 펴지는 듯했다.

"집에?"

"응, 너무 안 가봤어. 연락도 못했는걸."

"……."

종태는 잠시 생각에 잠겼다. 지예를 데리고 가야 할지, 말아야 할지 몰랐다. 그녀를 데리고 간다는 것은 좀 그랬다. 그러나 지예의 얼굴을 쳐다보자, 그는 곧 마음이 누그러지고 마는 것이었다.

"흐응, 나도 같이 가. 서울 가서 난 집에 들르고, 종태씨는 볼일 보고 나서 같이 만나면 되잖아? 나, 데리고 가기 싫은 건 아니지?"

만일 종태가 안 데리고 간다면 그녀는 마치 떼를 쓸 것처럼 나왔다.

"그래. 그러자, 그럼. 난 중요한 볼일이 있어서 그래. 그럼 넌 집에나 갔다 와라. 집엔 왜 연락을 안 했냐?"

종태는 그녀가 그동안 속초에 있으면서 집에 연락을 하지 않은 사실을 처음 알았다. 그래서 물어본 말이었다.

"그야…… 내가 이런 데 있으면서 어떻게 전활 해? 미안해서 그러지…… 괜히 전화했다가 걱정만 더 하게?"

"……."

종태는 입을 다물어버렸다. 지예는 자신이 속초의 커피숍에 있었다는 것이 마치 팔려온 접대부인 것처럼 수치스럽게 여기고 있는 듯했다. 적어도 종태 앞에서는 그랬다. 그래서 종태는 더 이상 그 문제에 대해선 말하고 싶지 않았다.

"나도 가. 응? 가도 되지? 여기 혼자 있으면 무서워서 그래."

지예는 마치 떼를 쓰듯 종태에게 매달렸다. 비록 손이나 팔을 붙잡진 않았지만 마치 어린애처럼 칭얼거렸다.

"그래. 가. 같이. 근데 서울 가서는 따로 헤어졌다가 다시 만나서 내려오자. 알았지?"

"응, 그렇게 해. 아이, 좋아라. 근데 지금 갈 거야?"

지예는 종태의 목을 껴안고서 좋아라 했다. 그러는 그녀는 마치 어린애 같았다. 종태의 얼굴을 빤히 들여다보면서 얼굴에 입술을 갖다 댔다. 그녀의 키스를 받은 종태의 얼굴엔 붉은 반점이 생겨났다. 지예는 얼른 손바닥으로 종태의 얼굴에 묻은 루즈 자국을 닦아냈다.

"그러지 뭐. 준비해. 곧 출발하지 뭐."

종태의 말은 믿음직스러웠다. 지예는 얼른 일어나 식탁 위를 치우고는 설거지를 하기 시작했다. 그리고는 안방으로 들어가 얼굴 화장을 고치는 것이었다. 그녀는 조금 신이 난 듯했다. 얼굴을 토닥토닥 두드리는 손놀림이 그랬다. 마치 경쾌한 박자라도 맞추는 것처럼 기분 좋게 움직였다. 지예는 그랬다. 항상 기분이 좋을 때마다 어깨를 흔들거나, 입 속으로 무언가를 웅얼거리며 노래를 부르곤 했다.

기쁨의 노래였다. 그녀는 기분 좋게 화장을 했다. 그리고서 옷장에서 간단한 옷을 꺼내 입었다. 옷이래 봐야 갖고 온 몇 벌밖엔 없었다. 그 중에서 옷을 고르다가 마음에 드는 옷이 없어서 지예는 희자의 옷을 꺼내 입었다. 밝고 화사한 흰색 바탕의 꽃무늬가 시원스럽게 그려진 원피스였다. 지예는 키가 커서인지 끝단이 허벅지 위에까지 올라갔다.

'아, 맞네'

그녀는 시원스럽게 드러난 허벅지를 내려다보며 속으로 쾌재를 불렀다. 그리곤 곧장 거실로 나와 종태의 앞에서 빙그르르 돌았다. 원피스 자락이 동그랗게 원을 그렸다.

"어때요? 좋죠?"

"······?"

종태는 낯익은 원피스에 눈을 휘둥그레 떴다.

"이거, 언니 꺼예요. 잘 맞는 거 같아서 입어봤어요. 어때요? 어울리죠?"

그러면서 지예는 종태의 앞에서 다시 한 번 빙그르르 원을 그렸다.

"잘 어울리는데…… 근데 그걸 입고 가려고?"

"네, 어때요? 새로 살 것 없이 이게 딱 맞는 거 같은데요. 뭘."

지예는 치맛자락을 들어 끝단을 살폈다. 끝부분에 달린 레이스가 곱다고 생각된 모양이었다. 그 바람에 그녀의 가는 허벅지가 훤히 드러났다. 그리고 그녀의 하얀 팬티가 조금 엿보였다.

"······."

종태는 희자의 원피스를 입고 있는 지예의 모습이 그리 싫지 않았다. 처음엔 지예가 희자의 옷을 몰래 훔쳐 입은 것만 같아 조금 언짢았던 게 사실이었다. 그러나 그 옷을 입고서 환하게 웃고 서 있는 지예를 바라보면서 점점 마음이 밝아지고 있었다.

이미 죽은 사람의 옷인데…… 그는 그렇게 생각하고 말았다. 전엔 그래도 희자의 어떤 것이라도 영원히 간직하고 있으리라,

13

하고 마음먹었지만 막상 지예가 입고서 잘 어울린다고 하니까 한결 마음이 누그러지는 것이었다.

어쩌면 지예가 죽은 희자의 원피스를 입어보고선 내심 거리낌이 있었다면 아마도 종태는 섭섭했을지도 모르는 일이었다. 그러나 지예는 그렇지 않았다. 종태가 기분나쁘지 않는 한도에서 그녀는 희자의 모든 것을 갖고 싶어하는 눈치였다. 희자에게 사준 귀걸이와 목걸이, 그리고 반지까지도 갖고 싶어하는 눈치였다.

"지금 갈 거야?"

"응. 좀 있다 가지."

종태는 막상 망설였다. 그래서 담배를 꺼내 피우고 있었다. 그러면서 그는 잠시 생각에 골몰해지는 것이었다. 일단 마음을 먹은 일에 대해선 해치우고야 마는 그였지만 실행에 옮기기 전까지는 항상 그랬다. 그는 담배를 피우면서 서울에 가서 해야 할 일들을 차근차근히 생각해두고 있었다.

"아이, 좋아라. 여기서 네 시간이면 충분히 가겠지?"

그의 목소리는 약간 들떠 있었다. 그러면서 지예는 종태의 옆으로 와서 앉았다. 종태의 가슴 속으로 손을 집어넣고선 어루만졌다. 단단한 살집이 만져졌다. 지예는 마치 애무라도 하듯이 천천히 쓰다듬었다.

"……."

종태는 생각에 골몰해 있다가 지예가 그러는 바람에 잠시 생각이 끊어졌다. 그녀의 도톰한 앞가슴이 어깨에 닿자, 알 수 없는 흥분기가 올라오는 듯했다. 그는 지예의 까만 눈빛을 쳐다보면서 꽤나 신경을 써서 화장을 한 얼굴을 들여다보고 있었다.

"왜?"

그녀는 종태가 너무 빤히 들여다보는 것이 쑥스러웠던지 그렇게 되물어왔다. 그러는 그녀의 모습이 더욱 천진난만해 보였다.

"으응, 너무 예뻐서. 하하."

그러면서 종태는 지예를 끌어당겨 품에 안았다.

"정말 이뻐?"

그녀는 마치 작은 새처럼 얼굴만 쏘옥 내밀면서 물었다.

"그럼! 예쁘지!"

"그런 말 좋아. 기분 좋은데?"

그녀는 종태의 목을 껴안으면서 입술을 가져왔다. 종태는 그녀의 입술에 입술을 갖다 대면서 혀를 내밀었다. 그들의 혀는 금세 친해진 것 마냥 친숙하게 끌어당기고 있었다. 혀와 혀끼리 서로 엉겨 붙으면서 이리저리 옮겨 다녔다. 그녀의 목 안에서 흘러나온 타액이 달콤했다. 그건 그녀 역시 그랬다. 종태의 입안에 고인 침을 받아서 핥으면서 자꾸만 깊은 갈증이 솟는 듯했다.

"……."

종태는 말없이 손을 밑으로 내렸다. 그녀의 원피스 자락을 허벅지 위에까지 걷어 올리고는 팬티 위를 쓰다듬었다. 몇 번 문질렀을까. 그곳은 어느새 촉촉하게 젖어 있었다.

"젖었군……."

그는 그 말을 중얼거리고는 손가락을 세워 홈이 파진 곳을 더듬기 시작했다. 특히 그곳은 샘처럼 맑은 물이 흘러나와 있는 듯했다. 손가락이 패어진 홈을 따라 위아래를 움직일 때마다 지예는 낮은 신음소리를 내며 몸을 비틀었다.

"여기가…… 홈이 파여서…… 만지니까 좋은 거 같지?"

그의 손가락은 홈을 따라 오르내렸다. 지예는 점점 등을 활처럼 휘면서 그의 목 어깨를 끌어당겼다.

"그래요…… 못 참겠어."

지예의 두 다리는 점점 더 벌어졌다. 그러면서 자꾸만 엉덩이를 위로 치켜들었다. 그녀의 하얀 팬티가 유난히도 더 희게 보여졌다. 두툼한 둔덕이 있는 부분이 거무스름하게 내비치고 있는 게 보였다. 얇은 팬티 위지만 그 안의 거웃이 까슬거리며 만져졌다.

"……."

종태는 그녀를 내려다보았다. 잔뜩 얼굴을 찡그린 채, 무언가 깊은 생각에 빠진 듯한 얼굴이었다. 지예는 간간이 한숨 같은 걸 내쉬며 바르르 떨고 있었다. 그는 팬티 안으로 손을 집어넣어 거웃을 만졌다.

"아!……."

그녀는 마치 참았던 외마디를 토해내곤 엉덩이를 밑으로 내렸다. 그리고선 더욱 다리를 넓게 벌렸다. 콤파스를 한껏 벌려놓은 것처럼 그녀의 두 다리는 활짝 벌려져 있는 상태였다.

그는 손가락을 좀 더 밑으로 내려가면서 계곡의 갈라진 부분을 어루만졌다. 이미 그곳은 흥건한 물기로 인해 손가락이 미끌거렸다. 그는 점점 더 쾌감이 배가 되는 걸 느끼면서 얇은 속살을 후벼 팔 듯이 어루만지며 서두르지 않았다. 손가락에도 예민한 눈이 있어 그녀의 예민한 주름살까지라도 샅샅이 보기라도 하는 것처럼 천천히 문지르고 있었다.

"아아……."

그녀는 좀 더 입을 크게 벌렸다.

"좋아?"

그는 그녀의 대답이 필요치 않았다. 그러나 그녀의 흐느낌 같은 탄성에 그냥 가만히 있을 수만은 없어 그렇게 중얼거린 것뿐이었다.

"아, 좋아."

그녀는 찡그렸던 얼굴을 잠깐 폈다가 다시 찡그리며 겨우 그 말을 했다.

"……."

그는 다시 깊은 속으로 손가락을 집어넣었다. 마치 물속에 손가락을 담그는 것처럼 미끌거렸다. 그 속으로 집어넣은 손가락은 잘디 잔 주름살이 무수히 주름져 있는 곳을 헤집으며 점점 더 안으로 들어갔다.

이미 그녀는 달아올라 있었다. 그의 손가락이 움직일 때마다 엉덩이를 들썩거리면서 그의 목을 끌어안았다가 놓아주곤 하는 것이었다. 마치 뱀이 꿈틀거리기라도 하듯이 그녀는 쉴 새 없이 몸부림을 쳐댔다.

"……."

그는 거추장스런 팬티를 걷어내고는 다시 손가락을 집어넣었다. 마치 작은 입술 사이로 들어간 손가락처럼 보여졌다. 그녀의 꽃잎은 손가락을 잡으려고 애쓰면서 입을 오므리는 형상으로 오물거렸다.

그의 손가락은 물기로 인해 번들거렸다.

그는 연속적으로 손가락을 넣었다 뺐다를 거듭하면서 엄지손가락으로는 그녀의 좁은 삼각형의 모양을 한 클리토리스를 건드렸다. 그녀의 클리토리스는 엄지손가락에 의해 벌어지면서 그 속에 숨은 붉은 살점을 드러내곤 했다. 아주 작은 별모양의 소변구가 거기 숨어 있었다.

그는 손가락을 빼내고는 그곳에다 혀끝을 갖다 댔다. 혀끝에 닿는 그곳의 감촉은 뭐랄까. 여자의 가장 예민한 부분을 건드리고 있다는 자부심으로 뿌듯해지고 있었다. 그는 혀끝을 움직여 도톰하게 솟아오른 작은 삼각형의 클리토리스와 그 밑의 움푹 패여진 웅덩이 같은 곳을 오르내렸다.

"하아, 하아…… 미치겠어."

지예는 이제 가쁜 숨을 몰아쉬면서 허리를 마구 움직여댔다. 그는 얼굴에 와 닿는 그녀의 꽃잎에 파묻히면서 계속 그 짓을 하고 있었다. 그러다가 다시 혀를 떼내고는 손가락을 집어넣었다. 손가락 끝에 만져지는 그녀의 깊은 질벽의 오밀조밀함은 끝도 없이 이어지는 듯했다.

신비의 계곡이랄까.

그곳은 끝없이 들어가는 미로였다. 손가락 끝에 느껴지는 감촉은 그야말로 빨래판 같은 주름살 투성이였다. 그리고 미끌거리는 애액의 감촉이 더없이 좋았다. 그는 마치 손가락이 퉁퉁 불어버릴 것 같았다. 그만큼 그녀의 사타구니 속에서는 많은 양의 물이 흘러나오고 있었다. 이미 그녀의 사타구니는 흥건히 젖어 있었고, 종태의 손가락뿐만 아니라 다른 손가락까지도 흠뻑 젖어 있었다.

그는 다시 입을 갖다 대서 핥기 시작했다. 지예를 소파에 완전히 뒤로 눕게 하고선 두 다리를 번쩍 들어올리게 했다. 그리고 그는 지예의 양쪽 허벅지를 잡은 채로 한껏 벌렸다. 꽃잎이 활짝 펴지면서 오밀조밀한 곳이 다 드러났다.

그는 혀끝으로 살금살금 문질렀다. 얇은 꽃술들이 혀끝에 이리저리 쓸리면서 쾌감을 더하는지 그녀의 두 다리는 바르르 떨어댔다. 그녀의 가슴은 불규칙적으로 숨을 들이키며 안간힘을 쓰고 있는 게 보였다.

그는 조금도 서두르지 않았다.

천천히, 아주 천천히, 혀끝을 이용해서 오르내리면서 계곡을 탐험해 나갔다. 그곳에서는 미끌거리는 애액이 흘러나와 입가를 완전히 적셨지만 그는 닦아낼 생각도 없었다. 먹는다고 해도 그리 나쁠 건 없다고 생각되었으므로 그는 개의치 않았다.

"아흐, 아흐……."

지예는 더 이상 참지 못하겠다는 듯이 종태의 머리채를 붙잡고서 흔들어댔다.

"……?"

종태는 잠시 혀를 떼고는 그녀를 쳐다보았다.

"아!……."

그녀는 목을 한껏 뒤로 꺾은 채로 소파에 머리를 얹어놓고 있었다. 가는 목이 유난히 길게 보여졌다.

"……."

종태는 다시 입술을 댔다가 회음부 부분에서 오래 머물렀다. 그때는 이미 지예는 넋이 나간 사람처럼 몸을 마구 휘저으면서 종태를 끌어안았다. 종태는 한쪽 손으로 겨우 바지를 내리고는 몸을 일으켜 그녀의 꽃잎 속으로 뿌리를 박아 넣었다.

"흐아!……."

지예는 완전히 실성한 사람처럼 그를 끌어안았다. 그리고선 눈을 감은 채로 종태의 머리통을 잡아당겨 입술을 찾았다. 다시 입맞춤이 시작되면서 혀와 혀끼리의 뜨거운 포옹이 시작되었다.

종태는 그녀가 그러는 동안에도 잠시도 쉬지 않았다. 엉덩이를 힘껏 쳐들었다가 쿵, 하고 내려찧으면서 그녀를 공격해 들어갔다. 한 번씩 내려찧을 때마다 지예의 두 다리는 허공에서 바르르 떨렸다. 지예의 몸이 납작해지도록 그는 거세게 그곳만을 공격했다.

나중엔 그녀의 다리를 그의 양쪽 어깨 위에 올려놓았다. 그가 공격할 때마다 그녀의 몸은 더욱 휘어지면서 졸아드는 모습이었다. 동그랗게 말린 그녀의 몸 밑 부분에다 성난 뿌리와 엉덩이를 힘껏 처박으면서 종태는 말할 수 없는 전율을 느낄 수 있었다. 그녀는 자지러들듯이 신음소리를 냈다.

종태가 이번에는 거실 바닥에다 무릎을 꿇고서 밑에서 위로 향한 채, 천천히 공격하기도 했다. 지예는 한 숨 돌린 눈으로 그를 올려다보고 있었다.

"아, 너무 좋아. 피곤한데 서울까지 갈 수 있겠어?"

그녀가 숨 가쁘게 물었다. 종태는 다시 거세게 뿌리를 들이박으면서 말했다.

"응, 갈 수 있지. 이거 하고서 못 간다면 말이 되나? 하하."

"정말?"

그녀는 종태의 엉덩이 살을 만졌다. 종태는 부지런히 움직여댔다. 그녀의 손바닥의 감촉이 부드럽게 느껴졌다. 그녀가 쓰다듬는 걸 느끼면서 종태는 계속 뿌리를 움직여댔다. 그녀의 벌어진 꽃잎 속에 박혀 있는 자신의 뿌리가 그대로 다 보였다. 쑥 빠져나온 뿌리는 물기가 축축하게 묻어 있었다. 그는 다시 밀어 넣곤 했다.

"응. 괜찮아. 오히려 기분이 좋은걸 뭐. 자, 밑을 봐. 보이지?"

종태의 말에 지예는 밑으로 시선을 던졌다. 자신의 꽃잎 속에 파묻힌 종태의 뿌리가 들쑥날쑥 움직이고 있는 게 보였다. 그러한 움직임은 묘한 기분을 던져주는 것이었다.

"좋아?"

지예는 자신의 몸속으로 들락날락하는 종태의 검붉은 뿌리를 내려다보며 물었다.

"응, 좋지. 서울 가면 못하잖아? 그래서 그런지 더 기분이 좋다. 넌 안 그래?"

이번엔 종태가 물었다.

"응, 나도 좋아. 근데 다리가 아파. 너무 오래 벌리고 있어서 그런가 봐."

그녀는 오랜 시간 그런 자세로 앉아 있기가 불편한 모양이었다. 허리는 소파에 잔뜩 구부러져 있었고, 두 다리는 한껏 벌려진 상태였다. 허리와 엉덩이가 아픈 모양이었다.

"응, 그래? 그럼 엎드릴래?"

그러면서 종태는 자신의 뿌리를 빼냈다. 이번엔 지예가 소파에 넙죽 엎드리고는 엉덩이를 쳐들었다. 종태는 한쪽 무릎을 소파 위로 올려놓고서는 뒤에서 뿌리를 집어넣었다. 그녀의 벌어진 꽃잎은 활짝 만개한 것처럼 그를 받아들이기에 망설임이 없는 듯했다.

종태의 뿌리가 들어가자, 그녀의 꽃잎이 약간 힘을 주면서 움찔거렸다. 항문의 주름진 것이 같이 움찔거리는 걸로 봐서 그녀의 꽃잎과 항문은 같이 움직이는 듯했다. 그는 천천히 움직였다. 뿌리에 묻어나는 물기를 보면서 그는 다시 마음이 고조되기 시작하고 있었다.

"엉덩이가 참 작군……."

그는 중얼거렸다. 그러면서 탐스럽고 앙증맞게 생긴 엉덩이를 만져보았다. 도톰한 엉덩이 두 짝이 그의 양 손에 잡혀 있었다. 작으면서 제법 단단한 살집이었다. 그는 엉덩이를 쓰다듬어 주었다. 그가 뿌리를 움직이면서 엉덩이를 쓰다듬어 주자,

그녀 또한 소파를 붙잡은 채로 엉덩이를 움직여댔다.

두 사람은 처음엔 다소 호흡이 맞지 않았지만 이내 같은 호흡을 맞추며 서로 몸을 움직였다. 두 사람의 맞닿는 충격이 점점 커졌다. 종태의 뿌리가 앞으로 공격하면, 지예의 엉덩이는 뒤를 향해 공격해오고 있었다. 그곳이 서로 맞부딪치면서 묘한 소리를 냈다.

"힘들어?"

그가 물었다.

"아니."

그녀는 재미있다는 듯이 뒤를 쳐다보며 웃어 보였다.

"힘들면 이야기해. 다른 걸로 바꿀 테니깐."

그는 타이르듯이 부드럽게 말했다.

"아냐. 나도 좋은걸. 밑으로 해서 보면, 하는 게 다 보여서 좋아. 기분이 이상해."

"왜? 이런 거 첨 해봤어?"

종태가 짓궂게 물었다.

"아니, 남자들은 대개 이런 걸 좋아하나 봐. 근데, 이런 걸 해봤지만 별로 좋은 줄 몰랐어. 내가 힘들었거든. 근데 지금은 안 그래. 좋은 거 있지?"

그녀의 말을 들으면서 종태는 야릇한 흥분에 휩싸였다. 다른 남자들과 이런 포즈로 했다는 말에서 묘한 흥분이 느껴지는 것이었다. 그리고 그녀의 말에 의하면, 전에 이런 자세에서는 별로 흥분을 못 느꼈지만, 지금은 기분이 좋다라는 말에서 묘한 흥분이 느껴지는 것이었다.

"지금은 좋아?"

"응, 너무 좋아."

지예는 만족한 듯이 말을 했다. 그러면서 그녀는 한 손을 밑으로 해서 종태의 뿌리께를 쓰다듬었다. 그녀는 팍 고꾸라진 자세에서 한쪽 팔로서만 이마를 짚은 채로 다른 한 손으로는 자신의 꽃잎을 찔러대고 있는 종태의 뿌리를 어루만지는 것이었다. 그리고는 불알을 거머잡은 채로 같이 움직였다.

"……."

종태는 그녀의 손바닥이 닿자, 무척 기분이 좋았다. 움직이고 있는 자신의 그것을 잡아서 같이 움직이면서 쓰다듬는 기분이란 이루 말할 수 없는 것이었다. 그는 잠시 하던 동작을 쉬었다.

그녀가 몸을 구부린 채로 그의 사타구니께를 어루만지는 걸 도와주기 위해서였다. 지예는 자신의 꽃잎에 박혀 있는 뿌리의 반쯤을 거머쥐었다. 그곳은 자신이 흘린 분비물로 인해 질척거리고 있었다. 그녀는 손바닥에 묻은 그것을 다시 종태의 불알에다 문지르곤 다시 하던 동작을 계속하라는 뜻으로 엉덩이를 뒤로 움직여댔다.

"……."

종태는 가만히 있었다. 지예의 엉덩이가 와서 부딪히는 것을 내려다보면서 묘한 흥분을 느끼고 있었다. 쫙 벌어진 엉덩이 두 짝이 볼만했다. 그리고 엉덩이가 움직이면서 내는 소리가 또한 듣기 좋았다. 마치 헛바람이 빠지는 듯한 소리가 들려나왔다.

그는 가만히 있기만 한 것이 아니었다. 그녀가 움직이는 동안, 그는 그녀의 허리와 엉덩이 부분을 어루만지다가 상체를 앞으로 숙여 등짝을 핥아주었다. 그녀는 곧 동작을 멈추면서 으~ 하는 소리를 냈다.

그녀의 등짝이 민감한 부분인 듯했다. 종태는 그녀가 가만히 있는 것을 알아채고는 등뼈를 타고 내려오면서 옆구리 쪽을 핥아주었다. 최대한 혀끝이 닿을 수 있는 데까지 그는 몸을 구부리면서 엉덩이께까지 내려왔다.

"으~……."

그녀는 등을 활처럼 휘면서 한 손을 뒤로 뻗어 종태의 엉덩이를 붙잡았다. 그제야 종태는 잠시 쉬었던 동작을 다시 계속하기 시작했다. 그녀의 엉덩이에 맞닿을 때마다 그녀의 엉덩이살이 흔들거렸다.

종태는 뿌리를 축으로 해서 전 후 좌우로 빙빙 돌리다가 꽉 처박곤 했다. 그럴 때마다 지예는 가느다란 신음소리를 내면서 풀썩 쓰러질 것처럼 앞으로 수그러졌다. 그러나 그녀는 완전히 수그러진 게 아니었다. 두 팔로 이마를 받치면서 엉덩이를 번쩍 치켜드는 것이었다.

이번엔 그녀의 가는 허리를 붙잡고서 끌어당기듯이 뿌리를 찔러넣었다. 그리곤 뺐다가 다시 힘차게 찔러넣었다. 그녀의 입에서는 신음소리가 연속적으로 흘러나오고 있었다.

"아……!"

그녀는 목이 마른 듯한 소리를 냈다. 신음소리 속에 단내가 숨어 있는 듯했다. 그는 다시 손을 앞으로 뻗어 그녀의 둥그런 젖가슴을 움켜잡았다. 말랑말랑한 것이 뒤쪽의 충격으로 인해 덜렁거리면서 그의 손아귀에서 놀았다.

"……?"

그는 마지막 흥분이 솟구치는 듯했다. 그녀의 허연 엉덩이 살집을 내려다보면서 굉장한 흥분이 치밀고 올라오는 기분을 느꼈다. 그는 있는 힘을 다해 힘껏 하체를 들이박으면서 거친 숨소리를 냈다.

"아흐!……."

그는 격렬하게 움직였다. 그리곤 이내 울컥거리면서 정액을 토해냈다.

"……."

그녀도 더 이상 움직일 수 없었던지 조용해졌다.

"……."

종태는 마지막 남은 한 방울까지 다 빠져나가도록 괄약근에다 힘을 주며 정액을 토해냈다. 질 속의 뿌리에서는 처음엔 거세게 내뿜었던 정액들이 뿌리가 점점 사그라들면서 천천히, 간헐적으로 정액을 토해내고 있었다. 그리고 한참 후에서야 모든게 끝났음을 알 수 있었다.

"아……."

지예는 깊은 한숨을 내쉬면서 고개를 뒤로 젖혀 종태의 입술을 찾았다. 종태는 그녀의 젖가슴을 움켜잡은 채로 그녀의 입술에 혀를 갖다 댔다. 이내 그녀의 혀와 맞닿았다. 그는 좀 더 상체를 숙인 채로 그녀의 입 속 깊숙이 혀를 밀어넣어 주었다.

두 사람은 완전히 합일점에 도달할 수 있었다. 아직 채 사라지지 않은 여운은 혀와 혀끼리의 입맞춤으로 후희를 장식하고 있었다. 그의 손은 그녀의 젖가슴에서 떨어질 줄 몰랐다. 흥분을 차츰 가라앉으면서 그는 더욱 기를 쓰며 젖가슴을 주물러댔다.

"이제 됐어. 다리가 아파."

한참 후에 그녀는 뒤로 젖혔던 고개를 바로 하면서 중얼거렸다. 종태는 그녀의 몸에서 뿌리를 빼내고는 그곳을 바라보았다. 그녀의 꽃잎은 온통 물기로 인해 질척거렸다. 그리고 작은 계곡을 통해서 좀 전에 자신이 흩뿌렸던 정액들이 주루룩 흘러내리고 있는 게 보였다.

그는 곧 티슈를 그녀에게 내밀었다.

"이걸로 닦아."

"아냐. 가서 씻는 게 나아."

그러면서 그녀는 일어나 욕실로 들어갔고, 그는 티슈로 말끔히 닦아냈다. 지예가 씻고 나오는 동안, 그는 대충 뒷마무리를 하고 난 후, 담배를 꺼내 피우면서 소파에 앉아 있었다.

시간이래봐야 고작 10분 정도밖엔 지나지 않았지만, 그 느낌이란 무척 긴 것이었다. 그 동안에 여러 체위를 골고루 섞어서 나눈 섹스여서인지 긴 것처럼 느껴졌다. 그는 만족스러웠다. 일단 최대한의 시간을 지탱하면서 마지막에서야 사정을 했다는 것이 그를 만족케 했다.

"안 피곤해?"

언제 나왔는지 지예는 해맑은 웃음을 띠고 있었다. 방금 욕실에서 나온 그녀는 종태의 뒤로 와서 몸을 껴안으며 뺨에다 볼을 비벼댔다.

"안 피곤해. 기분 좋았어."

그는 그랬다. 피곤하기는커녕, 오히려 몸이 가뿐해지는 기분이었다. 마치 가벼운 운동을 한 것 같은 상쾌함이 온 전신을 휘감았다.

"서울 갈 수 있어? 히히. 난 좋았는데."

지예는 그러면서 종태의 열려진 앞가슴에다 손을 집어넣고
선 가슴을 쓰다듬었다.

"서울 아니라, 어디든지 갈 수 있어. 지금 떠날까?"

종태는 자신만만한 웃음을 내비치면서 돌아보았다. 그녀의
입과 마주쳤다. 그들은 서로 누가 먼저랄 것도 없이 혀를 내밀
어 디프한 키스를 나누었다. 그녀의 혀는 아무리 핥아도 맛이
있었다.

"그럼 출발하자. 일찍 서울에 도착하는 게 낫겠어."

그녀의 말에 종태는 고개를 끄덕였다. 그들은 곧 팔을 풀고
는 거실 벽면에 붙어 있는 벽시계를 쳐다보았다. 벌써 12시가
가까운 시간이었다.

"그럼 가다가 점심 먹지."

"응, 그래."

종태는 소파에서 일어서서 밖으로 나왔다. 지예가 문단속을
하는 걸 보면서 짚차의 시동을 걸었다. 엔진이 돌아가는 소리
가 우람하게 들렸다. 그는 일단 시동을 걸어놓고선 그녀가 타
기를 기다렸다. 그녀는 자물쇠를 잠그려다 말고 잊어버린 게
있는지 다시 문을 열고는 안으로 들어갔다가 나왔다.

"왜?"

옆자리에 올라타는 지예를 쳐다보며 종태가 물었다.

"그냥…… 혹시 가스레인지를 안 잠궜나 해서…… 됐어요.

가요."

　종태는 1단 기어를 넣고 핸들을 좌측으로 꺾으면서 집을 빠져나왔다. 곧바로 좁은 길이었다. 길 양편으로 밭들이 나타났다. 밭에는 초여름의 뜨거운 태양을 받은 푸른 콩잎들이 넘실대고 있었다. 작열하는 햇빛을 받아 어느 정도 시든 것 같은 콩잎들이었지만 푸르름 때문인지 싱그럽게 보였다.

　양양 읍내로 나와 간단한 점심을 먹고는 다시 속초로 올라갔다. 속초에서 미시령 고개를 넘어 서울로 가는 길을 택할 생각이었다. 미시령은 속초 시내에서 바로 연결되는 직통 코스였다.

　동우전문대 앞을 지나 순두부집들이 즐비하게 늘어서 있는 곳을 지나서 대명 콘도가 있는 곳을 지나면 곧바로 미시령 고개로 접어드는 길목이었다. 강원도로 들어가는 길 중에서 가장 자연적인 경관을 자랑하는 길이 바로 한계령과 미시령이었다.

　속초에서 서울로 가는 길은 세 갈래 길이 나 있었다. 미시령과 한계령, 그리고 새로 생긴 도룡령이 바로 그 길이었다. 그 길들은 속초에서 시작하여 어느 곳에 이르면서 령을 넘으며 갈라졌다가 다시 합쳐지는 길이었다. 아마 원통에서 합쳐지는 길이었다.

　강원도의 가을과 겨울의 운치를 맛보려면 한계령과 미시령을 넘는 게 좋다라는 말이 나오는 것도 다 그런 이유에서일 것이다. 굽이굽이 산길을 타고 가다가 보면 바로 옆의 깊은 계곡에서 보여주는 갖가지의 단풍들과 눈 덮인 산의 조용함과 무거움을 동시에 맛볼 수 있을 것이었다.

태백산맥 줄기의 하나인 한계령과 미시령을 경계로 해서 속초 바닷가와 인제 원통의 날씨는 확연히 달라졌다. 속초는 팬 영향으로 인해서 하루에도 몇 번씩이나 날씨가 궂거나 개거나 하면서 변덕을 부렸고, 반면에 인제 원통 지방은 내륙 쪽이라선지 그리 심한 날씨의 변화 같은 건 없었다.

종태는 경사가 심하면서 굴곡이 심한 미시령을 넘으면서 기분이 좋았다. 시원한 바람을 쐬는 기분도 있었지만 너무 굴곡이 심해서 핸들을 자주 꺾어야 하는 숨 가쁨이 스릴을 느끼게 해주었다.

"좀 천천히 가요. 내가 가만있질 못하겠어."

지예는 몸이 이리저리 움직이는 걸 참기 위해서 오른쪽 문짝의 손잡이를 꼬옥 쥐고 있었다. 그만큼 롤링이 심한 편이었다.

"그래? 기분 좋잖아? 시원하고……."

종태는 커다랗게 웃었다.

"좀 천천히 가요. 이러다가 멀미 하겠어. 운전하는 사람이야, 핸들을 꽉 붙잡고 있지만 난 잡을 데도 없잖아?"

지예는 종태가 일부러 그러는 것처럼 눈을 흘겨주었다. 그러면서 종태의 오른쪽 어깨를 꼬집어주었다. 그랬지만 종태는 하나도 안 아픈 것인지 하하, 웃기만 했다.

"문손잡이만 꼭 잡고 있으면 돼. 이런 기분을 어디서 맛보냐? 이런 데가 아니면……."

"……."

지예는 할 말이 없었다. 녹음이 꽈악 짙어진 산은 바로 시원함 그 자체였다. 보는 것만으로도 충분히 눈의 피로가 풀리는 듯했고, 마음이 가벼워지는 듯한 느낌이었다. 그리고 어딘지 모르게 맑은 공기가 폐부 깊숙이 들어오는 듯도 했다.

지예는 점점 기분이 좋아졌다.

그러면서 나른한 잠이 쏟아지는 듯했다. 길게 하품을 한 번 하고는 종태를 쳐다봤다.

"……?"

종태는 왜 그러느냐는 듯이 쳐다보는 것이었다.

"나 졸려. 흔들흔들하니까 잠이 와."

그 말을 하면서 지예는 낮게 웃어 보였다.

"졸리면 자. 괜찮아. 내 걱정하지 말고. 아까 그거 했으니까 이제 졸리는 거지. 맞지?"

"그런가? 후후. 꼭 그거 했다고 졸려?"

지예는 하얀 이를 드러내며 웃었다.

"그럼! 그거 하는데 얼마나 체력소모가 큰지 모르는구나. 여자도 그래. 그래서 잠이 오는 거라고."

33

"그럼, 종태씬 왜 안 졸려?"

"난 운전하잖아. 내가 졸면 어떻게 되게? 그냥 꽝하고 박아 버리게?"

종태는 큰소리로 웃어댔다. 지예도 따라 웃다가 눈물이 찔끔 배어나왔는지 한 손으로 눈앞을 가리고선 다른 손으로 눈물을 찍어냈다.

"맞아. 피곤해. 근데 이제 잠이 다 달아난 거 같아. 웃었더니 눈물이 다 나네."

"창밖의 경치를 봐. 그러면 기분이 좋아질 거야. 푸른 숲이 얼마나 좋냐? 난 이런 게 좋더라. 바다도 좋지만 난 산이 더 좋아. 희자가 바다를 좋아했거든."

"……?"

지예는 종태의 입을 쳐다보았다.

"무지무지하게 좋아했어. 그래서 서울에서 이곳으로 내려왔고. 난 지금 산속을 달리면서 산이 좋다는 생각이 들어. 산은 남자 같잖아. 언제나 조용하고 말이 없는 것 같고……."

그 말을 하고선 종태는 깊은 숨을 들이마셨다가 내뱉었다. 상쾌한 바람이 불어왔다. 산 쪽의 나뭇가지들이 바람에 살랑살랑 흔들리고 있는 게 보였다. 나뭇잎들은 연초록에서 벗어나 점점 짙어지고 있는 중이었다. 잎들도 제법 큰 편이었다. 초봄에는 아주 작기만 했던 잎들이 점점 넓어지고 커지는 것이었다.

편도 일차선이었으므로 급경사의 커브 길에서는 서로 마주보며 오는 차들끼리 조심하지 않으면 안 되었다. 간혹 앞서 가던 트럭을 앞질러 추월하기 위해서 중앙선을 넘어서면서 달려오는 차가 있었다. 종태는 그리 급할 게 없었으므로 중앙선을 넘어서는 일은 없었다.

"조심해요. 길이 너무 꼬불꼬불해."

지예는 그런 차들이 보일 적마다 주의를 주곤 했다.

"걱정마. 나도 운전에는 베테랑급이니까."

종태는 굽은 산길을 내려가는 것이 무엇보다 스릴 있었다. 조금 반듯한 길이 나오면 가속을 했다가 다시 커브 길이 나오면 브레이크를 밟으면서 핸들을 꺾었다. 손과 발의 순간적인 동작의 반복이었으므로 마치 스포츠를 즐기는 듯했다. 평평하고 무미건조한 고속도로를 달리는 것보다 몇 배나 더 기분이 좋았다.

계곡에 물이 흐르는 것도 보였다.

커다란 바윗돌들이 널려 있는 사이로 맑은 물이 흐르고 있는 것을 보고는 종태는 차를 길옆으로 세웠다. 미시령 높은 고개를 넘어와 원통에 가까운 곳이었다. 그곳은 어느 정도 완만한 경사지였고, 계곡이 그리 깊지 않았다. 그 계곡에 물이 흐르고 있었다.

"왜요?"

지예가 물었다. 혹시 종태가 소변이 마려워서 그러는 줄로 알았던 것이다.

"좀 쉬었다 가. 계곡에서 손도 좀 씻고."

"어디?"

그러면서 지예는 길옆의 계곡으로 눈길을 주었다. 야트막한 계곡에는 돌들이 보였고, 맑은 물이 흐르는 것이 보였다.

"아이, 좋아라. 나도 못 봤는데."

그녀는 얼른 차에서 내려 길을 건너갔다. 종태는 일단 담배 한 개비에다 불을 붙이고는 천천히 지예를 따라갔다.

계곡에는 이름 모를 나무들과 풀꽃들이 지천으로 피어 있었다. 그리고 바윗돌들만 깔려 있는 중간으로 물이 흐르는 게 보였다. 종태는 지예의 손을 잡고서 조심조심 바윗돌을 밟으며 걸어갔다. 지예는 뾰족한 구두를 신어서인지 가끔 후들거리며 종태에게로 몸을 실려왔다.

"조심해. 구두 다 까지겠어."

"후후, 까지면 사죠 뭐. 서울 가서 하나 살까?"

지예는 그저 웃기만 했다.

"그럼 그래. 돈 줄까?"

종태는 호주머니에서 지갑을 꺼내 수표 한 장을 빼냈다. 50만 원권이었다. 그걸 내밀자, 지예는 손사래를 치며 만류했다.

"아니예요. 저한테도 있어요. 저번에 준 거…… 아직 있어."

지예는 받기를 사양했다.

"그래도 받아. 혹시 집에 들어갈 때, 살 거 있을지도 모르잖아. 받아."

종태는 억지로 수표를 내밀었다.

"……."

지예는 그러는 종태를 물끄러미 바라보았다. 마치 여자의 마음을 아프게 하는 남자인 것처럼 느껴지고 있었다. 비록 돈 때문에 그러는 것은 아니지만, 지예의 마음은 더없이 행복해지는 것이었다.

"고마워요."

지예는 그 말을 하면서 수표를 받아쥐었다.

"갖고 있으면 쓸 데 있을 거야. 사람이 돈이 없으면 아무 일도 못해. 그걸로 구두 하나 사고, 남으면 옷도 한 벌 사. 그걸로 모자랄 거 같애?"

종태는 다시 지갑을 꺼내려고 했다. 지예가 종태의 손을 붙잡으면서 만류했다.

"아냐, 됐어. 이걸로 충분해. 쓰고도 남아. 나한테도 남은 돈이 있어."

지예는 행복했다. 이렇게 자신을 이해해주는 남자와 같이 있다는 것만으로도 마음이 흐뭇해졌다. 비록 먼 장래를 예측할 수는 없는 사이였지만 그래도 외지에서 만난 남자 중엔 최고일 정도로 마음에 들었다.

지예는 종태의 넓은 가슴에 살며시 가슴을 기대면서 냇가로 걸어갔다. 냇가에 앉아 그들은 앞쪽의 비탈진 산에 핀 꽃들을 바라보며 앉아 있었다. 지예는 시원한 물에 손을 담그면서 물속의 잔 돌멩이를 주워내곤 했다. 반들거리는 돌이 햇빛 밖으로 나오자, 더욱 광택을 내는 듯했다.

지예는 그 돌을 종태의 손바닥 위에 올려놓고선 다시 물속의 잔 돌멩이를 꺼내 올려놓았다. 마치 돌탑을 쌓듯이 밑에는 여러 개의 돌무더기를 쌓아두고, 다시 그 위로 잔 돌멩이들을 올려 쌓아나갔다.

"……"

종태는 가만히 보고만 있었다. 그녀가 맨 나중에 잔돌을 올려 탑의 꼭대기를 만들곤 비로소 얼굴을 쳐들었다.

"히히, 재밌어. 어어? 손이 흔들리면 다 떨어져."

지예는 재밌어 하다가 종태가 약간 손을 흔들어대자, 깜짝 놀랄 듯이 소리치며 손을 붙잡았다. 그 바람에 종태의 손바닥 위의 돌들이 와르르 쏟아져 내렸다.

"봐. 흔들면 무너진다고 그랬잖아?"

"다시 해봐."

종태는 다시 손바닥을 폈다. 지예는 다시 돌을 쌓기 시작했다. 이번엔 좀 더 높이 쌓아나갔다. 지예는 아예 종태의 손이 흔들릴까 봐서 그런지 끝 부분을 쌓아 올리면서부터는 흔들리지 않게 종태의 팔목을 붙잡고선 쌓아나갔다.

"가만히 있어⋯⋯."

그녀는 조심스럽게 마지막 돌을 얹어놓았다. 꽤나 높은 돌탑이었다. 종태는 빙긋이 웃으면서 그녀가 하는 대로 지켜보고 있었다. 그녀는 다 완성된 돌탑을 보고는 흐뭇했는지 종태의 얼굴을 쳐다보면서 웃음을 지어보였다.

"다 됐어. 이야, 멋있다아!"

그녀는 조심스럽게 팔을 놓고는 손뼉을 치며 좋아라했다.

"됐냐? 이제 놔도 돼?"

"응, 됐어."

종태는 돌무더기를 내려놓고선 그녀를 껴안았다.

"⋯⋯."

두 사람의 혀는 한순간에 엉겨 붙었다. 그녀의 혀는 달콤하기만 했다. 그가 아무리 세게 빨아도 아프다거나 얼굴을 찡그리는 일은 없었다. 그녀는 점점 나른해지는 듯한 얼굴로 눈을 감았다.

종태는 그녀가 비스듬히 몸을 눕히자, 자신의 오른쪽 무릎을 꺾어 세워서 그녀를 받쳤다. 그리고는 그녀의 얼굴을 향해 진한 키스를 퍼부었다. 그의 혀는 그녀의 볼과 눈꺼풀과 이마, 그리고 귓볼을 차례대로 핥으면서 이리저리 옮겨 다녔다. 그러는 중에서도 그의 손은 그녀의 젖가슴을 애무하고 있었다.

다소 어색한 자세였지만 그들은 그게 좋았다. 낯선 계곡으로 와서 계곡물이 흐르는 옆에서 그러는 것은 어쩌면 분위기가 주는 성적인 충동인지도 몰랐다. 지예는 종태의 머리를 잡고서는 떨어지지 않았다.

"아, 좋아……요."

그녀는 목이 멘 듯이 겨우 그 말을 꺼냈다.

"분위기 참 좋지? 그지?"

종태 역시 그녀의 말에 화답이라도 하듯 중얼거렸다.

"으응, 너무 좋아. 물소리 들리고…… 이곳엔 누구 안 오지?"

그녀는 눈을 떴다가 미처 돌아볼 겨를도 없었다. 종태의 입맞춤에 짓눌린 채로 주위를 살폈지만 조용하기만 할 뿐이었다.

"응, 이런 데 누가 오냐? 아무도 없어."

"하아!……."

지예는 마치 한숨을 내쉬는 듯한 목소리를 냈다.

이번엔 종태의 입술이 그녀의 젖가슴에 가 닿았다. 원피스의 뒷단추를 끌러내고는 상체의 반쯤을 벗겨냈다. 완전히 드러난 젖가슴은 햇빛에 더욱 유난히 희게 빛났다. 그는 혀끝을 내밀어 돌기 주위를 핥다가 입술 전체로 빨아들이기 시작했다.

"아!……."

그녀의 허리가 약간 꿈틀거렸다. 종태는 한 손으로 그녀를 받치고는 다른 한 손으로는 그녀의 원피스 밑자락으로 들어가서 위로 걷어 올렸다. 그리고는 그 속으로 손이 들어갔다. 팽팽한 그녀의 둔덕이 만져지고, 얇은 팬티가 손끝에 만져졌다. 그는 다시 팬티 속으로 손을 집어넣어 터럭을 만졌다.

"이런 데서 어떻게?……."

그녀는 와락 놀란 눈빛으로 그를 쳐다보았다.

"가만있어. 괜찮아. 그냥 만져보기만 할께."

"……."

그제야 지예는 안심이 되는지 다시 종태의 가슴팍으로 기어들면서 그의 목을 끌어안았다.

종태는 주름진 계곡의 물기를 확인하고는 그 속으로 손가락을 집어넣었다. 점점 물이 불어나면서 그녀의 몸은 사시나무처럼 떨렸다. 불안정한 자세였으므로 그녀의 두 다리는 눈에 띌만큼 떨리고 있었다.

그는 마음이 이끄는 대로 그녀의 깊은 계곡 속을 훑어주고 있었다. 손가락에 닿는 그녀의 계곡은 질펀했을 뿐만 아니라, 미끌거릴 만큼 흥건했다. 손가락에 온통 물기로 잔뜩 묻혀질 정도였다.

"여기서 할래?"

그는 이제 더 이상 참을 수 없었던지 숨 가쁜 소리로 말했다.

"또? 여기서 어떻게? 돌뿐인데?"

그녀는 그가 달아올라 있음을 알아차리고는 주위의 바윗돌들을 살폈다. 누울 데라곤 한 군데도 없어보였다.

"그냥 앉아서 해. 저기 큰 돌 위에 앉아봐. 그러면 내가 무릎을 꿇고 할께."

그가 가리키는 바윗돌은 제법 펑퍼짐했다. 그녀는 할 수 없이 그곳으로 가서 앉았다. 그가 밑에서 팬티를 걷어내고 원피스 자락을 몸 위로 걷어 올렸다. 그리고는 자신의 바지 지퍼를 내려 바지를 끌어내렸다.

"그러다가 누가 오면 어쩔려고?"

지예는 다소 당황스러운 듯이 나지막이 소리쳤다.

"괜찮다니까. 여긴 누가 올 사람도 없어. 누가 와?"

"그래도……."

그녀는 계속 불안한 기색을 감추지 못했다. 그러면서도 종태의 성난 뿌리를 놓치지 않고 지켜보고 있었다.

"다리 좀 더 벌려봐. 됐어. 바윗돌 뒤로 손을 꽉 잡아. 넘어지지 말고."

종태는 그러면서 그녀의 앞에 무릎을 꿇고는 자신의 힘찬 뿌리를 갖다 댔다. 이미 한 번 물기를 내뿜은 그녀의 꽃잎은 종태의 뿌리가 닿자마자, 곧 안으로 받아들여졌다. 마치 뱀이 구멍 속으로 들어가듯이 미끄럽게 안으로 쑥 들어갔다. 그는 곧바로 하체에 힘을 주며 공격하기 시작했다.

지예는 뒤로 넘어지지 않으려고 애썼다. 그녀의 두 손을 뒤쪽의 바윗돌을 짚은 채로 버티고 있었다. 종태는 그녀의 엉덩이 옆쪽에다 손을 짚고선 그걸 지지대 삼아서 하체를 움직였다.

"아, 좋은데. 그렇지?"

"응, 근데 힘들잖아? 힘 안 들어?"

그녀는 오히려 종태를 염려해주는 것이었다.

"됐어. 난 괜찮아."

종태는 서서히 가속도를 높였다. 하체를 번쩍 들었다가 내려놓는 횟수가 빨라지고 있었다. 처음엔 무릎을 꿇었지만 속도가붙음에 따라 아예 무릎을 들어버리고는 두 발로 땅을 짚고서손으로 지탱하고 있었다. 그랬으므로 움직이는 건 단지 하체뿐이었다.

그런 자세에서도 두 사람의 꽃잎과 뿌리가 맞닿는 힘은 대단한 것이었다. 한 번씩 내려칠 때마다 지예의 사타구니 속에서는 질퍽거리는 소리가 들려나왔다. 그 소리는 마치 옆에서 흐르고 있는 물소리와 맞물려 묘한 분위기를 만들어내고 있었다.

"아, 좋아. 난 괜찮아."

지예는 이제 서서히 달아오르는지 단내가 나는 말을 해댔다.그러면서 그녀도 두 다리를 쭉 뻗은 채로 엉덩이를 위로 들어올렸다. 서로 맞닿을 때마다 더 큰 감동이 일어나는 듯했다. 그것은 서로의 몸 움직임의 조화가 맞아야만 할 수 있는 그런 동작이었다.

"……."

종태는 자신의 뿌리가 들어갔다가 빠져나오는 것을 바라보면서 열심히 움직였다. 자신의 뿌리가 들고나는 것을 다 볼 수 있었다. 벌어진 꽃잎 사이를 헤집으면서 들어갔다가 나오는 것을 보는 것이 기분 좋았다.

그들은 그러한 자세에서 서로 껴안진 못했지만, 그런대로 만족할만한 섹스라고는 할 수 있었다. 산 속에서 하는 섹스치곤 제법 운치 있는 섹스였다. 종태는 발끝에 힘을 모아서 힘껏 내리쳤다간 다시 발끝에다 힘을 모았다. 그녀의 꽃잎이 내뿜는 분비물이 허옇게 뿌리에 묻어나왔다. 그의 뿌리가 들어갈 때마다 그녀의 꽃잎은 한껏 입을 벌리면서 그를 받아들였다.

"아!……."

종태는 곧 사정을 하려는 듯이 몸을 비틀면서 안간힘을 써댔다.

"사정해. 해도 돼."

지예는 그가 곧 사정할 거라는 걸 알고서 자신의 엉덩이를 힘껏 쳐들었다.

"으!……."

그는 곧 사정을 했다. 더 이상 참을 수 없는 순간에서 그는 정액을 다 토해냈다. 그런 분위기라서인지 그는 빠른 시간 안에 곧 사정을 해버리고 말았다. 그러나 긴 시간만큼이나 만족할만한 그런 섹스라고 생각되었다.

"……."

그들은 서로 그곳만 결합한 채, 마주보며 웃고 있었다. 그녀의 회음부 밑으로 정액이 쏟아져 내렸다. 그러나 그녀는 그대로 가만히 있었다.

"아, 너무 좋아. 지금 흘러내리고 있어. 그대로 가만히 있어요."

지예의 목소리는 마악 잠에서 깬 듯한 목소리 같았다.

"흐…… 아…… 흐…… 아!"

종태는 마지막으로 뿜어 나오는 정액을 토해내며 숨 가쁜 소리를 입 밖으로 내던지고 있었다. 정액이 토해질 때마다 그의 뿌리는 불끈불끈 일어섰다가 가라앉기를 반복했다.

그의 뿌리가 완전히 죽었다고 생각되어졌을 때, 그녀는 말했다.

"이제 빼요. 힘들어."

"……."

그들은 서로 몸을 떼내고는 얼른 물가로 가서 씻었다. 그들은 서로의 씻는 모습을 바라보면서 히죽 웃었다.

"시원해. 그죠?"

그녀가 물었다.

"응, 차가운 걸. 물이 맑아서 그럴 꺼야. 하하."

종태는 시든 뿌리에 물을 끼얹어 뿌리면서 말했다. 지예는 다리를 벌린 채로 주저앉아 그곳에다 물을 끼얹으면서 깔깔거렸다.

"우린 이러다가 서울까지 가는 동안 몇 번이나 하게 될지 모르겠네."

그녀의 목소리는 아직도 젖어 있었다. 방금 비가 내린 것 마냥 촉촉하게 들려나왔다.

"이젠 더 못해. 이리다긴 골아죽겠어. 한 빈으로 만족해야시. 하하."

종태는 뿌리를 거머쥐면서 일어섰다. 그리고는 그녀가 내미는 손수건에다 그것을 닦았다. 다시 손수건을 그녀에게 내밀었다. 그녀는 종태가 보지 못하도록 약간 비스듬히 돌아선 채로 밑을 닦아내고 있었다. 그녀가 밑을 닦아내느라 원피스 자락을 걷어 올렸으므로 허벅지가 환히 다 드러났다. 그리고 팬티를 입느라 다시 원피스 자락을 걷어 올렸을 때는 조그만 엉덩이까지 다 드러났다. 종태는 그걸 보면서 다시 한 번 정욕이 꿈틀거리는 걸 느꼈다. 하지만 더 이상은 할 수가 없었다.

남자는 일단 사정을 하고 나면 곧바로 일어서지 않았다. 마음만 있었을 뿐이었다. 물론 어느 정도 시간이 지나고 나면 다시 일어설 수는 있었다. 그러나 그렇게까지 하고 싶은 마음은 아니었다. 그저 지예의 날씬한 허벅지와 예쁜 엉덩이를 보는 것만으로 만족할 뿐이었다.

사람에게는 누구나 신비한 것을 훔쳐보고자 하는 욕망이 숨어 있는 것이다. 그것은 무의식중에서도 느껴지는 그런 의식의 작용이었다. 아름다운 여체를 몰래 곁눈질로 훔쳐보는 것은, 정정당당히 정면으로 바라보는 것보다 더 짜릿한 감흥을 주는 것이었다. 그것은 순전히 사람이 가진 엿보기의 쾌감이랄 수 있었다.

지예가 다가와서 팔짱을 끼고는 나직이 속삭였다.

"이젠 자고 싶어. 홋. 피곤해."

"자고 싶어?"

종태가 물었다. 갑자기 웬 말이냐는 듯이 바라보면서 웃었다.

"응, 피곤한 거 있지? 나른해. 그거 하고 나면 피곤해서 그런지 막 자고 싶어. 이때쯤 잠들면 꿀맛 같을 거야, 아마."

지예는 실제로 잠이 쏟아질 것 같은 눈빛이었다. 강렬한 햇빛에 눈을 제대로 뜨지 못하는 것처럼 가늘게 보여지고 있었다. 그 눈빛은 어렴풋한 잠기운이 서려 있어 가물거리는 듯이 보여졌다.

"나한테 기대고 자."

종태는 그녀의 어깨를 자신의 품 안으로 끌어당기며 포근히 안아주었다. 그녀는 금방 종태의 어깨 위에 머리를 얹으며 눈을 감았다. 종태는 그녀의 이마에 흘러내린 몇 올 머리카락을 쓸어 머리 위로 올려주고는 그녀의 허리를 껴안았다.

"……."

그녀는 말이 없이 한참 동안 눈을 감고 있었다. 앞에는 냇물이 흐르고 있었다. 물속의 돌멩이들이 환하게 다 들여다보였다. 물이 참 맑다고 생각되어졌다. 마치 유리알 같은 물속이었다. 이 깊은 산 중의 계곡 물속에도 물고기들이 재빠르게 움직이고 다닌다는 게 신기하게만 느껴졌다.

그녀는 잠깐 눈을 감았다가 다시 뜨면서 말했다.

"가야지? 너무 늦어. 이러다가 저녁에서야 도착할지 몰라."

그러면서 그녀는 종태의 팔 안에서 부시시 일어났다. 그녀의 머리카락은 흐트러져 있었다. 두 손으로 머리카락을 쓰다듬으면서 단정히 뒤로 넘기고는 머리핀을 꽂았다. 종태는 앉은 자세로 다시 새 담배를 꺼내 불을 붙였다.

"가. 너무 늦으면……."

그러면서 그녀는 종태의 옆으로 와서 쪼그리고 앉았다. 계곡물을 바라보는 그녀의 옆얼굴은 아무런 생각도 남아 있지 않는 듯했다. 그저 망연히 냇가 쪽을 바라보고만 있을 뿐이었다. 아직도 그녀는 좀 전의 나른한 기분에서 헤어나지 못하고 있는 것 같았다.

"피곤하지?"

종태가 연기를 내뿜으며 물었다.

"응. 가다가 쉬어. 앉을 데도 마땅찮고…… 좀 피곤해."

그녀의 말에 종태는 피우던 담배를 비벼끄고는 자리에서 일어섰다. 그리고는 그들은 그곳을 빠져나왔다. 차가 있는 길가로 올라와서 잠시 서성거렸다. 종태는 다시 먼 길을 가야하는 것을 염두에 둔 모양인지 허리운동을 했다. 그리고 지예는 그 옆에 서서 두 팔을 머리 위로 들어 올려서 기지개를 켜듯이 팔운동을 하다가 서로 눈빛이 마주치면서 어설픈 웃음을 지었다.

"피곤하지?"

"아니."

종태는 힘껏 팔을 휘둘러 옆구리 운동을 하고 난 다음, 숨쉬기를 하고서는 운동을 끝마쳤다. 지예는 종태가 차에 올라타는 것을 보고선 옆자리에 올라앉았다. 종태는 서서히 기어를 넣고선 출발했다. 점점 가속도가 붙으면서 상쾌한 바람이 불어왔다. 계곡 쪽에 숨어 있던 시원한 바람들의 떼 무리가 갑자기 차 앞쪽으로 달려들면서 얼굴에 부딪쳐왔다.

"난 종태 씨가 참 좋아."

"……?"

종태는 지예의 느닷없는 말에 웃음이 튀어나왔다. 그는 빙긋이 웃으면서 앞쪽에만 신경을 쓰고 있었다. 지예가 다시 말을 꺼내왔다.

"너무 좋은 거 있지?"

"뭐가?"

그제야 종태는 지예를 돌아보았다. 지예는 가는 눈웃음을 지으면서 종태를 바라보았다.

"그냥…… 그거 잘하는 것도 그렇고…….."

"그거?…….."

종태는 처음엔 그 말이 무슨 말인 줄을 몰랐다.

"응, 다 잘해. 난 그서 할 때마다 좋은설."

"…….."

그제야 종태는 지예의 말뜻을 알아차리고는 입을 다물고 있었다.

"멋있고…… 남자 같아서 좋아. 난 그런 남자 만나면 괜히 좋더라…….."

지예는 마치 넋두리를 늘어놓는 것처럼 말했다.

"그런 남자 많아. 이 세상에는…….."

종태의 말에 지예는 곧 말을 받았다.

"아냐. 없어."

지예의 목소리는 단호해 보였다.

"없긴…….."

"없었어. 그러니까…… 난 종태 씨가 더 좋은 거 있지? 같이 살고 싶어. 언제까지나…… 그러면 안 돼?"

지예의 목소리는 다소 떨려나오고 있었다. 꽤나 심각한 듯한 말투였다. 그리고 그녀의 표정은 조용하기만 했다. 차의 엔진 음에 눌려서 다소 말이 끊어질 듯하면서 가까스로 흘러나왔다.

"같이 살고 있잖아? 그러면 됐지 뭐."

종태는 가볍게 말을 받아넘겼다.

"이런 거 말고…… 정식으로 같이 살았으면 좋겠어. 서울 집에 가면 분명히 울 엄마가 뭐라고 그럴 텐데……."

지예는 말끝을 흐리면서 입술을 꼬옥 깨물었다.

"……."

종태는 말이 없었다.

"분명히 결혼 문제 얘기가 나올 거 같아."

"……."

종태는 앞쪽만을 응시했다. 다시 커브 길이 시작되고 있었다.

"그러면 난 뭐라고 하지? 좋아하는 사람이 있다고 말할까? 지금 같이 살고 있다고 말해도 될지 모르겠어……."

"……."

종태는 뭐라고 말할 수가 없었다. 그저 묵묵히 그녀의 말을 듣고 있기만 했다.

"서울 가서 우리 집에 한 번 가면 안 돼? 인사나 드리면 안 돼?"

그러면서 지예는 종태를 쳐다보았다. 종태는 얼굴을 돌렸다가 지예의 눈빛과 마주쳤다.

"그건 아직 그래…… 난 오늘 중요한 일로 가는 길이고…… 오늘은 안 되겠어."

"……."

지예는 말이 없었다.

"그건 너무 심각하게 생각하지 마. 나한테 너무 그러면…… 지예가 불쌍해져."

종태의 목소리에는 무거운 그림자가 깔려 있었다.

"……."

지예는 더 이상 말이 없었다. 종태의 가슴 속으로 느껴지는 지예의 분위기란 그랬다. 스스로 창피하면서도 어려운 부탁을 꺼냈다가 거절도 아니고 무안도 아닌 그런 일을 당한 것처럼 어정쩡한 태도로 앉아 있었다.

"미안해. 난 누구에게도 메일 생각이 없어. 그냥 자연스럽게 살다가 갈 생각이야. 내가 누구란 걸 알게 되면 지예는 놀랄 거야. 그냥 그렇게만 알고 있어. 난 그렇게 착한 놈 아니야. 괜히 나한테 너무 많은 기댈 갖지 마라. 다 너를 위해서 하는 소리야. 알겠니?"

종태는 목소리는 완전히 침착하게 가라앉아 있었다.

"왜요? 뭐가 나빠요?"

지예는 반문을 해왔다.

"난 바쁜 놈이야. 그렇게 살아왔어."

종태는 못을 박듯이 제법 단호한 어조로 그렇게 말했다.

"아니예요. 나쁜 것 같진 않아요. 내가 보기엔…… 나 싫은 거 아니죠?"

지예는 약간 겁이 났다. 종태가 그런 식으로 자신에게서 멀어지려고 그러는 건 아닌가하는 염려가 생겨났다.

"싫긴. 누가 싫대?"

종태는 약간 웃음을 머금은 채로 그녀를 바라보았다.

"그럼 됐어요. 전 종태 씨가 좋은걸 어떡해요. 나, 사랑해요?"

그녀는 다시 물어왔다.

"……."

종태는 그저 웃기만 하고 있었다. 다소 냉기가 도는 듯한 그런 웃음이었다. 긍정도, 그렇다고 부정하는 것도 아닌 웃음. 그는 다시 앞쪽을 바라보며 운전에만 신경을 쓰는 사람처럼 굴었다.

"왜 대답 못해요?"

지예는 그가 기분 나쁘지 않을 정도의 촉촉한 목소리로 넌지시 재촉해 보았다.

"……."

종태는 다시 지예를 쳐다보다가 앞쪽으로 시선을 돌렸다.

"……."

지예도 역시 앞쪽으로 시선을 던지고 있었다. 트럭 한 대가 짐을 잔뜩 실은 채로 언덕길을 힘겹게 올라오고 있는 게 보였다. 그 뒤를 따라 줄줄이 몇 대의 승용차들이 거북이걸음을 하고 있었다. 트럭 바로 뒤의 승용차는 조금이라도 틈만 있으면 중앙선을 튀어나와 잽싸게 추월할 듯이 앞쪽 트럭의 꽁무니에 아슬아슬하게 붙어 올라오고 있었다.

"조심해요."

지예는 그가 앞쪽의 그러한 조짐을 지켜보고 있으리라는 걸 알면서도 그 말을 꺼냈다.

"……."

종태는 말이 없었다. 지예가 그렇게 말했는데도 그는 아무런 움직임도 없었다. 그저 묵묵히 앞쪽만을 바라보면서 운전하는 데에만 신경 쓰는 사람 같아 보였다.

아니나 다를까. 종태의 차가 비켜가기가 무섭게 트럭 뒤쪽의 승용차는 잽싸게 중앙선을 넘어 부응하는 소리를 내며 트럭을 추월해 나갔다. 그리고 그 뒤의 승용차 역시 앞차를 따라 추월해가는 것이 보였다. 그렇게라도 하지 않으면 꾸물거리는 트럭에 의해 마냥 늦어질 수밖에 없는 그런 길이었다.

이런 일차선 도로에서 그런 트럭이 앞을 가로막는다면 어쩔 수 없이 추월을 해야만 할 것이라고 생각되었다. 트럭들은 주로 야채나 곡물을 실어 나르는 차들이었다. 특히나 오르막 같은 데서는 엉금엉금 기어갈 수밖에 없었다. 종태도 그런 트럭을 만나면 그렇게 추월할 수밖에 없었다. 원통을 지나 인제로 들어서는 길이었다.

속초에서부터 계속 꼬불꼬불한 길의 연속이었다. 그러나 가파르고 커브 길이었지만 스릴은 있었다. 그리고 산과 계곡의 녹음 짙은 경관을 바라보며 차를 몬다는 것은 기분 좋은 일이었다. 원통과 인제 읍내 시가지만 벗어나면 또 산하가 펼쳐지곤 했다. 읍내라고 해봐야 반경 2km도 채 못 되는 작은 소읍이었다.

"뭘 좀 먹고 갈까?"

종태는 인제 읍내로 들어서면서 물었다.

"아직 배부른데? 배고파요?"

"아니……."

종태는 아직 배가 고프지 않았다. 지예를 생각해서 물어본 소리일 뿐이었다.

"그럼 가요. 여긴 커피 마실만한 데도 없는 거 같아."

지예의 말에 그는 곧 액셀러레이터를 세게 밟으며 인제 읍내를 지나쳤다. 녹색의 농협 건물이 보이고, 경찰서 건물이 보이고, 길가의 낡은 상점들이 보였다. 삼거리 길에서 좌회전을 하면서 방향표지판의 서울이라는 쪽을 잡아 들어섰다. 그곳에서 우회진을 하게 되면 춘천으로 가는 길이있다.

서울까지는 아직도 두 시간 정도는 걸릴 예정이었다. 이제 원통을 지나면서부터는 가파른 언덕 같은 건 없었다. 평평한 도로가 계속 이어졌다. 가끔 심한 굴곡은 있었지만 그다지 위험한 길은 아니었다. 종태는 가속도를 올리면서 얼른 양평까지 갔으면 하는 마음이었다. 빨리 양평에 가서 식사를 하거나, 아니면 커피라도 마실 수 있었으면 싶었다.

만일 양평까지만 간다면 가까운 양수리로 가서 간단한 식사를 하거나 커피를 마시고 싶었다. 지예는 어느새 잠들어 있었다. 그는 카세트를 틀어놓아 심심치 않게 해놓고선 운전을 했다.

홍천을 지나면서부터는 마음이 어느 정도 부풀어 오르고 있었다. 몇 년 만에 서울로 가고 있는 듯한 착각이 들었다. 그는 감회가 깊었다. 서울에서 잔뼈가 굵었고, 서울 장안에서 피를 튀기는 듯한 치열한 싸움을 치루면서 그동안 쌓아올렸던 자신의 조직이 아직도 건재해 있다는 사실이 가슴 뭉클하게 만들었다.

상호는 지금쯤 무얼 하고 있을까?

그의 머릿속에는 지금 상호에 대한 생각으로 가득 차 있었다. 자신이 친형제보다도 더 아끼고 애정을 쏟아부었던 상호였다.

그것은 마치 칼로써 의형제를 맺은 형제라고도 할 수 있었다. 그만큼 남자로서의 신뢰감이 앞서는 놈이기도 했다. 그랬으므로 종태는 지금도 상호를 생각하면 절로 마음이 흐뭇해졌다. 영등포 구치소에 있을 때, 바깥에 있는 은영이가 배신을 하고서 종태 다음으로 서열을 가졌던 기식이하고 붙었던 것을 복수심에 불탄 종태보다도 더 상호가 먼저 칼을 빼들어 무참하게 복수를 하고는 다시 영등포 구치소로 들어와 버린 것이 아니던가.

상호는 늘 그랬다. 종태가 무얼 생각하고, 심중에 어떤 생각이 들어있는 것까지도 알아맞혀서 종태 대신 칼을 빼들곤 했던 놈이었다. 칼을 빼든다는 건 일이 잘못됐을 경우, 만에 하나 사형까지 갈 수도 있는 것이었다. 상호는 그런 일까지도 마다하지 않고 잘 처리하곤 했던 것이다.

조직의 세계란 것도 자신이 먼저 살고 나서 충성하는 것이지, 막무가내로 나서는 놈은 머리가 없는 놈이거나, 무식한 게 그대로 탄로 나는 놈이랄 수 있었다. 종태는 우선 사람을 보면서 저놈이 무식해서 용감한가, 아니면 용감하면서도 머리에 든 것이 있는 놈인가부터 살폈다. 그런 면에서 상호는 완벽한 주먹잽이랄 수 있었다. 비겁하지 않고, 제법 영리한 머리를 가졌으면서도 끝내 배신하지 않을 것 같은 뚝심이 있는 놈이었다.

"……."

종태는 그런 생각을 하자, 절로 얼굴에 웃음이 번져 나왔다.

그것은 곧 상호에 대한 그리움이었고, 보고 싶은 마음이기도 했다.

그러나 그는 상호를 만나서는 안 될 것이라는 생각을 하고 있었다. 보고 싶기는 하지만 만일 만난다고 하면 자신이 초라해질 것만 같은 생각이 먼저 들었다. 아마 상호는 분명히 물을 것이었다. 희자 형수는 왜 같이 안 왔느냐고…… 그러면 종태는 할 말이 없어질 것만 같았다.

조직을 내팽개치면서까지 몰래 종적을 감췄던 옛날의 보스가 어이없게도 사랑했던 여자를 잃어버리고 나타난다는 것이 종태에겐 있을 수 없는 일이었다. 차라리 옛날의 종태로서 상호의 기억 속에 남고 싶은 마음뿐이었다. 희자가 청주 여자교도소에 있을 때, 상호가 직접 나서서 함 주임을 만나 담판을 짓고, 뒷돈을 건네며 빠른 가석방을 청원했던 것을 종태는 알고 있었다. 그런 상호에게 나타나서 좋을 일이란 하나도 없을 것 같은 생각이 들었다.

종태는 차를 운전하면서 옛날의 까마득한 기억들이 하나하나 낙엽 들춰지듯 솟아나는 것이었다. 힘들고 어려웠던 시절, 맨주먹 하나만을 믿고서 철부지처럼 날뛰었던 그때를 생각하면 가슴이 서늘할 정도였다. 칼을 맞아도 정통으로 맞았다면 벌써 그때 그는 이 지구상에 남아 있지 않았을 것이었다. 그때마다 요행히 하늘이 도왔는지 먼저 선수를 치면서 칼을 날렸고, 주먹을 날렸고, 발길을 정확히 날렸기 때문에 한 번도 급소를 맞은 적은 없었다.

일단 급소에 칼을 맞게 되면 조직생활에서는 눈물을 머금고서 떠나야 하는 것은 당연한 일이었다. 그만큼 급소를 맞는다는 건 치명적이었을 뿐만 아니라, 영원히 치욕으로 남을 만큼 잔인한 것이 조직의 생리였기 때문이었다. 절대 목숨만은 건드리지 않는 것이 최고의 주먹잽이요, 그만큼 상대에게 치명적인 타격을 가하는 것만이 노련한 주먹잽이일 수 있었다. 치사한 방법으로 뒤통수를 쳐서 상대를 쓰러뜨리거나, 술에 취해 곯아떨어져 있는 상대를 가격해서 목숨을 빼앗는 건 나중에라도 알려지게 되면 치사한 주먹이 될 수밖엔 없는 것이었다.

종태는 이때까지 주먹엔 주먹으로 맞섰고, 칼엔 칼로 맞서 싸웠을 뿐이었다. 상대가 맨주먹이었을 때, 종태가 먼저 칼을 뽑아드는 비겁한 짓은 절대 하지 않았다. 그건 일종의 룰이었고, 조직 간의 세계에서 불문율이랄 수 있었다. 간혹 어떤 놈들은 지레 처음부터 칼을 뽑아드는 놈이 있었지만, 그런 놈들은 결국 뒤끝이 안 좋게 마련이었다.

종태는 그런 면으로 보면 상호를 더욱 신뢰했다. 그만큼 철두철미하게 단련시킨 결과였는지도 몰랐다. 기식을 죽이기 전까지만 해도 상호는 기식이 밑에 있을 정도로밖엔 보여지지 않았다. 비록 활동하는 동네와 조직은 달랐지만 상호는 벌써 종태의 기억에 남아 있었을 때였다. 조직 간에도 상대 조직엔 어떤 칼잡이가 있고, 어떤 주먹잽이가 있다는 것쯤은 서로 알고 있었기 때문이었다.

기식이 종태를 배신하고서 종태의 깔창이기도 했던 은영일 꼬셔서 조직의 돈을 갖고 일본으로 튈 찰나에 영등포 구치소 쇠창살을 자르고 나와서 상호와 같이 기식이와 은영일 죽였을 때, 비로소 종태는 상호에 대한 눈을 뜬 것이었다. 그리고 영등포 구치소에 줄곧 같이 있으면서 철저하게 자신의 심복으로 심어둔 상호에게 더욱 호감이 간 것도 사실이었다.

길가의 이정표지판을 보면서 점점 서울이 가까워진다는 사실에서 종태는 가벼운 흥분기를 느꼈다. 마치 고향으로 돌아오는 듯한 기분이었다. 그러나 한편으론 다소 마음이 무거워지는 것도 사실이었다. 혹시 누군가가 자신을 알아보고 상호의 귀에 옛날의 보스인 자신이 서울에 나타났더라는 말이 들어간다면…… 하는 생각 때문에 엑셀을 밟는 발이 무거워지는 느낌이 들곤 했다.

그래, 이제는 다 잊어야지…….

그는 몇 번이나 그런 마음을 다잡아먹고 했다. 그래야만 술집 〈황제〉로 전화를 넣지 않으리라는 생각이 들었다. 술집 〈황제〉는 은영이가 운영하면서 동생들을 뒷바라지 했던 곳이었다. 지금도 〈황제〉는 상호의 휘하 동생들을 기거시키면서 출동 준비나 하고 있을 본부의 아지트나 마찬가지일 것이었다.

물론 그동안 전화번호가 바뀌었을 리는 만무했다. 그랬으므로 만일 종태가 전화를 한다고 하면 그 중 누군가가 받아서 얼른 상호에게 직접 연결이 될 것은 뻔한 일이었다.

"……."

종태는 이제 더 이상 조직에 대한 미련 같은 걸 갖지 않기로 굳게 마음먹었다. 그런 생각을 하지 않으려고 해도 어쩔 수 없이 자꾸만 그런 생각이 들었기 때문에 그는 애써 그런 생각을 하지 않으려고 애썼다. 사람이란 이런 것인가. 자신이 목숨을 걸고 이뤄놓은 것에 대해서는 자꾸만 잊으려고 해도 잊을 수 없는 끈질긴 생명력 같은 게 있었다. 그것은 곧 자신이 이뤄놓은 일에 대한 신뢰일 수도 있었고, 신앙 같은 것이기도 했다.

종태는 지난날을 생각하면 한편으론 무섭다는 생각이 들기도 했다. 무법천지로 칼을 휘둘러댔던 지난 과거가 끔찍스럽게 느껴지기만 했다. 지금 생각하면 그러고도 남을 정도였다. 그만큼 시간이 흘렀다는 반증이기도 했다. 그는 가끔 한숨 같은 걸 내쉬며 자꾸만 길가의 이정표를 훑어보았다. 서울 70km. 이제 얼마 안 있으면 곧 서울에 도착할 것이었다.

그는 다소 속력을 떨어뜨리면서 담배를 꺼내 불을 붙였다. 그리곤 한 모금 깊이 빨아들였다가 길게 내뿜으면서 좀 전에 가득 찼던 머릿속의 생각들을 하나하나 지워나갔다. 상호에 대한 생각도, 조직에 대한 궁금함도, 그리고 서울이 어떻게 변했을까 하는 쓸데없는 생각들도 다 지워나갔다.

그는 오로지 백민호에 대한 생각으로 머릿속이 가득 차 있었다. 그는 과연 어떤 사람일까? 소희를 데려가서 어떻게 했을까? 정말 소희를 양녀로 입적시켜서 살고 있는 것일까? 그렇다면?…… 그런 생각에 이르자, 그는 서울로 가는 이번 일이 무의미한 것이 되지는 않을까 하는 우려가 생겨나기도 했다.

'아냐. 그럴 리 없어…… 분명히 확인까지 해봤잖아. 그런 앤 없다고 했어. 그리고 당황된 목소리로 누구냐며 캐물을 듯이 나온 걸 보더라도 분명히 무슨 일이 있는 거야. 그리고 고아원 원장한테 많은 돈을 건네주고 데려갔다는 것이 무엇보다도 비밀스러움을 한층 더하고 있지 않은가.'

그는 별의별 생각이 다 들었다. 분명히 어떤 내막이 있을 거라는 건 확실했지만 정확히는 알 수가 없었다. 그랬으므로 더욱 애가 탔다. 그는 서울로 다가가는 것이 한편으론 초조했지만, 다른 한편으로는 어서 빨리 서울로 가서 모든 걸 속 시원히 알아내고 싶은 마음뿐이었다.

'어떻게 하지?……'

그는 일단 소희의 문제에 대해서 골몰해지고 있었다. 만약 소희에게 무슨 일이 있다고 한다면 백민호라는 사람을 어떻게 처리할 것인가도 미리 생각해둘 필요가 있었다.

"……."

그는 맨손으로 올라가는 것이 홀가분했지만 막상 어떤 식으로 일을 처리할 것인가에 대해서는 얼른 생각이 나지 않았다.

'양양으로 납치해버려?'

그는 문득 그런 생각을 했다.

'아니면?…… 서울에서 즉결 심판을 해버리고 훌쩍 내려가버리는 것도 괜찮은 방법이겠지. 근데 어떻게 하지?……'

그는 막상 실행하려는 마음이 있다고 해도 어떤 식으로 처리할 것인가가 문제일 수밖에 없었다. 그냥 무자비하게 칼침을 놓아버린다는 것은 너무 무의미할 것만 같았고, 어딘가로 납치해서 처리하려면 남들의 시선들이 많기 때문에라도 이 서울에서는 곤란할 것만 같았다.

"……?"

그는 점점 더 구체적인 실행으로 한 발자국씩 다가가고 있었다. 일단 목표와 처치할 대상이 세워졌으므로 망설일 건 하나도 없었다. 어떻게, 어떤 방법으로 멋있게 처치를 하면서 통쾌한 복수를 하느냐가 문제일 뿐이었다.

만일 소희를 어떻게 했다고 하기만 한다면 그는 곧바로 그를 처치해버릴 생각이었다. 종태는 이미 우리 사회의 악에 대해서, 불의에 대해서 칼날을 갈고 있었다. 자신이 겪은 희자를 잃은 슬픔을 그런 식으로나마 처리하지 않으면 그 자신을 감당할 수가 없었다.

'악은 악으로 맞선다.'라는 것이 그의 생각이었다.

원래 악이라는 것은 잔인하고도 처참했으므로 뭇사람들이 섣불리 덤벼들지 못하는 우리 사회의 통념이었다. 괜히 악과 대항해 싸우다가 혼자만 처참한 피해를 입는다면 그건 곧 자신의 몰락을 의미하는 것이었으므로 누구든지 악을 피해서 곁눈질로 도망가는 게 다반사였다. 종태는 이미 그러한 것을 자신이 스스로 경험한 바가 있었으므로 악의 생리에 대해서 잘 알고 있었다.

그래서 그는 악에는 악으로 나서는 자만이 해결할 수 있다고 굳게 믿고 있었다. 말하자면 악에서 돌이키며 회개한 양심만이 악에 대항해서 싸울 수 있는 거라고 믿고 있었다. 그는 이제 희자도 없는 이 세상에서 악을 징벌하면서 외롭게 살다가 죽을 각오가 돼 있었다. 그것만이 자신이 유일하게 할 수 있는 일이라고 생각했다.

양평에 가까워오고 있었다. 그는 액셀러레이터를 세게 밟으면서 양평 우회도로를 돌아 양수리 쪽으로 달려가고 있었다. 그는 옆자리에 곤히 잠들어 있는 지예를 쳐다보았다.

"……?"

지예는 마침 눈을 뜨면서 그를 쳐다보고 있었다.

"잘 잤어? 양수리 다 왔어. 어때? 커피나 한 잔 하고 서울로 들어갈까?"

그의 말에 지예는 고개를 끄덕이고는 다시 눈을 감았다. 아마 아직도 잠이 설핏 남아 있는 듯했다. 그녀는 눈을 감았다가 곧 눈을 떴다. 그리고는 긴 기지개를 켜면서 하품을 했다.

"아함. 푹 잤어. 나 침 흘리고 잔 거 아니지?"

지예는 혹시라도 자면서 침을 흘렸을까봐 입가를 쓰윽 문지르며 묻는 것이었다. 자신이 잠든 모습이 흉하지 않았을까 염려하는 모양이었다.

"침? 하하. 그래, 침 많이 흘리고 자더라. 입가에 줄줄 흐르던데?"

종태가 농담 삼아 던진 말에 지예는 눈을 흘기며 어깨를 꼬집을 듯이 잡았다간 놓아주었다.

"거짓말?"

"아냐, 정말이야. 자면서 혼자 입맛도 다시면서, 자기 혼자서 침을 닦던데 뭘."

종태는 끝까지 우길 생각으로 그 말을 했다.

"정말이야? 정말 그랬어?"

이번엔 지예가 정색을 하면서 나왔다. 그런 모습에서 종태는 그만 마음이 누그러져서 농담이라는 말을 꺼내고 말았다.

"하하, 거짓말이야. 예쁘게 하고선 자던데 뭐. 그냥 자는 걸 가만뒀어. 양수리쯤에 가서 깨우려고. 이제 다 왔어."

종태는 그러면서 양평대교에 못 미친 곳에서 우회전을 하면서 좁은 길로 들어섰다. 철길 건널목을 건너면서 왼편으로 강이 나타났다. 오른쪽으로는 숲이 우거진 산이 그늘을 만들고 서 있었다.

"야아, 강을 끼고 달리니까 기분이 좋은걸. 여긴 바다하고는 또 다르군."

종태는 깊게 심호흡을 한 번 하고는 기분 좋게 내뱉으면서 말했다. 싱그런 녹음이 주는 상쾌한 공기가 폐부 깊숙이 들어왔다가 빠져나가는 기분이었다.

"어디로 가요? 저기 어때요?"

지예는 길가의 지나치는 카페를 보고선 한 곳을 가리켰다. 완전히 카페촌이라고 할 수 있는 강가의 카페 밀집지였다. 그 가운데서 하얀 건물이 마음에 들었던 모양이었다.

"저기로 갈까? 그럼?"

종태는 차의 속력을 팍 줄이면서 오른쪽으로 접어들었다. 늦은 오후의 시간이라선지 꽤나 차들이 주차돼 있는 게 보였다. 종태는 그 속으로 차를 몰아 주차시켰다.

카페의 내부는 완전히 새것처럼 꾸며져 있었다. 아직 오픈한 지 얼마 되지 않은 듯했다. 창가 쪽으로 자리를 잡고 앉았다. 양수리 강이 한 눈에 다 내려다보였다. 곧 웨이터가 다가와서 허리를 굽혔고, 종태는 메뉴판을 볼 것도 없이 커피를 시켰다.

"식사도 할까?"

종태는 웨이터가 가고난 뒤에 지예에게 물었다.

"됐어요. 아직은 배가 안 고파. 그냥 커피나 마셔요."

지예는 실내 분위기에 매료된 듯, 주위를 휘이 둘러보면서 감탄하는 그런 눈빛이었다. 그리고는 다시 강 쪽으로 시선을 돌렸다. 강에는 수상스키를 타느라 젊은이들이 하얀 물보라를 일으키며 달려가고 있는 게 보였다. 모터보트에 매달린 채로 질주하는 모습이 시원스럽게 보였다.

"아, 멋있어. 나도 한 번 타봤으면 좋겠어."

지예는 자기도 모르게 감탄스런 말을 꺼냈다. 그리고는 종태를 쳐다보지도 않은 채, 계속 강 쪽만을 바라보고 있었다.

"……."

종태는 담배를 꺼내 불을 붙였다. 그제야 지예는 종태를 쳐다보고선 흐뭇한 웃음을 지었다.

"나도 한 대 줘. 피워도 되지?"

종태는 그녀에게 담배를 내밀었다. 지예가 담배를 꺼내 입술 사이로 끼워 넣는 걸 보고서는 라이터를 켜서 내밀었다. 지예의 작은 입술에 매달린 담배는 불을 빨아들일 듯이 빨갛게 타들어가다가 이내 연기를 뿜어냈다.

지예는 다시 한 모금을 뽑어내고선 말을 했다.

"나도 언제 이런 카페 한 번 해봤으면 좋겠어. 얼마나 좋아?

그치?"

지예는 별다른 뜻도 없이 내뱉은 말이었다.

여자란 분위기만 보고서도 흠뻑 가는 모양이었다. 새 건물에 새로 치장을 한 내부 인테리어는 일본풍도 아니고, 이태리풍도 아닌 복합적인 분위기를 풍기고 있었다. 깔끔한 분위기가 커피 맛을 더해줄 것만 같은 실내장식이었다.

"해보고 싶어? 이런 거?"

종태 역시 그녀의 말에 맞장구라도 치듯이 말을 했다.

"그럼! 이런 게 얼마나 돈이 든다고! 몇 억은 가져야 될 걸?"

지예는 다시 담배연기를 내뿜으면서 종태를 쳐다봤다. 그리곤 다시 강 쪽을 바라보면서 턱을 괴었다. 그녀의 입술에선 아직도 여운처럼 남은 연기가 입 밖으로 새어나오고 있었다.

"그렇겠지."

종태도 강가를 내다보았다. 마침 한 대의 하얀 승용차가 강가 밭으로 들어서는 게 보였다. 좁은 길을 어렵사리 들어온 승용차는 강가쯤에서 멈춰서 꼼짝도 하지 않았다. 아마 데이트를 하러 나온 모양이었다.

마침 커피가 날라져왔다. 그들은 담배를 비벼끄고는 커피잔을 들었다. 잔을 부딪치지는 않았지만 거의 닿을 듯이 맞대고서는 서로의 입으로 가져갔다. 은은한 커피 향이 금세 주위로 퍼져나가는 듯했다.

"아, 이런 데서 살면 좋겠어."

지예는 느닷없이 그런 말을 중얼거렸다. 그리고는 종태가 자신을 쳐다보고 있다는 것을 느낀 듯, 지예는 얼른 눈을 내리깔고선 커피잔을 들여다보았다. 맑은 커피물이 하얀 자기에 담겨져 있었다.

"여기보다는 바닷가가 더 좋지."

종태가 한 마디 했다.

"그래요. 바다가 더 좋아요. 늘 푸른 물살을 볼 수 있고, 하얀 백사장이 있어서 좋아요. 그리고 바다 위에 떠 있는 배도 볼 수 있고요."

지예는 마치 꿈속처럼 나지막이 말을 했다.

"배 안 고파?"

종태의 물음에 그녀는 한 번 웃기만 했을 뿐, 별다른 말이 없었다. 아직 배가 안 고프다는 뜻인 것 같았다.

"그럼 얼른 마시고 나가. 서울 가서 식사나 할까? 그럼 맞겠지? 식사하고 들어가지."

"그럴게요. 볼일이 얼마나 걸려요?"

"몰라. 아직은…… 그래. 사람을 만나봐야 될 거 같은데…… 하루나 이틀 되겠지 뭐."

"그럼 우리 집으로 전화주세요. 적어드릴게요."

지예는 핸드백에서 종이와 볼펜을 꺼내 전화번호를 적고서는 종태에게 내밀었다. 종태는 전화번호가 쓰인 쪽지를 들여다보면서 남은 커피를 다 마셨다. 마침 지예도 커피를 다 마신 모양이었다.

"자, 나가지. 이런 분위기가 좋으면 다음에 또 오자."

"그래요."

그들은 밖으로 나왔다. 실내의 에어컨 바람을 쐬고 있다가 밖으로 나오니 바깥은 한증막처럼 달궈져 있다가 확 달려드는 것만 같았다. 그들은 곧 차에 올라타고는 강가를 돌아 양수리를 빠져나왔다.

서울에 도착했을 때는 아직도 해가 많이 남아 있었다.

그들은 88도로를 타고 가다가 잠실 쪽에서 이른 저녁을 먹었다. 얼큰한 대구탕에다 공깃밥을 시켜서 먹고는 지예가 전철을 탈 수 있는 데까지 바래다주고 일이 끝나는 대로 곧 전화를 할 거라는 말을 남기고 종태는 그곳을 벗어나기 시작했다. 잠실에서 강동구까지는 그리 멀지 않았다.

그는 차를 몰고 가면서 다시 백민호라는 이름을 입속으로 중얼거려 보았다. 백민호. 소희를 입양해간 남자. 강동구 암사동이라고 했지. 부인은 황숙자. 그는 아무런 연결도 되지 않는 말을 입속으로 외며 액셀러레이터를 밟아대고 있었다. 강 쪽에서 불어오는 바람이 미지근하게 달구어져 있는 것 같았다.

그는 풍납대로를 거쳐 천호대로 쪽으로 차를 몰았다. 광나루 유원지를 조금 벗어나서 그는 길가에다 차를 세웠다. 그리고는 호주머니에서 종이쪽지를 꺼내 그의 주소를 확인했다. 바로 앞이 암사동이었다.

"……."

그는 다소 마음이 들떠 있었다. 큰일을 한 번씩 치를 때마다 그는 그랬던 것 같았다. 완벽하고 치밀하게 일을 해치우기 위해서 가슴 졸이는 것처럼 그는 스스로 비장한 각오를 다짐하고 있었다. 짚차의 앞 본네트에서 뜨거운 아지랑이가 올라왔다. 그는 다시 한 번 종이쪽지에 씌어져 있는 주소를 확인하고 전화번호까지도 머릿속에다 외워두고는 천천히 차를 몰아갔다.

밀집된 주택가의 길에서 그는 다시 한 번 차를 세웠다.

"……."

앞쪽에 주유소가 있는 게 보였다. 그는 그리로 차를 몰아 주유소 안으로 들어갔다. 주유원 아르바이트생이 기름을 넣으려는 차인 줄 알고서는 쪼르르 달려왔다.

"주유구 좀 열어주세요."

여대생인 듯한 아가씨가 생긋 웃으며 창밖에서 소리치는 게 들렸다.

"……."

그는 게이지를 보고 나서 마침 휘발유를 넣을 때가 됐음을

71

알아차리고는 레버를 당겨 바깥의 주유구를 열어주었다. 아가씨가 운전석으로 다가와서 다시 물었다.

"얼마나 넣을까요?"

"만땅!"

그는 유리문을 내리면서 말해주었고, 아가씨는 얼른 기름 호스를 주유구 속으로 집어넣는 것이었다. 그리고는 아가씨가 다시 다가왔다.

"손님, 주유 중입니다."

그녀의 말에 종태는 얼른 그녀를 붙잡았다. 그리고는 순간적으로 좀 전에 외워두었던 주소의 번지를 생각해내고는 조금 다른 번지를 갖다 댔다.

"아가씨, 여기 암사동 * * * 번지 어디쯤인지 아나?"

종태는 즉흥적으로 꾸며낸 번지를 댔다. 종태가 묻는 번지수는 백민호가 살고 있는 바로 옆 번지였다.

"모르겠어요. 전 아르바이트생이거든요. 알아봐 드릴게요. 잠시만 기다리세요."

그러면서 그녀는 곧 사무실로 들어가는 것이었다.

"……."

종태는 그녀가 누구에겐가 묻는 모습이 창밖으로 보였다. 사무실의 직원인 듯한 남자가 벽면 쪽의 커다란 지도를 보더니 무어라고 말하는 것이 보였다. 아가씨는 곧 발랄하게 나와서는 종태의 차로 다가왔다.

"손님, 저쪽으로 가면 약 400미터 지점에 횡단보도가 나와요. 그곳에서 좌회전을 해서 주택가 쪽으로 들어가요. 거기 가서 한 번 더 물어보세요."

아가씨는 운전석 유리창 가로 바싹 다가와서 친절하게 말해주었다. 아르바이트생의 얼굴에서 나는 풋풋한 로션 냄새가 그의 코끝을 자극시켰다.

"알았어요. 고마워요."

"네, 삼만 원입니다. 영수증 필요하세요?"

"아니, 됐어요."

종태는 지갑에서 만 원권 지폐를 꺼내 건네주었다. 그녀는 돈을 받아들고는 잠깐 기다리라고 하고선 사무실로 달려갔다. 곧이어 그녀는 다시 사은품을 들고와서는 종태에게 내밀며 인사를 했다.

"안녕히 가십시오."

종태는 차를 몰아 아까 그녀가 말한 횡단보도 앞에서 차를 멈췄다. 그리고는 좌측 깜빡이를 넣었다. 비보호 좌회전 지역이었으므로 횡단보도에 파란 불이 들어오기를 기다렸다가 좌회전으로 틀어 주택가로 들어갔다.

큰 길에서부터 골목으로 들어가는 작은 길옆에는 숯불갈비집, 다방, 옷가게 같은 것들이 즐비하게 늘어서 있었다. 그는 작은 상점 앞에다 차를 세우고는 상점 안으로 들어갔다. 아무래도 차를 주차시켜 놓으려면 상점 주인에게 뭔가를 사면서 선심을 써주는 것이 도리일 것 같아서였다.

그는 담배 몇 갑과 마실 것들을 사면서 잠깐 차를 세워두겠다고 말하고는 다방이 어디 있느냐고 물었다. 종태는 아까 골목으로 들어오면서 봐둔 다방을 알면서도 일부러 물어본 것이었다.

"저기요. 나가서 보면 보일 거예요."

그녀가 손가락으로 가리킨 곳에는 다방이라는 간판조차 보이지 않았는데도 그녀는 손가락으로 옆쪽을 가리키는 것이었다. 종태는 그곳에서 나와 다방으로 걸어 올라갔다.

다방 안은 한산하기만 했다. 레지 한 명이 들어서는 종태를 힐끗 바라보고서는 카운터 앞에서 배달을 나가려고 그러는지 커피물이 든 포트를 보자기에 싸고 있다가 인사를 건네왔다.

종태는 창가 쪽으로 가서 앉았다. 아까 배달을 나가려고 했던 아가씨가 종태 쪽을 바라보고는 밖으로 나가고 나서 다른 아가씨가 걸어와선 옆쪽에 앉았다.

"아유, 멋있어라. 이 동네 살아요?"

아가씨의 질문에 종태는 잠깐 망설였다. 이 동네에 산다고 말을 할까, 아니면 다른 곳에서 왔다고 말을 할까 하고 망설이는 중이었다. 혹시 나중에 문제가 터졌을 때를 생각해서 어떤 대답이 옳을 것인지를 생각했다.

"응, 이 동네에 살어. 나, 첨 봤지?"

"네. 그러네요. 어느 다방에 잘 가세요?"

그녀는 종태가 이 동네에 산다는 말에 그런 식으로 물어왔다.

"그냥 아무 데나 기분 내키는 대로 가지. 아가씨 얼굴 이쁜 데로. 하하."

종태는 일부러 다방 레지를 밝히는 남자로 변장해서 말했다.

"티켓 자주 끊는가 보죠? 얼굴을 밝히게? 호호."

아가씨는 예사스럽게 말을 꺼내왔다.

"그렇게 보이나? 하하. 얼굴 안 이쁜데 뭐하러 가나? 안 그래? 근데 아가씨 얼굴이 이쁘네? 오늘 티켓 하나 끊을까? 하하."

종태는 호탕하게 웃으며 말했다.

"뭘로 하실 거예요?"

그녀가 물었다.

"커피는 마셨고. 인삼차나 과일 주스 아무 걸로나 주지."

종태가 그렇게 말하자,

"저도 하나 마셔도 돼요?"

그녀가 다가앉으며 물었다.

"그래. 하나 마셔."

종태의 말이 떨어지자, 그녀는 곧 주방 쪽으로 토마토 주스를 두 잔 시키고는 제법 호들갑을 떨기 시작했다. 적적하던 차에 나타난 종태에게 호감을 주기 위한 제스처같이 보였다.

"토마토 주스가 몸에 좋대요. 우리 집에선 직접 토마토를 갈아놨다가 냉장고에서 꺼내 주거든요. 한 번 마셔보세요. 맛이 틀릴 거예요."

"그런가?"

종태는 그 말을 하고선 담배를 꺼내 물었다. 옆에 앉았던 아가씨가 얼른 성냥을 그어 불을 붙여주었다. 아직까지도 성냥이 있는 다방이었다. 그녀는 불을 붙여주고는 종태의 허벅지 위에다 손을 올려두고서는 몸을 바싹 기대왔다.

"티켓하실 거예요?"

"티켓?"

종태는 얼떨결에 반문했다.

"아, 아가씨 이쁜데? 몇 살이지?"

종태가 묻자, 그녀는 눈을 흘겼다. 허벅지를 꼬집을 듯이 한 번 비틀고는 낮은 목소리로 소곤거렸다. 마치 장난을 거는 것처럼.

"영계를 좋아하시는구나. 스물 셋이에요."

"스물 셋?"

"네."

76

그녀는 더욱 바싹 다가앉으며 몸을 밀착해왔다.

"요즘 얼마지? 한 시간에?"

"우리 집은 이만 원이에요. 만 오천 원하는 곳도 있지만, 그런 데하곤 틀려요. 아까 나간 아가씨도 그렇고, 다들 어려요, 여긴요."

그녀는 이 다방에서 일하는 아가씨들이 모두 넷이라고 말을 했다. 그리고 다들 스물 둘에서 다섯까지라는 말도 덧붙이면서 그렇게 받아야 된다고 말했다. 그러면서 그녀는 눈을 찡긋하면서 더욱 몸을 밀착해왔다. 그녀의 짧은 미니스커트 밖으로 허옇게 드러난 살결이 다 보여졌다.

종태는 알리바이를 만들어두기 위해서라도 낮 동안의 숏타임을 할 필요성을 느꼈다. 그래서 그녀의 몸매며 얼굴 등을 얼핏 살펴본 것이었다. 이만하면 만족할만한 영계라는 생각이 들었다. 마치 아까 주유소에서 본 아르바이트생 같은 분위기였다. 어쩌면 아까 본 아르바이트생보다도 더 미인인 듯한 그런 얼굴이었다. 우선은 마음에 든 것이다.

"숏이 얼마지?"

그가 넌지시 물었다.

"알아서 주세요. 5만 원 정도……."

그녀의 말투로 봐선 다소 비싸게 부른 것 같은 액수였다. 그녀의 말끝이 흐려지고 있었다. 손님이 깎을까봐서 대충 조금 올려서 말한 것 같았다. 그러나 종태는 그런 일에서 흥정을 하고 싶지는 않았다.

"좋았어. 너, 그거 잘해?"

종태의 물음에 그녀는 픽, 웃는 듯하다가 정색을 하며 나왔다.

"이런 데 있는 여자치고 그것 못하는 여자 있는 줄 알아요? 서비스 끝내주게 해줄게요. 됐죠?"

그때, 마침 뚱뚱한 여자가 받침대에 주스를 들고 왔다. 옆에 앉은 아가씨는 얼른 받침대를 받아들고서는 종태의 앞에다 주스 잔을 놓아주고는 빨대를 꽂아주었다. 그리고는 자신의 잔에다 빨대를 꽂고서는 입술을 갖다 댔다.

"몇 시간 끊을까?"

종태가 한 모금 마시고 나서 물었다.

"알아서 끊으세요. 길면 더 좋고요."

그녀의 말에 종태는 어두워질 때를 생각해서 다섯 시간이면 될 것 같은 생각이 들었다. 그리고 나서 더 시간이 필요하면 추가 요금을 지불하면 될 것이었다.

"다섯 시간이면 되겠어?"

"다섯 시간요?"

그녀는 다소 놀란 눈치였다. 대개 티켓을 끊는 남자들은 조금이라도 돈을 아끼려는 마음에서 대개는 한 두 시간을 끊는 게 예사였다. 그 시간 동안에 남자들은 안간힘을 쓰며 들려드는 것이었다. 그런데 종태가 다섯 시간이라고 말을 하자, 다소 놀라는 것도 당연한 일이었다.

"그럼. 편하게 놀아야지. 안 그래?"

"네, 알았어요."

그녀는 흡족한 듯이 웃음을 지었다. 그도 그럴 것이 이런 다방에 죽치고 앉아 있기보다는 티켓으로 나가서 남자와 같이 잠을 자거나, 섹스를 하고 있는 게 더 편하다고 생각했다. 손님을 잘만 만나면 질 좋은 섹스를 서비스해주고 나서 받는 팁이라는 것도 생길 수가 있기 때문이었다.

그녀는 시원스레 주스를 마시고는 종태를 쳐다봤다.

"오늘 시간이 많으신가 보죠?"

그녀가 물었다.

"응, 그런 셈이지. 근데 이름이 뭐지?"

"네, 쥬리예요. 원래 이름은 주리인데 그렇게 불러요."

쥬리는 어색한 웃음을 지어 보였다. 햇빛을 받은 그녀의 얼굴은 하얗다. 화장을 짙게 한 탓일까. 키에 비해서는 매우 작은 얼굴에 코와 입술이 모두 작아 보였다. 그리고 눈썹이 가늘면서 짙어보였다. 마치 청소년 잡지책에 나오는 삼류 모델 같은 생각이 들었다.

"나갈까?"

종태가 물었다.

"먼저 나가셔서 이쪽으로 전화해주실 수 있어요? 그러면 곧 나갈 게요. 아까 배달 나간 애가 들어와야 되거든요."

그녀의 말에 종태는 고개를 끄덕이고는 계산을 치르고서 먼저 나왔다. 바깥으로 나와서 그는 여관이라는 간판부터 찾았다. 좁은 골목 안에 두 서너 개의 간판들이 보였다. 그는 그중에서 아까 차를 세워뒀던 상점에서 제일 가까운 여관으로 들어가기로 마음먹었다. 그는 그쪽으로 걸어가면서 짚차를 타고서는 여관으로 향했다. 여관에는 대낮인데도 여러 대의 차들이 주차되어 있었다.

차들은 모두 다 앞번호 판을 가린 채였다. 여관에서 그러한 배려를 했는지 길 쪽에서 차넘버가 바로 보이지 않도록 가림판을 만들어 번호판을 가려놓고 있었다.

"……."

종태는 아직도 서울이 소돔과 고모라와 같이 벌건 대낮에도 씹질을 즐기려는 놈들을 위해 그러한 배려를 아끼지 않고 있다는 것에 대해 일종의 씁쓸한 배신감 같은 걸 느꼈다. 왜 배신감이 들었는지 그도 모른다. 환한 대낮에 그 짓을 즐길 수 있도록 버젓이 영업을 하고 있는 업소들에 은근히 화가 나는 것이었다.

그는 주차장으로 들어서서 시동을 끄자마자, 어디서 나타났는지 보이처럼 생긴 젊은 놈이 다가와서는 공손하게 말을 걸어왔다.

"혼잡니까? 키는 그냥 두고 들어가십시오."

종태는 만 원권을 한 장 건네주고는 차 키를 건네주었다. 그러자 젊은 남자는 허리를 숙여 보이며 고맙다는 뜻을 전해왔다.

종태는 카운터로 가서 방값을 치르고는 키를 받아 룸으로 들어갔다. 여관이었지만 장급 못지않은 방 안 분위기였다. TV, 냉장고, 소파, 침대 등…… 없는 것이 없었다. 그는 침대로 가서 걸터앉으며 TV를 켰다. 마악 정규 방송이 시작되었는지 어린이 프로가 흘러나오고 있었다. 그는 곧 TV를 꺼버리고는 전화기를 집어 다이얼을 눌렀다.

"……?"

신호가 가는 데도 저쪽에선 전화를 받지 않았다. 그는 다시 수화기를 내려놓았다가 다시 다이얼을 눌렀다. 그리고는 바싹 귀에다 갖다 댔다.

"……."

이번에도 역시 저쪽에선 아무도 전화를 받지 않는 모양이었다. 종태는 슬그머니 수화기를 내려놓고서는 담배를 꺼내 불을 붙였다. 몇 번 길게 연기를 내뿜고서는 다시 전화를 걸까 하다가 그만두고는 침대 위로 벌렁 드러누웠다. 그는 천정을 향해 연기를 내뿜었다. 연기는 천정으로 피어올랐다가 점점 옅어져 갔다.

"……."

그는 담배 한 개비를 다 피울 때까지도 백민호라는 작자에 대한 생각으로 가득 차 있었다. 집에 아무도 없다? 그럼 소희도 없다는 것일까? 그럼 부인이라고 적혀 있던 황숙자라는 여자는 누구일까? 그의 머릿속은 그런 생각들로 가득 찼다. 그리고 집에 아무도 없다는 것이 점점 그를 불안하게 만들었다.

'저녁에도 들어오지 않는다면?…….'

그렇게 생각하자, 그는 더욱 초조해졌다. 서울로 올라올 때는 분명히 어떤 결말을 보고선 내려갈 생각이었다. 그런데 집에 아무도 없다는 것은 미처 생각지도 못한 일이 아닌가. 그는 다시 새 담배를 꺼내 입에 물었다.

16

너를 보내주마

그는 새 담배에 불을 붙일 마음의 여유조차 없는 듯했다. 그저 막연히 담배를 입에 물고 있을 뿐이었다. 혹시 계획이 틀어지는 건 아닐까하는 의구심이 들었다. 그는 초조한 눈빛으로 전화기를 내려다보고 있다가 다시 수화기를 집어들었다. 그는 쪽지를 꺼내 다이얼을 돌렸다.

"네, 여보세요. 민 다방입니다."

저쪽에서는 아까 다방에서 봤던 아줌마의 목소리가 들려나왔다.

"네, 쥬리 있습니까?"

종태의 목소리가 다소 떨려나오는 듯했다. 자신이 그렇게 느껴서일까. 종태는 그 말을 해놓고선 손바닥에서 진땀이 나오는 듯했다.

"네, 잠깐만요."

그리고선 좀 있다가 쥬리가 전화를 받는 모양이었다. 쥬리는 이쪽이 종태라는 걸 알았는지 밝고 명랑한 목소리였다.

"네, 저예요."

"응, 여기 산호장인데. 지금 나올 수 있나?"

"몇 호실이죠?"

"312호실."

종태는 간단하게 호실만 댔다.

"갈 때, 커피 드실래요? 가져가요?"

"가져와. 지금 곧 올 수 있나?"

"네. 5분이면 가요."

쥬리는 벌써 산호장이 어디쯤이라는 걸 알고 있는 듯했다. 종태는 전화를 끊고 나서 채 5분도 못 되어서 쥬리가 방문을 노크하는 걸 들었다.

"들어와요."

종태가 문을 향해 말하자, 그녀는 안으로 들어왔다. 손에는 커피포트가 들려져 있었다. 그녀는 종태를 쳐다보고는 웃어 보였다.

"난 또 금방 전화가 올 줄 알았는데…… 어디 갔다가 오셨어요?"

그녀는 커피포트를 내려놓고선 종태가 앉아 있는 소파로 와서 앉았다.

"그냥 여기 있었어."

"커피 마실래요? 가져왔는데…….'"

그녀는 커피포트를 열어 잔에다 커피를 타기 시작했다. 그들은 마주앉아 커피를 마시면서 이야기를 나눴다. 주로 그녀가 질문하는 편이었다.

"뭐하시는 분이세요?"

"왜? 너희들은 꼭 그런 걸 물어보더라? 그게 궁금하냐?"

"그냥요. 그럼 할 말이 없잖아요? 호호호."

쥬리의 말은 그랬다. 그런 거라도 묻지 않는다면 딱히 할 말이 없다는 말도 맞는 것이었다.

"그래. 그 말도 맞네. 난 그저 사업이나 하는 사람이지 뭐. 그러니까 낮에 이렇게 시간이 있는 거고."

"그렇게 보이네요. 근데 이 동네 살아요?"

그녀는 다시 궁금한 듯이 물어왔다.

"처음 보는 얼굴이라서?"

"네, 첨 봬요. 어느 다방에 자주 가요?"

그녀는 꼬치꼬치 캐물었다.

"그냥…… 이곳저곳 아무데나 들어가 보지 뭐. 그러다가 이쁜 애 있으면 하룻밤 같이 자고. 하하하."

종태는 그제야 커다란 웃음을 터뜨렸다.

"그러세요? 그럼 바람기 많으신 분이시네? 그럼 제가 몇 번째예요? 얼마나 많은 여잘 건드렸어요? 그거 되게 궁금하네……."

그렇게 질문하는 쥬리의 눈빛엔 궁금증이 일어나고 있었다.

"그걸 다 말할 수 있나 모르겠다…… 한 오십 명 정도 되나?"

종태는 일부러 거짓말을 보탰다.

"호오, 그렇게 많아요? 그럼 아저씬 다방 레지들 킬러신 것 같으다아. 그럴려면 돈 꽤나 많이 없앴겠어요."

쥬리는 킬킬 웃으면서 손으로 입을 가렸다.

"돈? 그렇지. 돈 좀 없앴지. 다 돈으로 하는 거니까. 하하."

쥬리는 커피잔을 챙겨 보자기에 싸고서는 한쪽으로 밀어두었다. 이제부터 은밀한 거래로 들어갈 시간이었다. 그녀는 종태의 허벅지 안쪽을 내려다보았다. 종태는 그녀가 어디를 본다는 것을 알고 있었다.

"샤워하고 나올 거야?"

종태가 물었다.

"네. 해야죠. 먼저 하실래요?"

"아니, 네가 먼저 해. 난 담배나 한 대 피우고 있을 테니깐. 들어가."

종태의 말에 그녀는 발딱 일어나서 창문의 커튼을 살짝 가렸다. 완전히 다 가리게 되면 칠흑같이 방 안이 어두웠으므로 조금만 남겨놓고서 다 가렸다. 그리고는 그녀는 옷을 벗기 시작했다. 약간 어두운 방 안의 옅은 밝기 때문에선지 그녀의 몸매는 고혹적이기까지 했다.

"……?"

그녀는 옷을 벗다말고 종태가 보고 있다는 것을 의식했는지 잠깐 멈췄다. 그리고는 다시 옷을 벗기 시작했다.

"……."

종태는 소파에 앉은 채로 그녀의 몸매를 감상하고 있었다. 한 꺼풀씩 옷이 밑으로 떨어질 때마다 그녀의 환한 알몸이 드러났다. 그녀는 이제 브래지어와 팬티만을 남겨놓고선 완전한 알몸이 되었다.

"어때요? 보기 괜찮은 것 같아요?"

그녀는 뒤를 돌아보며 말했다.

"똑바로 서 보지 그래. 몸매가 멋지군."

종태는 그 말을 하면서 뭉툭한 성욕이 밑에서부터 꿈틀거리는 걸 느꼈다. 가는 듯하면서도 단단해 보이는 그런 몸매였다. 군살이 하나도 없을 것처럼 잘 다듬어진 몸매였다. 그녀의 앞가슴과 중요한 부분에는 겨우 손바닥만한 천조각이 가리고 있을 뿐이었다.

그녀는 말없이 돌아섰다. 그리고는 종태를 바라보는 것이었다.

"그냥 벗어봐. 한 번 구경하게. 할 수 있겠나?"

종태는 어려운 제의를 하듯 그렇게 말했다.

"네. 그럼……."

쥬리는 먼저 가슴에 붙어 있는 브래지어를 떼어냈다. 그것을 침대 위로 던져놓았다.

"음……."

종태는 나직한 신음소리를 냈다. 작고 단단한 젖가슴이 위를 향해 치솟아 있는 게 보였다. 보기만 해도 싱싱한 풋과일처럼 그것은 싱그러워 보였다. 매끈하면서도 물렁해 보이지 않는 그런 젖가슴이었다.

그는 한숨을 안으로 삭이면서 쥬리가 다음 동작으로 넘어가기를 고대하고 있었다. 쥬리는 자신의 젖가슴을 두 손으로 가렸다. 차마 부끄러운 모양이었다.

"왜?"

그의 말에 그녀는 설핏 웃음을 흘리면서 두 손을 내렸다. 다시 부드러운 젖가슴이 다 드러났다. 그는 그녀의 완벽한 몸매를 눈으로 감상하고 있었다. 알맞게 부푼 젖가슴과 단단한 아랫배와, 긴 다리가 어느 정도 조화를 이루고 있었다. 다만 눈에 걸리는 것인 팬티뿐이었다.

그러나 그렇게 바라보는 것도 기분 좋은 것이었다. 그녀의 마지막 중요한 부분이 천조각으로 가려져 있다는 것이 호기심을 잔뜩 자극시켰다. 그는 다시 한 번 호흡을 들이마시면서 말을 꺼냈다.

"그것도 벗어봐. 너무 완벽한 몸매 같아."

그의 말에 그녀는 얇은 팬티 양쪽을 잡아서는 밑으로 끌어내렸다. 다리를 드느라 그녀의 꽃잎이 길게 이그러지는 듯한 모습이 다 보였다. 까만 털이 보기보다는 무성한 듯했다. 털 밑으로 붉은 계곡이 조금 엿보였다가 감춰졌다. 다시 그녀가 다른 쪽 다리를 들면서 팬티를 걷어냈다. 이번에도 역시 그녀의 꽃잎은 길게 이그러졌다가 다시 새카만 털 속으로 감춰지는 것이었다.

"음……."

그는 두 팔로 팔짱을 낀 채, 그녀를 똑바로 주시하고 있었다. 그녀는 완전한 알몸이 되어 종태 앞에 서 있었다. 하얀 살결에 새카만 털빛이 눈을 자극시키고 있었다. 도톰하게 나 있는 털이 계곡 위쪽을 완전히 뒤덮고 있었다. 그는 그 밑까지 세밀히 보고 싶었지만 차마 그럴 수는 없는 일이었다.

"씻지. 멋있었어."

그의 말에 그녀는 빙긋 웃어 보이고는 욕실로 들어갔다. 곧이어 상쾌한 물소리가 들려 나왔다. 그제야 그는 꿈속에서 헤어나와 제 정신으로 돌아오는 듯했다. 우선 담배를 한 개비 꺼내서 불을 붙였다. 그는 한 모금 깊숙이 들이마셨다가 천천히 밖으로 내뿜었다. 마치 폐부 깊숙이 연기를 집어넣었다가 기분 좋게 토해내듯이 만족감이 느껴졌다.

"……."

그는 다시 전화기를 집어들었다. 그리고는 다이얼을 눌렀다. 백민호의 집에 전화를 넣은 것이다. 곧 신호가 갔다.

"……."

그는 한참 동안 기다렸다. 신호가 가는 소리가 유난히 지겹게 느껴지고 있었다. 그는 인내심을 갖고서 기다렸지만 저쪽에선 끝내 수화기를 들지 않는 모양이었다.

'없나?'

그는 아직 수화기를 내려놓지 않고 있었다. 그는 계속 수화기를 들고 있다가 한참 만에 수화기를 내려놓았다.

'없군……'

그는 속으로 중얼거렸다. 그러면서 약간 초조한 마음이 들기 시작했다. 그가 집에 없다면 서울로 온 보람조차 없게 된다. 그를 만나야 모든 걸 알 수 있을 텐데…… 그는 다시 전화를 걸까 하고 생각했다가 그만두고 말았다.

그는 다시 새 담배에다 불을 붙였다. 반쯤 피웠을까. 욕실의 문이 열리면서 쥬리가 밖으로 나왔다. 그녀의 알몸을 보는 순간, 종태는 다시 그녀의 알몸으로 정신이 쏠리는 것이었다.

"씻으세요. 물 받아났어요."

그녀의 목소리조차 촉촉이 젖어 있는 듯했다.

"그냥 샤워만 하지."

그는 그녀가 보는 앞에서 옷을 벗었다. 이미 그의 아랫도리는 뭉툭하게 치솟아 있었다. 팬티를 내리려는 데 번쩍 일어선 그것에 걸려 잠깐 멈췄다가 팬티가 밑으로 내려갔다.

"오마! 단단히 섰네요! 오늘 죽이겠다아."

쥬리는 웃음을 터뜨리면서 그 말을 했다.

"죽여? 그래, 죽여주지 뭐."

종태도 웃으면서 욕실로 들어갔다. 그는 찬물을 틀어 머리에서부터 물을 끼얹었다. 시원한 물이 몸에 닿으면서 새로운 정신이 드는 듯한 기분이었다. 그는 이제 오로지 쥬리를 쥐여놓을 생각만으로 가득 찼다. 그는 대충 비누칠을 하고는 다시 찬물을 끼얹어 몸을 헹궈냈다.

"……."

그는 몸을 씻으면서 밑을 내려다보았다. 차가운 물을 맞았지만 벌겋게 치솟아오른 자신의 물건이 우람하게 보였다. 마치 단단한 나무토막 같은 것이 불끈 서 있었다. 그는 샤워기를 그곳에다 갖다 댔다. 물을 맞으면 맞을수록 더욱 단단해지는 듯한 느낌이었다.

그는 그곳만을 더욱 세밀하게 씻어내고 있었다. 회음부 부근에다 샤워기를 갖다 대고선 센 물살의 느낌을 맛보았다. 마치 물살이 살갗을 간질이는 듯한 쾌감이 전해져왔다.

그가 밖으로 나왔을 때, 쥬리는 소파에 앉아 있었다. 냉장고에서 맥주를 꺼내놓고 있었다. 그는 소파로 가서 앉았다. 건너편의 쥬리는 완전한 알몸이었다. 다리를 꼬고 앉아 있는 모습이 이상하게도 묘한 성적인 쾌감을 던져주고 있었다.

"이거 드세요."

쥬리는 캔맥주를 따라 종태에게 건네주었다. 종태도 역시 그녀에게 잔을 내밀고는 그 잔에다 맥주를 따라주었다. 누가 먼저랄 것도 없이 그들은 서로 잔을 부딪치고는 입으로 가져갔다. 냉장고에서 갓 꺼낸 맥주라서 그런지 목 안으로 넘어갈 때는 차가운 느낌이 들었다.

"어, 시원해."

그는 곧 쥬리의 잔이 비었음을 확인하고는 다시 맥주를 가득 채워 주었다. 두 사람은 서로 잔을 채워주며 캔을 몇 개나 비워냈다. 갈증이 나는 오후여서 그랬는지 그들은 서로의 잔이 채워질 때마다 단숨에 받아 목 안으로 넘겼다.

"……."

그는 쥬리의 알몸을 넌짓한 눈빛으로 바라보았다. 희고 탄력 있는 몸매였다. 다소 마르긴 했었어도 그리 여위었다고는 할 수 없는 몸매였다. 그는 입안에 고이는 침을 맥주와 같이 삼키면서 그녀를 바라보고 있었다.

"후후."

쥬리는 자신의 알몸을 감상하고 있는 종태를 바라보며 알 수 없는 웃음을 흘려냈다.

"너, 몸매 참 이쁘다. 다이어트한 거니? 아니면 순전히 굶은 거냐? 운동할 시간은 없을 테고……."

종태의 말에 그녀는 잔을 내려놓으며 웃었다.

"굶기도 하고, 다이어트도 한 덕분이죠 뭐. 제 몸 어떠세요? 괜찮죠?"

쥬리는 그러면서 몸을 앞으로 숙이면서 앞가슴을 쭉 펴내 보였다. 작고 통통한 젖가슴이 꽤 크게 보여졌다. 그녀는 이제 다리를 편 상태였다. 다리사이로 검은 숲이 드러나 있었다. 깊은 계곡이었다. 그녀의 계곡은 남자의 그것과는 달리 숲만 울창한 것이었다.

"그래. 괜찮은 몸매군. 근데 이 동네 다방엔 얼마나 있었지?"

"이제 곧 한 달이 돼 가요."

"그래? 그럼 이 동네에 대해선 잘 모르겠구나?"

종태의 물음에 그녀는 맥주잔을 들었다가 도로 내려놓으며 물었다.

"왜요?"

"아니, 그냥. 한 번 물어본 것뿐이야. 첩보는 얼굴이라서……."

종태는 그런 식으로 말을 얼버무렸다.

"그야, 아저씨가 우리 가게에 처음 오셨으니까 첨 봤겠죠. 제가 이리저리 배달을 다녔는데도 못 봤어요?"

"응, 첨 봤는데?"

"우리 가게에 자주 놀러오세요. 가끔 티켓도 끊으시고요. 난 아저씨 같은 사람이 좋더라."

그녀는 그 말을 해놓고 웃었다.

"그래. 자주 들릴게. 근데 난 사업이 바쁘거든. 바쁠 땐 무지 바빠. 요즘은 좀 한가하지만."

"뭘 하세요? 그런 것도 있어요?"

쥬리는 매우 궁금해 했다.

"됐어. 이만 마시고……."

종태는 그녀의 입을 막는 데엔 별다른 도리가 없을 것 같았다. 그녀의 옆으로 가서 쥬리를 껴안았다. 작은 알몸이 한 품에 쏘옥 다 들어오는 기분이었다. 그는 그녀의 젖가슴을 어루만지며 밑으로 내려갔다.

"아이……."

그녀는 약간 몸을 비틀다가 마는 것이었다. 그리고선 종태의 손길을 받아들이고 있었다. 종태는 일단 젖가슴을 훑으면서 아래쪽으로 내려갔다. 그녀의 사타구니 속으로 손을 집어넣어 털이 많은 계곡으로 손가락을 찔러 넣었다.

"……."

그녀는 종태가 하는 대로 내버려두면서 몸을 약간 뒤로 젖혔다. 그리고 두 다리는 더 넓게 벌려졌다. 종태는 벌어진 다리사이로 점점 더 깊이 안쪽으로 들어갔다. 그녀의 보드라운 살점들이 만져졌다. 약간 젖은 듯한 꽃잎의 감촉이 무척 부드럽게 느껴졌다.

그는 손가락 끝에 신경을 곤두세우며 그녀의 계곡을 훑어나갔다. 그녀의 꽃잎은 자잘한 무늬로 아로새겨진 음각처럼 느껴졌다. 얇은 주름들이 겹겹이 헤쳐지면서 그 겹겹마다 물이 고여 있다가 조금씩 흘러나오는 것만 같았다. 이미 종태의 손에는 물기로 흥건해져 있었다.

"물이 많군."

종태가 중얼거리자,

"네에."

그녀는 조그맣게 소릴 냈다. 그러면서 그녀는 못 견뎌했다. 벌리고 있는 두 다리가 바르르 떨리고 있음을 알아챌 수 있었다. 종태는 입술을 젖가슴에다 갖다 대고는 조금씩 핥아나갔다. 그러면서 그의 손은 계곡을 후벼 파고 있었다.

쥬리는 점점 몸을 뒤로 휘면서 종태의 머리채를 끌어 잡았다.

"아……."

그녀의 입에서 최초로 터져 나온 소리였다. 그 다음부터 그녀는 가쁜 말을 서슴없이 토해내었다.

"아아, 이제 하세요. 해도 돼요."

쥬리는 종태의 목을 끌어 잡아 밑으로 자꾸만 당겼다. 그러나 종태의 마음은 그게 아니었다. 그는 아직도 쥬리가 완전히 녹초가 될 때까지 기다리고 있는 중이었다.

그는 다시 계곡 입구에 혀끝을 대선 핥기 시작했다. 얇은 꽃잎들이 혀끝에서 이리저리 움직이면서 벌어졌다간 오므려졌다. 그는 눈으로 직접 확인하면서 그것을 핥고 있었다. 좁은 틈 사이로 붉은 빛이 도는 살결이 보였다. 그가 손가락으로 조금 더 열었을 때, 그 속의 살결은 마치 홍합과도 같았다.

그는 혀끝을 동그랗게 말아서 그 속을 건드려주었다. 찐득한 물기와 함께 혀끝에 만져지는 기쁨이 그 어느 것보다도 남달랐다. 그는 쥬리의 아랫배가 헐떡이는 것을 보고선 몸을 일으켰다.

"아……."

쥬리는 의식이 몽롱했는지 초점이 없었다. 종태가 일어나서 그녀의 벌어진 사타구니를 보고 있는데도 쥬리는 꼼짝도 하지 않았다. 그저 망연히 쳐다만 볼 뿐이었다.

"아아…… 어서 해줘요. 어서요."

그녀는 종태의 다리를 붙잡았다.

"알았어."

종태는 그녀를 소파 뒤로 눕게 하고선 두 다리를 벌렸다. 그

96

리고 그 속으로 자신의 아랫도리를 집어넣으며 뿌리를 밀어 넣었다. 뿌리는 아무런 저항 없이 매끄럽게 안으로 들어갔다. 그는 서서히 움직이면서 그녀를 끌어안았다.

"아아!"

쥬리는 밑에서 허리를 움직이며 달려들고 있었다. 쥬리의 엉덩이가 위로 치받아지면서 달라붙었다. 그 바람에 종태의 힘은 약간 반감되는 듯했으나 그렇지만도 않았다. 그녀가 치받는 엉덩이 힘과 그가 내리치는 엉덩이의 힘이 서로 맞부딪치면서 조금씩 격렬해지고 있었다.

그는 소파에서 여러 체위를 구사했다. 그녀를 눕히기도 했으며, 그녀는 엎드리게 해놓고선 뒤에서 공격하기도 했다. 그리고 나중에는 자신의 허벅지 위에다 그녀를 올려놓고선 그녀가 움직이게도 했다. 모든 것이 다 감칠맛 나는 것들이었다.

"아아, 좋아요. 꿀맛이야."

그녀는 마치 잠결처럼 속삭이면서 엉덩이를 들었다가 내려놓았다. 그러면서 그녀는 엉덩이를 좌우로 흔들어댔다. 그의 뿌리는 그녀의 질 안에서 이리저리 움직이면서 짜릿한 쾌감이 느껴졌다.

그녀가 엉덩이를 내릴 때마다, 그의 뿌리를 타고 깊숙이 들어오는 그녀의 뜨거움을 느낄 수 있었다. 그것은 바로 그녀 질의 뜨거움이랄 수 있었다. 완전히 쏙 박혔다가 다시 빠져나갈 때의 황홀함이란 이루 말할 수 없는 것이었다. 그는 곧 사정기를 느끼면서 그녀의 엉덩이를 붙잡았다.

"……?"

그녀는 잠깐 하던 동작을 멈추었다.

"아, 사정할 거 같아……."

종태는 참을 수 없는 배뇨기를 느끼며 얼른 그녀를 껴안고서는 침대로 달려갔다. 그녀를 눕히는 순간, 그는 숨 돌릴 틈도 없이 격렬하게 마구 움직여댔다. 일 초의 순간에도 꽤나 여러 번 움직여댔을 것이었다. 그녀의 꽃잎에서 격렬한 몸놀림의 부딪침 소리가 들려나왔다.

"아!"

그는 외마디 소리를 내뱉으며 쥬리의 몸 위로 고꾸라졌다. 이미 그의 뿌리에서는 울컥거리며 정액을 토해내고 있었다.

"아……."

쥬리는 그의 몸을 힘껏 부둥켜안았다.

"……."

두 사람은 이제 더 이상 움직일 필요가 없었다. 그들은 그걸로 만족했을 뿐이었다. 쥬리는 그가 내쏜 정액을 고스란히 받아들이며 누워 있었다.

그는 사정을 끝내고서도 얼른 몸을 떼지 않았다. 격렬한 몸부림 뒤의 여운 같은 게 아직도 남아 있었기 때문이었다. 그는 정액이 다 빠져나갈 때까지 그대로 가만히 있었다.

얼마나 시간이 지났을까. 나중에는 쥬리가 먼저 몸을 후두둑 떨어대며 뿌리를 빼냈다.

"후아!"

종태는 참았던 숨을 한꺼번에 토해내듯이 팔에 힘을 주며 상체를 일으켰다. 그러나 완전히 몸을 떼지는 못했다. 그녀의 알몸에 닿은 그의 아랫도리는 결합은 안 된 상태였지만 밀착감은 아직 그대로였다.

그는 그녀를 내려다보며 빙긋이 웃어주었다.

"어때?"

"좋아요. 멋져요."

쥬리는 일부러 하는 말이 아니었다. 낮 시간의 간단한 섹스가 아닌, 진실로 뜨거운 섹스를 한 것 같은 기분을 느꼈다. 그래서 그녀는 아직도 종태의 등에서 손을 떼어놓지 못하고 있었다.

그녀는 그의 등을 쓸어주며 나직이 말했다.

"프로야. 프로."

그녀의 웃음과 함께 그 말을 들은 종태는 그리 기분이 나쁘진 않았다. 어떻게 들으면 묘한 쾌감을 불러일으키는 말소리 같이 들렸다.

"하하, 그래? 프로?"

종태는 웃었다.

"나, 오늘 너무 좋았어. 당신 그거 잘하는 사람 같아. 맞죠?"

"뭐가?"

그가 물었다.

"그거요."

"응? 그거? 하하."

종태는 그녀가 말한 걸 모르는 게 아니었다. 단지 그러한 말을 듣는 게 좋았고, 그 말에 대꾸하는 자신이 즐겁게 느껴졌던 것이다.

"또 할 수 있어요?"

"왜?"

종태가 물었다.

"그냥요."

"더 하고 싶어?"

다시 종태가 물었다.

"네."

그녀의 목소리는 모기소리 만하게 작았다.

"또? 그럼 또 할까?"

종태는 이미 사그라든 자신의 뿌리를 만져보았다. 한 번 사정을 한 그것은 완전히 풀이 죽어 있었다. 그는 몸을 일으켜서 그녀의 입에다 그것을 갖다 댔다.

"그럼 빨아줘. 그럼 다시 할 수 있을 거야."

"……."

그녀는 말없이 그것을 입에 넣고선 빨기 시작했다. 간질거림이 느껴지면서 종태는 말할 수 없는 쾌감의 소용돌이 속으로 빠져드는 듯했다. 그녀가 몇 번 그렇게 했을 때, 정말 기적 같은 일이 일어나기 시작했다. 종태의 그것이 서서히 고개를 쳐들면서 일어났다.

그는 좀 더 기다렸다.

그의 뿌리가 완전히 일어설 때까지 기다렸다가 다시 삽입할 생각이었다. 그는 다 일어섰다고 생각됐을 때쯤, 그것을 다시 그녀의 몸속으로 집어넣었다. 이번엔 순전히 그가 위에서 움직였다. 그녀가 밑에서 몇 번 치받다가 종태의 완강한 힘을 이겨내지 못하고선 그대로 풀썩 드러눕고 마는 것이었다.

"아아……."

쥬리는 다시 달아오르기 시작했다.

"어때? 좋지?"

"네에……."

쥬리는 숨 가쁜 중에도 대답을 하는 거였다.

"……."

종태는 뿌리만을 움직여댔다. 그런 자세로는 끝도 없을 것 같았다. 이미 한번 사정을 했던 것이었으므로 다시 사정하기까지는 다소 시간이 필요할 것 같았다. 그는 허리의 힘을 모아서 힘껏 내리쳤다간 다시 빼내기를 거듭하고 있었다.

두 번째의 사정을 했을 때는 꽤나 시간이 흐른 뒤였다. 그는 이제 기진맥진해 있었다. 그녀 역시 그런 것 같았다. 종태가 그녀의 몸 위에 엎드려졌을 때, 쥬리는 완전히 전의를 상실한 여자처럼 널브러져 있었다.

"아……."

그녀는 감탄인지 모를 소리를 흩어 내면서 하품을 뱉어냈다.

"……."

다시 시간이 흘렀다. 그들은 포옹을 풀지 않은 채, 서로의 몸을 핥아주고 있었다. 그리고 다시 시간이 흘렀다. 이미 종태의 뿌리는 완전히 죽은 뒤였다. 그녀의 질 속에 있는 것이 전혀 무의미할 것 같았지만 그게 아니었다. 그는 그러고 있는 것이 그저 좋았을 뿐이었다. 그리고 쥬리 역시 그랬다. 모처럼 진한 섹스에서 여운까지 다 가질 듯이 그를 끌어안고 있었다.

그는 오랜 포옹을 풀고 나서 그대로 곧장 잠에 떨어지고 말았다. 쥬리가 잠깐 일어나서 그의 몸에 얇은 이불을 덮어주고는 그 옆에 누워 잠이 들었다. 두 사람은 두 번의 진한 섹스에서 완전히 탈진한 것처럼 곤한 잠 속으로 빠져들었다.

얼마나 잤을까. 종태는 피로가 한꺼번에 몰린 것처럼 굵고 짧은 잠을 잤다. 단 한 시간이라도 푹 자고나면 몸도 마음도 개운해지는 것이었다.

"……?"

그는 눈을 뜨자마자 옆자리에 반듯이 누워서 자고 있는 쥬리를 보았다. 그녀의 가슴은 아직 곤한 잠을 자고 있어서인지 조용하게 들쑥거리고 있었다. 봉긋한 젖가슴이 긴장감을 늦추지 않고 있는 듯했다.

그리고 그녀의 편편한 아랫배와 긴 다리, 그리고 가는 허벅지는 잘 빠진 몸매의 한 부분처럼 보여졌다. 그녀의 검은 숲이 풀밭의 잔디처럼 평평하게 달라붙어 있는 게 보였다. 살갗에 바싹 붙어 자라고 있는 토끼풀처럼 보였다.

"……."

그는 손을 내뻗어 그녀의 음모를 만져보았다. 그리고 그 위에다 손바닥을 펴서 갖다 대었다. 손바닥에 느껴지는 감촉이 부드러웠다. 그녀가 숨을 쉬느라 들쑥거리는 숨결이 그곳에까지 미쳤다.

"……."

그는 백민호를 생각하고 있었다. 불현듯 전화를 걸고 싶다는 생각이 들었다. 그는 곧장 일어나 소파로 가서 앉았다. 그리고는 조심스럽게 다이얼을 눌렀다. 신호가 가는 소리가 들렸다.

"여보세요."

"……?"

종태는 깜짝 놀랐다. 신호가 가자마자 이쪽에서 받으리라곤 미처 생각지도 못한 사이에 어떤 남자의 굵은 목소리가 튀어나왔다.

"여보세요!"

그 남자는 대답이 없는 수화기에다 대고 짜증이 나는 목소릴 냈다.

"……."

종태는 가만히 듣고만 있었다. 갑자기 마음이 뻐근해지는 듯한 기분을 느꼈다. 마치 전의를 되찾은 듯한 그런 충전감이었다.

저쪽에선 성급한 목소리로 여보세요 라는 말을 하고선 수화기를 내려놓으려는 순간이었다. 그때 종태는 조용한 목소리로 물었다.

"백민호."

"어? 누구야?…… 누구야?"

종태는 곧바로 수화기를 놓아버렸다.

"……."

이제 백민호라는 사실을 확인한 이상, 더 이상 꾸물거릴 이유가 없었다. 그는 창밖을 내다봤다. 아직도 어두워지려면 좀더 시간이 흘러야 할 것 같았다. 그는 담배를 꺼내 피우면서 생각에 잠겼다.

쥬리는 아직 자고 있었다. 세상모르게 자고 있는 쥬리의 모습이 더없이 부러워 보이는 건 무엇 때문일까. 그는 지금 마음이 조급해지고 있었다. 분명히 무슨 일이 일어날 것만 같은 불안감이 그를 온통 휩싸고 감돌았다. 그건 순전히 자신만이 느낄 수 있는 예감 같은 것이었다. 이미 모든 일은 나쁜 쪽으로 흘러가고 있을 것이라는 직감 같은 것이 마음속을 흐르고 있었다.

"……?"

그는 잠든 쥬리를 쳐다봤다. 쥬리가 자는 동안에 해치울 수만 있다면 더 나을 것만 같은 생각이 들었다. 그래야만 만일의 경우에라도 알리바이를 만들어 놓을 수 있기 때문이었다.

그는 옷을 입은 채로 바깥으로 나왔다. 그리고는 근처 약국으로 가서 수면제 몇 알을 샀다. 다시 모텔 방으로 들어온 그는 아직 깨어나지 않은 그녀를 확인하고는 생수에다 수면제 두 알을 타고는 녹을 때까지 흔들었다.

그리고 그것을 쥬리에게로 가져갔다. 그는 쥬리를 흔들어 깨우고는 물을 마시게 했다.

"으응? 물?"

쥬리는 잠이 깨려다가 눈을 뜬 것인지 상쾌한 얼굴이었다. 종태가 내민 물을 일어나 앉아 벌컥벌컥 받아 마시고는 웃었다.

"언제 일어났어요?"

"좀 전에. 자길래 그냥 뒀어. 나도 피곤했어. 이따가 저녁이나 먹으러 갈까?"

종태의 말에 그녀는 다시 웃는 듯했다.

"어머, 좋아라. 근데? 시간이 꽤 됐을 텐데……?"

그녀는 티켓의 시간을 말하는 모양이었다.

"그건 염려마. 오늘 완전히 너를 사버리지 뭐. 한 숨 더 자. 아직 시간이 이르니깐 좀 있다가 밖에 나가서 저녁을 먹지."

"오우, 오케이. 아, 피곤해."

그녀는 기지개를 켜면서 모처럼만에 맞는 휴식인 것처럼 좋아했다. 종태는 그녀를 껴안아 눕히고는 그녀의 어깨를 주무르기 시작했다.

"어때? 시원하지? 이러면 또 잠이 올지도 몰라. 안마를 하면 시원해지거든."

종태는 그녀가 잠자코 있는 동안, 어깨며 팔다리를 주물렀다. 손가락에 힘을 주어 꾹꾹 주물러주는 것이 시원했는지 쥬리는 잠자코 있을 뿐이었다. 종태가 엎드리라고 하면 그녀는 곧 엎드렸고, 그는 등에서부터 다리에까지 정성을 다해 주물러댔다. 미끈한 육체가 종태의 손에 의해 밀가루처럼 반죽이 되는 듯했다.

"아이, 시원해. 안마사가 하는 것보다 더 시원해요."

그녀는 연신 좋아라하고 있었다. 그녀의 도톰한 엉덩이를 주무르면서 그 역시 성적인 쾌감이 느껴지고 있었다. 두 짝의 작은 엉덩이가 맞붙어 있는 깊은 곳이 드러날 듯이 감춰져 있는 모습이 더욱 감칠맛 나게 했다.

그는 그녀의 중요한 부분에다 손을 집어넣어 엉덩이를 들어 올리면서 말했다.

"들어봐. 무릎을 꿇고서 한 번 할까?"

쥬리는 금방 그 말을 알아차리곤 엉덩이를 치켜들었다. 종태는 얼른 바지를 끌러 내리고는 번쩍 선 뿌리를 꺼내 그녀의 꽃잎에 갖다 댔다. 알맞게 벌어진 그곳은 이미 물기로 젖어 있었다. 그는 처음엔 천천히 뿌리를 움직였다. 그녀는 엎드린 채로 끙끙거렸다.

"아아! 좋아요!"

어느 순간 그녀는 엉덩이를 뒤로 밀어대면서 보조를 맞춰왔다. 두 사람은 다시 불이 붙는 듯했다. 종태는 쉬지 않고 계속 움직였다. 흥건한 물기가 바깥으로 번져 나와 자신이 뿌리를 완전히 적셔놓고 있는 게 다 보였다.

마지막 클라이막스쯤에서 그는 그녀를 반듯이 눕히고는 거세게 둔덕을 내리쳤다. 질퍽거리는 물소리가 들려나왔다. 그녀의 눈빛은 완전히 풀린 상태였다. 이제 서서히 약기운이 번지는 모양인 것 같았다.

"아…… 내가 왜 이러지?"

쥬리는 아까부터 그런 말을 중얼거렸다.

"왜?"

종태가 물었다.

"그냥…… 하늘로 붕붕 올라가는 느낌이야. 잠이 와요. 뭐가 뭔지 모르겠어. 하아……."

그녀는 하품을 하면서 행복해하는 그런 얼굴이었다.

"좋아서 그럴 거야. 나도 좋은걸 뭐."

그는 이제 마지막 안간힘을 쓰며 최대한의 공격을 해 들어갔다. 침대에서 삐꺽거리는 소리가 요란하게 났다. 그는 두 사람의 살갗이 내는 이상스런 소리를 들으면서 최대한 높이 엉덩이를 쳐들었다가 내리꽂았다. 굵고 튼튼한 것이 박힐 때마다 쥬리는 자지러드는 듯이 몸이 밑으로 가라앉았다.

마치 공중에서 줄타기 곡예를 하는 것처럼 그는 몸을 띄웠다가 가라앉곤 했다. 그러면서 부딪치는 살결의 부딪침이 더없이 황홀할 뿐이었다. 어느 순간에 그는 기어이 사정을 하면서 몸을 거세게 떨어댔다. 그녀 역시 몸을 잘게 떨어왔다. 두 사람은 거세게 끌어안으면서 뱀처럼 엉겨 붙었다.

"아!……."

쥬리의 입에서는 단내가 흘러나왔다. 그리고는 두 눈을 감은 채로 여운을 즐기는 듯했다.

"……."

종태는 뿌리가 다 죽을 때까지 포옹을 풀지 않았다. 그녀는 점점 혼곤한 잠 속으로 빠져드는지 그저 종태의 등을 붙잡고만 있었을 뿐, 더 이상의 몸짓은 하지 않았다. 이미 잠에 빠져든 모양이었다.

한참 후에서야 종태는 몸을 떼냈다. 그녀는 꼼짝도 하지 않았다. 그녀의 벌려진 다리사이로 자신이 내쏜 정액들이 흘러내렸다. 그는 얼른 티슈를 뽑아 그녀의 꽃잎을 닦아주었다.

그리고는 옆자리에 드러누웠다. 천정을 올려다보며 그는 담배에 불을 붙였다. 연기를 내뿜으면서 그는 다시 백민호에 대해 생각하기 시작했다. 그는 분명히 집에 있는 것이 확인됐으므로 언제, 어떠한 방법으로 그를 만나느냐가 문제였다. 그는 그런 생각을 하고 있다가 벌떡 몸을 일으켰다.

'맞아. 지금 쳐들어가는 거야'

그는 일단 그렇게 마음먹었다. 더 지체할 필요가 없을 듯했다. 이미 쥬리는 옆에 자고 있었고, 이 시간에 감쪽같이 해치우는 것이 더 나을 듯싶었다. 이런 환한 시간이 오히려 밤보다도 더 유리할 수 있다는 건 그의 오랜 조직생활에서 터득한 대담성이기도 했다.

그는 옷을 입으면서 품속에 칼날이 있는가를 만져보았다. 예리한 칼날이 손끝에 만져졌다. 날이 선 것을 만져보며 그는 가슴이 뛰기 시작했다. 그리고 칼을 싸두었던 수건을 확인해야만 했다. 혹시 모를 지문을 없애기 위해선 꼭 필요한 것이었다. 그것까지 확인하고 난 그는 조용히 문을 밀고 밖으로 나왔다.

그는 골목을 걸으면서 번지수를 기억하고 있었다. 문패가 있는 집의 번지수를 보며 걸어갔다. 백민호의 집과 점점 가까워지면서 그는 다시 알 수 없는 묘한 흥분이 느껴지곤 했다.

'소희를 어떻게 했으면…… 넌 죽었어!'

그는 자신도 모르게 주먹을 감아쥐었다. 그의 팔뚝에 힘줄이 서는 걸 본 사람은 아무도 없을 것이었다.

'음!'

그는 집집마다의 문패를 쳐다보면서 걷다가 백민호의 번지수 한 칸 옆집에 다다랐을 때, 그 다음 집이 백민호의 집이라는 걸 알 수 있었다.

"……?"

그 집을 본 종태는 절로 낮은 신음소리가 새어나왔다. 제법 큰 단독주택이었다. 철문이 굳게 잠겨 있었다. 그는 그 앞에서 담벼락을 살펴보았다. 도시에서 흔히 볼 수 없을 정도의 높은 담벼락이었다. 쇠창살 같이 스텐 파이프로 된 철문 사이로 마당이 들여다보였다.

마당은 조용하기만 했다. 마치 빈 집인 것처럼 사람의 손길이 닿지 않은 듯이 보여졌다. 그러나 잘 정돈된 것으로 봐선 분명히 사람이 살고 있는 집처럼 느껴졌다. 그는 그 집 대문 앞에서 서성이지 않고 저만치 멀리 떨어져서 그 안을 살폈다. 그러다가 걸어오는 사람이 있으면 얼른 담배를 꺼내 불을 붙이는 시늉을 하면서 지나가기를 기다렸다.

'날이 어두웠으면 좋았을 텐데…….'

그는 그런 생각을 했다. 저까짓 담벼락쯤이야 식은 죽 먹기 식으로 뛰어넘을 수 있는 높이였다. 그러나 아직은 날이 환했다. 그는 안으로 들어갈 궁리를 하고 있었다.

대문에 비디오폰이 달려 있을 걸로 봐서 어떠한 거짓말을 해서 안으로 들어가기란 어려운 일이었다. 가령, 전화국에서 나왔다거나, 수도 검침을 나왔다고 하더라도 비디오폰 앞에서는 들통이 날 것이 분명하다고 생각되었다. 종태가 지금 입고 있는 옷차림새는 그런 작업하는 사람들의 옷차림이 아니었다.

'어쩐다?'

그는 다시 골목길을 둘러보면서 안으로 들어갈 궁리만 하고 있었다. 일단 들어가기만 하면 외부에서는 차단이 됐으므로 그 안에서 어떠한 일이 일어나더라도 상관없을 것이었다.

"……."

그는 하늘을 올려다보았다. 아직 날이 어두워지려면 몇 시간은 족히 기다려야 할 그런 시간이었다. 여름철이라 쉽게 날이 어두워질 것 같지 않았다. 그는 다시 손목의 시계를 바라보고는 골목 안으로 들어갔다.

할 수 없었다.

그는 사람이 오지 않는 틈을 타서 담을 뛰어넘었다. 그리고는 쏜살같이 현관문으로 다가갔다. 마침 현관문은 열려져 있었다. 현관문 앞에 남자의 구두가 한 켤레 벗어져 있는 게 보였다.

"……."

그는 잠시 구두의 치수를 가늠해봤다. 대략 키의 크기가 얼마쯤 될 것인가를 알 수 있는 유일한 방법이 구두의 치수를 살펴보는 것이었다. 265미리는 될 것 같았다. 그렇다면 키는……대략 170 정도일 것 같은 생각이 들었다.

그는 곧장 안으로 들어섰다. 그리고는 발뒤꿈치를 들고는 조심스럽게 걸어갔다. 거실에는 아무도 없었다. 문이 약간 열려져 있는 안방에서 두런거리는 말소리가 나는 듯했다.

"……?"

그는 혹시 잘못 들어온 게 아닌가 하는 생각이 들었다. 만일 다른 사람이 있다면 잘못 들어온 게 분명할 터였다. 그는 잠시 걷던 발걸음을 멈춘 채, 소리가 나는 안방 쪽으로 귀를 기울였다.

"……."

잘 알아들을 수 없는 소리들이 연속적으로 나오고 있었다.

'아, TV 소리구나'

그는 곧 TV에서 나는 소리란 걸 알아챘다. 그는 곧 안방으로 다가가서 문 가까이에서 안쪽을 들여다보았다. 건장한 남자 한 명이 TV를 보고 있었다. TV에서는 비디오를 틀어놨는지 외국 남녀가 벌거벗은 채로 나뒹굴고 있는 모습이 화면을 가득 채우고 있었다. 포르노였다.

'짜식, 포르노를 보고 있군.'

종태는 품 안의 예리한 칼을 확인해보고는 문을 약간 밀었다. 그렇게 했는데도 그 남자는 아직도 TV 화면에 푹 빠져 있는 듯했다. 화면에서는 한 외국 남자가 여자의 다리를 벌린 채로 일직선상으로 뿌리를 집어넣고 있는 장면이었다. 여자가 내지르는 소리가 거칠게 들려나왔다.

"……."

그는 좀 더 안으로 들어서며 기침소리를 냈다.

"어? 누구야?"

그 남자는 엉겁결에 나타난 종태를 쳐다보고선 벌떡 일어나려했다. 종태는 쏜살같이 몸을 날려 그를 주저앉혔다.

"누, 누구야? 누군데 막 들어와?"

그 남자는 엉겁결에 당한 상태에서도 소리치고 있었다.

"쉿!"

종태는 입을 손가락으로 막았다. 그러자, 그는 동그란 눈을 뜨고선 종태를 쳐다봤다.

"입 다물어! 내 말 잘 들어."

"……?"

113

그 남자는 종태의 그런 동작에 위압을 느낀 듯, 다소 엉거주춤한 자세로 퍼질러 앉았다. 종태는 그가 소리치면 즉각 행동할 수 있도록 그의 어깨를 짓눌렀다. 그리고는 품속에서 칼을 꺼내 그의 목을 겨누었다.

"너, 소희 알지?"

종태의 목소리가 무겁게 흘러나왔다.

"소희? 소희가 누군데?"

그는 전혀 모르겠다는 듯이 눈을 더욱 크게 떴다.

"소희 정말 몰라? 그럼 이 집에 애가 없어?"

종태는 그가 거짓말을 하고 있다고 생각하고선 칼을 더욱 가까이 들이댔다. 칼끝이 그의 목에 가 닿았다. 그제야 그 사내는 알았다는 듯이 굳었던 표정을 누그러뜨렸다.

"아, 데려온 애 말입니까?"

"그래. 어딨지?"

종태는 반가움을 금치 못했다. 그의 입에서 데려온 애라는 말이 튀어나왔을 때만 해도 그랬다. 그러나 그게 아니었다. 그 사내는 다시 종태를 올려다보며 난처한 빛을 띠었다.

"어딨냐니까!"

"없습니다. 그런 애!"

사내는 완강히 부인을 했다. 그러면서 벌떡 일어나려 했다. 종태는 얼른 그의 어깨를 짓눌렀다. 그 바람에 그는 쿵, 하고 엉덩방아를 찧어댔다. 종태는 다시 그의 목에 칼을 겨누면서 다그쳤다.

"어딨냐니까!"

"왜 그러시죠? 뭘 잘못 알고 찾아오신 것 같은데."

사내는 다소 겁을 집어먹은 눈빛이었지만 완강한 부인을 담고 있었다.

"없어?"

"네, 없습니다. 우리 집엔 그런 애 없습니다. 찾아보세요. 어떻게 알고 찾아오셨는진 모르겠지만 그런 애는 없습니다."

그 사내는 오리발을 내밀고 있었다.

"그럼 백민호가 누구지?"

종태가 물었다.

"왜요? 전 데요. 왜 그러십니까?"

그는 다소 태연한 척하면서 물었다.

"그럼, 임마. 네가 데려왔잖아?"

"누가 그래요? 그런 소릴 누가 그래요?"

"다 알고 왔어. 솔직히 불어."

종태는 다시 칼을 그의 목에 겨누었다. 그의 목에 닿은 칼끝에서 약간의 피가 배어나왔다. 그러나 그 사내는 이런 심각한 사태에서 미처 그걸 깨닫지 못했는지 모르고 있었다. 종태는 이미 피를 본 것이었다. 마음은 벌써 복수심으로 가득 차올랐다.

"뭘 말입니까? 전 그런 거 모릅니다. 왜 이러십니까?"

그 사내 역시 호락호락하지 않았다. 비록 칼날이 목에 와 닿았는데도 그리 겁을 내고 있지 않은 것 같았다.

"흐응, 그래? 너 한 번 죽어볼래? 안 불거야?"

종태는 정말 찌를 듯이 다짐을 주었다. 칼날이 조금 더 살갗에 닿았다. 그제야 사내는 약간 겁이 나는 듯, 한 번 몸을 추스리고는 말을 꺼냈다.

"왜 이러십니까? 뭘 잘못 알고 오신 모양인데. 소희라는 애가 누굽니까? 난 모르는 앱니다."

"뭘 몰라? 네가 양양에 있는 고아원에서 데려온 애도 몰라? 이 자식이 정말? 너 진짜 나한테 거짓말 칠려고 그래?"

종태는 이놈이 호락호락하지 않다는 걸 깨달았다. 어차피 칼집을 내야만 겨우 입을 열 놈 같았다.

"왜 이러십니까? 누굴 생사람 잡으려고 그러십니까?"

사내는 완강했다. 종태는 더 이상 그와 말싸움을 할 필요가 없을 것 같았다. 종태는 칼날을 푹 밀어 넣었다. 칼을 안 쓰기로 마음먹었던 다짐이 어디로 갔는지 사라지고 없었다. 칼날은 사내의 목을 조금 파고들었다. 그의 목에서 피가 났다. 칼날이 들어간 자리에서는 새빨간 피가 흘러나오고 있었다.

"자, 불어. 다 알고 왔어, 임마. 네가 양육한다고 그러고선 데려왔잖아?"

"누, 누가 그럽디까? 누가요?"

그 사내는 당황하는 듯했다. 종태의 기세가 조금도 누그러들지 않는다는 것을 뒤늦게 알아챈 모양이었다.

"임마. 원장이 그랬어. 이제 됐어?"

"원장이? 그럴리가?"

그의 낯빛이 약간 창백해지는 듯했다. 바로 그 순간, 백민호가 종태의 종아리를 가격해왔다. 갑자기 기습을 당한 종태는 몸이 휘청거렸다. 백민호가 벌떡 일어나면서 종태의 옆구리를 향해 발길질이 날아왔다. 재빠른 동작이었다. 종태는 뒤로 한 발 물러나면서 달려드는 그의 가슴팍을 발끝을 세워 걷어찼다. 그리고는 다시 빙 원을 돌면서 돌려차기를 했다.

퍽!

백민호의 옆구리를 강타한 발길은 깊숙이 들어가는 것 같았다. 백민호의 허리에 정통으로 맞은 것 같았다.

"흐!……."

백민호는 그 자리에 고꾸라졌다. 뒤이어 종태는 부웅 날아올랐다가 두 발로 그의 등을 내려찍었다. 백민호는 그대로 쓰러지고 말았다. 그의 입에서 붉은 피가 쏟아져 나왔다.

"자, 불어! 이래도 안 불거냐?"

종태는 그의 목뼈를 걷어차면서 다시 오른발로 목 뒷께를 내려찍었다. 백민호의 입에서 윽! 하는 소리가 튀어나왔다.

“으으!…….”

백민호는 완전히 초주검이었다. 단 몇 번의 가격에 그대로 나동그라진 것이었다. 종태는 엎드러진 그의 등짝에다 대고 오른발로 내려찍었다. 완전히 힘을 빼놓아야만 될 놈이라고 생각되었다.

“자, 불지. 어떻게 했어?”

종태는 다시 일격을 가할 자세였다.

“말, 말하겠습니다. 으으…….”

그는 더 이상 적수가 아니라는 걸 깨닫고는 가까스로 입을 열었다. 그의 입에서는 계속해서 검붉은 피가 흘러나오고 있었다.

“말해. 어서!”

“그 애와는 어떤 사이신지?”

그가 두려운 눈빛으로 물어왔다.

“왜? 내가 나서냐고? 난 아무런 사이도 아냐. 왜 그걸 묻지?”

종태는 이번엔 칼날을 들이밀었다. 그의 눈앞에 칼날이 번득이자, 그는 바닥에다 얼굴을 납작하게 대고는 말을 했다.

“그 애는 이미 죽었습니다.”

“죽었다고? 왜?”

“그건…… 그 애의 장기가 필요한 사람한테 벌써…….”

“……?”

종태는 말을 잇지 못했다. 벌어진 입이 채 다물어지지 않았다.

"사, 사실입니다. 믿어주십시오."

백민호는 이미 자포자기한 목소리였다. 아무런 연관이 없는 사람이 자신한테 무리한 가격을 하고 있다고 생각한 모양이었다. 그는 사실대로 말하고 나서 풀려날 궁리를 한 모양이었다.

"장기를? 그럼?"

종태는 칼을 쥐고 있는 손이 떨렸다. 마치 목이 마른 듯이 목소리가 갈라져 나왔다.

"맞습니다. 고아원에서 데려다가 수술용으로 팔았습니다. 이미 다른 사람의 장기로……."

"아!……."

종태는 현기증이 났다. 설마 그런 일이 일어났을 줄은 꿈에도 생각지 못한 일이었다. 혹시 다른 데로 돈을 받고 팔아버리지나 않았을까 하는 마음만으로도 복수심이 가득 차올랐는데, 막상 그 말을 듣고 나니 가슴이 떨릴 지경이었다.

"넌 그런 일만 하는 놈이냐?"

다시 한 번 그의 등짝을 내려찍었다. 종태의 구두 끝이 내려찍힐 때마다 그는 외마디 소리를 내지르며 몸을 부르르 떨었다.

"헉! 마, 말을…… 하죠. 아!"

그는 더 이상 말을 할 수 없을 정도의 고통으로 잠깐 얼굴을 찡그렸다.

"다 아시잖습니까? 그런 걸 필요로 하는 사람들이 있다는 걸…… 그래서……."

"죽였나? 누가 그랬나? 병원에서 그런 걸 샀나?"

종태의 말은 두서가 없었다.

"병원으로 데려갑니다. 그러면 병원에서 다 알아서 하죠. 죄송합니다."

"누가 죄송해? 나보고?"

"아, 아닙니다. 하여튼 알고 왔으니까…… 하는 말입니다. 걔는 고아라서…… 부모가 없는 애라서……."

"아!"

종태는 외마디 소리를 내질렀다. 눈물이 앞을 가리는 듯했다. 종태는 더 이상 그를 붙잡고 있고 싶은 마음이 아니었다. 속에서 구역질이 올라올 것만 같았다. 가까스로 참고 있는 중이었다. 이미 그의 정신은 벌겋게 충혈되어 있었다. 갈피를 종잡을 수 없는 지경에 이르렀다.

"근데 부모는 아니잖습니까? 왜 이러십니까?"

백민호가 하는 말에 그는 더 속이 뒤집어지는 듯했다. 그는 참았던 감정이 순식간에 폭발하고 말았다.

"이 새꺄! 죽어!"

그의 손에 쥐어져 있던 칼날이 백민호의 등짝을 내려찍었다. 그리고 벌떡 나동그라지는 그의 가슴팍에도 칼날이 가서 박혔

120

다. 백민호의 눈알이 희번득하게 뒤집어지면서 크게 떠졌다. 이미 백민호는 말조차 할 수 없는 듯했다. 눈만 크게 떴을 뿐, 더 이상 숨이 이어지지 않았다.

"죽어! 이 새꺄!"

종태는 마지막으로 백민호의 목에다 깊숙이 칼을 찔러넣었다. 피가 튀면서 얼굴을 뒤덮었다. 그는 곧장 그대로 주저앉으면서 머리를 감싸쥐고는 마구 울부짖었다.

"아아!"

"이 드런 놈의 쌔끼! 이 드런 놈의 세상! 다 죽어버려!"

그는 마치 돌아버린 사람 같았다. 백민호의 나동그라진 시체 옆에서 마구 뒹굴었다. 그의 입에서는 미친 사람의 비명 소리가 터져 나오고 있었다. 그는 한참 동안을 자신의 괴로움을 이겨내지 못한 채 이리저리 뒹굴었다.

"아……."

그는 침대의 모서리에 머리를 부딪치면서 몸부림을 멈췄다. 그리고는 자신이 한 행동을 찬찬히 훑어보았다. 백민호의 검붉은 시체가 흥건한 피를 흘리며 쓰러져 있는 게 보였다. 온통 피투성이였다. 아직도 그의 몸에서는 검붉은 피가 콸콸 쏟아져나오고 있었다.

"……."

그는 눈을 뜨고 천정을 올려다보았다. 그 사이에 어떤 일이 일어났는가도 알 수 없었다. 자신이 무엇을 어떻게 했는지조차 기억나지 않았다. 그는 백민호의 주검을 바라보면서 알 수 없는 웃음이 튀어나왔다. 그리고 뒤이어 희자의 웃는 얼굴이 보여지면서 소희의 웃는 얼굴이 겹쳐져 떠올랐다.

"이 씨팔 놈의 세상!"

그는 별안간 벌떡 일어나면서 안방에 있는 것들을 모조리 때려 부수기 시작했다. 모든 게 처참하게 부서졌다. 방 안에 있는 거라곤 하나도 남김없이 그는 철저하게 때려 부수고는 겨우 진정이 되는 듯했다.

"아…… 소희야!"

그는 자신의 머리를 쥐어뜯으며 소리쳤다. 그는 마치 짐승처럼 울부짖는 소릴 냈다. 그것은 남자의 표호였다. 이럴 수가 있는가 싶었다. 어린 생명의 목숨을…… 그것도 아무런 연고가 없는 고아를 데려다가 입양한다고 해놓고선 생명체를 갈가리 떼어내 장기 이식 수술을 해버린 것이 분노가 치밀었다.

"이 씨팔놈들아! 다 죽여버리겠어!"

그는 어느 대상이랄 것도 없이 허공을 향해 소리쳤다. 그러다간 다시 울음이 북받쳐 올라왔다.

"……"

종태는 소희를 생각하면 할수록 더욱 가엾은 생각밖엔 들지 않았다. 아무것도 모른 채, 태어나서 부모들의 잘못으로 인해

이 세상에 버려졌을 뿐이었다. 그리고 고아원이라는 곳에서 자라다가 다시 알 수 없는 남자의 손에 이끌리어 서울로 와선 생목숨을 빼앗겨버린 것이었다.

종태는 희자가 그토록이나 좋아하고 귀여워했던 소희를 그렇게 되도록 방치해뒀던 자신이 치욕스럽게 느껴졌다. 마치 희자와의 약속을 자신이 어겨버린 것 같은 스스로에 대한 배신감이 치밀어 올라왔다. 그는 더 이상 자신을 지탱할만한 힘이 없어져버린 것 같았다. 온몸에서 힘이 일시에 빠져나가 버린 것처럼 허탈감이 엄습해왔다.

"……."

그는 가까스로 일어나 자신의 몸에 묻은 핏자국들을 내려다보았다. 이미 그 자신은 자신감마저 상실한 듯했다. 그저 멍하니 그것들을 내려다보고만 있을 뿐이었다. 더 이상 어떻게 할 수가 없었다.

'이제 끝났어. 다 끝났어.'

그는 속으로 중얼거렸다. 그렇게 생각하자, 더 이상 자신을 추스릴만한 힘도 남아 있지 않은 것 같았다. 그는 겨우 몸을 움직였다. 창가로 가서 밖을 내다보았다. 밝은 햇빛이 정원에 내리쬐고 있었다. 정원에 심어진 나무의 이파리들이 강렬한 햇빛 때문에 약간 시든 듯했다.

그는 멀거니 그것들을 바라보다가 원장에 대한 미움으로 가득 차올랐다. 그는 두 주먹을 움켜쥐고서는 부르르 떨었다.

'이년을. 죽여버려야 돼. 이년이 돈을 너무 밝혔어.'

그는 까닭 없이 솟아오르는 원망과 분노로 인해 가슴마저 떨려왔다. 그런 생각을 하자, 그는 그 자리에 계속 머무르고 있을 수만은 없었다. 그는 황급히 욕실로 달려가 옷에 묻은 핏물을 닦아내기 시작했다.

'가만! 내가 왜 이러지?'

그는 씻던 것을 멈추고는 다시 밖으로 나왔다. 거실 바닥에 쓰러진 백민호의 주위는 온통 핏물이 번져서 엉겨붙어 있었다. 그는 백민호를 내려다보며 잠시 생각에 잠겼다가 주방 쪽 한 귀퉁이에 있는 커다란 쓰레기봉투를 가져와 그의 몸을 집어넣었다. 쓰레기봉투 한 개로는 부족했다. 그는 두 개의 쓰레기봉투를 다리와 머리 부분에서부터 끼워 넣어 맞닿게 했다. 그리고 다시 두 개의 비닐로 덧싼 뒤에 한쪽으로 놓아두고선 바닥을 닦아내기 시작했다.

욕실에서 가져온 비누와 하이타를 풀고는 물동이로 물을 끼얹었다. 그리고선 빗자루로 바닥을 쓸듯이 물기를 닦아냈다. 그리고 최종적으로 물걸레로 닦아냈다. 그는 온통 땀으로 범벅이 돼 있었다. 얼굴이며 등가죽에서 땀방울이 비오듯 흘러내렸다.

그리고서 다시 욕실로 들어가 자신의 옷에 묻은 핏자국을 닦아냈다. 얼굴과 손이 묻은 핏자국까지도 샅샅이 씻어낸 다음,

그는 거실 창가로 가서 담배 한 대를 꺼내 불을 붙였다. 이제 거의 완벽하게 핏기를 씻어내긴 했지만 백민호라는 작자의 시체를 어떻게 처리할 것인가가 문제였다.

"……?"

그는 담배 한 개비를 다 태울 때까지도 어떠한 묘안이 떠오르지 않았다. 가장 완벽한 방법은 그를 차에 실어 양양으로 내려가는 것이었다. 그것이 제일 안전할 것 같았다. 시체를 그냥 이 집에 두고 나갔다간 언젠가는 꼬리가 잡히게 마련이라는 생각이 들었다.

'땅 속에다 묻어버려?'

그는 그런 궁리까지 했다. 하지만 땅 속에 묻어두고 나간다고 해도 언젠가는 땅이 파헤쳐지게 되면 들통이 나게 마련이었다. 종태는 그런 때까지도 미리 머릿속에 넣어두고 있었다.

"……?"

그는 갑자기 생각이 난 듯이 안방으로 들어갔다. 아까 백민호가 비디오를 보고 있던 방바닥에 열쇠 꾸러미가 있는 게 기억났다. 그는 곧장 안방으로 들어갔다. TV에서는 포르노 비디오가 끝났는지 치칙거리는 소리만 흘러나왔다.

그는 TV를 끄고는 방바닥의 열쇠꾸러미를 쥐고 거실로 나왔다. 그는 이 집이 백민호가 혼자 사는 집이란 걸 알 수 있었다. 방 안을 봐도 그랬고, 욕실을 살펴봐도 그랬다. 그리고 주방 쪽도 역시 마찬가지였다. 혼자 사는 집이란 걸 금방 알 수 있었다.

그는 백민호를 그대로 둔 채, 현관문을 열고는 마당으로 나왔다. 백민호의 차인 듯한 외제차가 서 있는 게 보였다. 그는 곧장 대문으로 가 문을 열고는 바깥쪽에서 문을 잠궜다. 그는 그 길로 부리나케 차가 있는 곳으로 걸어갔다.

짚차를 몰고서는 다시 백민호의 집으로 왔다. 그는 대문을 열어 마당으로 차를 집어넣고는 대문을 잠궜다. 그는 재빠르게 짚차 뒤에 매달려 있는 스페어타이어의 박스를 열고서는 그 안에 들어 있던 새 타이어를 들어냈다. 새 타이어는 짚차 안의 뒷좌석에다 실었다.

그는 집 안으로 들어가 백민호의 시체를 들쳐업었다가 내려놓고는 비닐을 벗겨냈다. 그 덩치를 스페어타이어 박스 속으로 집어넣기란 힘들 것만 같았다. 그는 백민호의 시체를 토막내서는 다시 비닐에다 집어넣었다. 그리고서 다시 옷에 묻은 피와 손에 묻은 피를 닦아냈다.

밖으로 들고 나와서는 좀 전에 타이어를 드러낸 스페어타이어 박스 안에다 집어넣었다. 조금 힘이 들긴 했지만 그리 어려운 일은 아니었다. 마치 정육점의 고깃덩어리를 집어넣는 기분이었다. 그리고서 그는 타이어 박스 바깥쪽에서 열쇠를 채웠다. 모든 게 완벽하게 끝난 것 같았다. 그제야 그는 어느 정도

힘이 되살아나는 것 같은 기분이 들었다.

그는 차에 올라타서는 미처 담배 한 개비를 태울 겨를도 없이 시동을 걸었다. 그리고는 대문 바깥으로 나와서 대문을 잠궜다. 마침 저녁 시간이라 지나가는 사람이 없는 것이 다행이었다. 어쩌면 그는 지나가는 사람이 있었다면 집 안에서 차를 몰고 밖으로 나오지 않았을 것인지도 몰랐다.

그는 골목을 빠져나오면서 그제야 겨우 한숨이 새어나왔다. 갑자기 목이 말라왔다. 그는 담배를 꺼내 불을 붙였다. 시계를 보니 벌써 7시 5분이었다. 그는 쥬리 때문에 그냥 가버릴 수가 없는 실정이었다. 분명히 이 근방에서 일어난 백민호의 실종 사건이 밝혀지게 되면 제일 첫 번째로 갑자기 행방불명이 돼버린 자신이 타켓이 될 수가 있었다. 그것도 오입을 하러 같이 여관에 들었다가 갑자기 없어졌다는 것은 그러한 의혹을 받기에 충분했다.

"……."

그는 차 뒤쪽께를 돌아보다가 난감한 듯이 차의 속도를 줄였다. 거의 기어가듯이 차를 몰면서 그는 어차피 이렇게 된 일, 쥬리한테도 그럴듯한 알리바이를 만들어놔야 한다고 생각되었다.

그는 차를 몰아 여관의 주차장 안으로 들어갔다. 보이가 나와 차 키를 달라고 그랬다. 그는 싱긋 웃어보이고는 만원권 지폐 한 장을 건네주면서 말했다.

"됐어. 내가 주차시키지."

그는 보이에게 차 키를 건네주고 싶지 않았다. 보이는 주차를 맡기지 않으면서도 만원권을 선뜻 내주는 종태에게 허리를 굽신거리고는 종태가 차를 완전히 주차시키기를 기다렸다가 차의 앞쪽 넘버판을 가리는 가리개를 걸쳐놓고는 다시 한 번 굽신하며 인사를 하고는 안으로 들어가버렸다.

대개 여관이나 모텔이란 데는 그랬다.

차를 주차시키는 보이가 따로 있어서 일단 손님이 차를 몰고 들어오면 보이가 쪼르르 달려나가 차 키를 받아 주차시키는 것이 상례였다. 그것은 바로 손님의 얼굴이 잠시나마 외부 사람들에게 들키지 않게 해주려는 여관 주인의 배려이기도 했다. 주차장으로 들어온 남자와 여자는 차에서 내릴 때가 가장 곤혹스러운 때였다. 차 안에 있을 때는 모르겠지만, 일단 차 밖으로 내릴 때에 누군가가 봤다면 그건 영락없이 연관행을 하는 커플로 단정해버릴 것이었으므로 얼굴을 들키지 않으려고 애를 쓰는 것이 당연한 일이었다.

그렇다고 얼굴을 두 손으로 가린 채, 안으로 들어갈 수도 없는 노릇이었다. 그렇지만 보이가 달려나와 주차시키는 동안, 후다닥 쪽문을 통해 여관으로 올라갈 수 있도록 배려한 것은 순전히 여관 주인의 상업적인 배려일 수 있었다. 종태는 보이의 그런 위치와 생리를 알고 있었으므로 굳이 손님이 원하지

128

않는다면 키를 달라고 하지 않을 것임을 알고 있었다. 더구나 종태는 혼자였다.

종태는 차를 주차시키고는 일부러 뒤쪽으로 가서 스페어타이어 박스를 살펴봤다. 혹시 핏물이나 핏자국 같은 것이 묻어 있지나 않을까 해서 살펴봤지만 별다른 의혹을 살만한 건 발견하지 못했다. 그는 그제야 모든 일이 순조로이 잘 끝났음을 느낄 수 있었다. 마음이 다소 놓이는 것이었다.

그는 자신의 방으로 올라갔다.

"……."

쥬리는 아직도 자고 있었다. 방 안의 에어컨이 혼자 돌아가고 있었다. 약간 소음이 나는 듯했지만 별로 기분에 거슬리지 않았다. 그는 소파로 가서 앉아서는 담배를 꺼내 불을 붙였다. 그는 깊게 한 모금을 빨아들였다가 아주 천천히 밖으로 뿜어냈다. 짧은 시간 동안이었지만 그동안의 모든 피로가 한꺼번에 풀려나가는 듯한 나른함이 엄습해왔다. 그는 담배 맛을 음미하면서 천천히 연기를 빨아들였다가 내뱉었다.

모든 것이 끝났을 때의 허전함이랄까. 일단 방 안으로 들어온 뒤의 안정감이었다. 그는 낮 동안의 끔찍한 일들이 마치 한밤에 꾸어진 꿈인 양, 실제로 그 자신도 실감되지 않을 정도의 가벼운 현기증과도 같았다. 그것은 마치 조직 간의 패싸움을 위해 원정을 갔다가 승리하고 돌아온 느낌이었다.

그는 목이 말랐으므로 냉장고에서 시원한 캔맥주를 꺼내서 마셨다. 약간 술기운이 들어가면서 조금은 속이 편해졌다. 좀 전까지만 해도 그는 속이 거북살스러웠다. 백민호의 몸에서 튀긴 피가 메스껍게 느껴졌다. 피의 특유한 냄새인 비릿한 내음이 속을 뭉클하게 만들었지만 시원한 맥주가 들어가면서 싹 씻은 듯이 나아졌다.

그는 연거푸 몇 개의 캔을 꺼내서 마셨다. 그리고 곁들여 담배를 피워댔다. 약간 술이 오르는 듯했다. 그는 침대에 누워 자고 있는 쥬리를 바라보았다. 반듯이 누운 자세로 다리를 구부린 채, 자고 있는 그녀의 알몸이 갑자기 환영처럼 아름답게 느껴졌다.

"……."

그는 캔맥주를 마시면서 머리를 세차게 흔들었다. 사람을 죽이고 나서 여자관계를 갖는다는 것이 아무래도 마음 내키지가 않았다. 마치 죽은 자의 살과 산 여자의 살을 서로 혼동할 수도 있을지도 모른다는 생각 때문이었다.

"……."

그러나 그는 쥬리의 알몸을 쳐다보면서 견딜 수 없는 유혹에 시달렸다. 다리 사이로 드러나 보이는 그녀의 검은 숲과, 그 밑의 도톰한 조갯살이 그렇게 아름다워 보일 수가 없었다. 참으려고 해도 참을 수 없는 갈증이 자꾸만 일어나고 있었다.

그는 다시 새로운 캔을 비워냈다.

머릿속이 어지러워지면서 오로지 섹스에 대한 열망만이 그를 엄습해왔다. 그는 바로 눈앞에 펼쳐져 있는 쥬리의 육체를 바라보면서 참을 수 없는 갈증에 시달렸다. 결국 그는 자리에서 일어나 침대로 걸어갔다.

"……."

그는 옷을 하나하나 벗어 내리면서 그녀의 굴곡진 알몸을 샅샅이 훑어보았다. 동그란 젖가슴과 편편한 아랫배, 그리고 쭉 뻗어내린 다리 사이로 그러나 보이는 검은 숲에 싸인 계곡의 질펀함과…… 그가 손을 갖다 대기만 하면 곧 그곳은 흥건한 물기로 가득 찰 것만 같았다.

그는 옷을 다 벗어버리고는 그녀의 아래쪽에 무릎을 꿇고서는 그녀의 하체를 들여다보았다. 잔주름살이 곱게 펼쳐져 있는 그곳은 작은 동굴이었다. 아니다. 어쩌면 작은 조개가 입을 꽉 다물고 있는 듯이 보여졌다. 그리고 그 위로 숭숭 나 있는 까만 털들이 흥분을 돋워주고 있었다.

그는 그녀의 다리를 조금 벌린 채로 입을 갖다 댔다. 몇 번을 채 빨기도 전에 그녀는 잠결임에도 불구하고 어렴풋한 신체 접촉을 느낀 모양인지 부시시 잠이 깨어나려하고 있었다.

"……?"

그녀는 아직 눈을 뜨지 않은 채로 손을 허우적거렸다. 허공을 젓던 그녀의 손은 아래쪽으로 내려왔다. 그리고 종태의 머리를 붙잡았다. 그제야 그녀는 눈을 겨우 뜨고는 만족한 듯이 웃음을 머금고는 말을 했다.

"안 잤어요?"

"잤어……."

종태는 그 말을 하고선 다시 입을 처박았다. 그리고 더욱 거세게 꽃잎을 빨기 시작했다. 그녀의 다리가 꺾여진 채로 세워졌다가 부르르 떨고 있었다. 그는 그녀의 두 다리를 붙잡은 채로 혀끝으로 핥기 시작했다. 혀끝에 느껴지는 감촉이란 이루 말할 수 없이 부드러운 것이었다.

"아……."

그녀의 목소리는 갓 잠에서 깨어난 목소리처럼 가늘고도 떨리면서 튀어나왔다. 기쁨에 겨운 듯한 외마디였다.

"나, 술 좀 했어. 혼자……."

종태는 혼자 중얼거렸다.

"아아……."

그녀는 알아들었는지 못 알아들었는지 다리를 꼬며 허리를 비틀었다. 그러면서 종태의 뒷머리를 붙잡고선 놓아주지 않고 있었다. 그녀가 세게 끌어당기는 바람에 종태의 입과 코는 그녀의 꽃잎 속으로 완전히 파묻힌 듯했다. 그녀의 그곳에서는 그곳만의 특유한 내음이 흘러나왔다.

원래 남자나 여자나 성기의 특유한 내음에 도취되는 건 당연한 일이었다. 특히 섹스를 하기 전의 그곳 내음은 알 수 없는 흥분기를 더해주었다. 종태는 꽃잎을 마구 핥아주었다. 그리고 그 곁에 있는 허벅지까지도 샅샅이 핥으면서 위쪽으로 올라갔다.

그러면서 그는 젖가슴에 입술이 닿았을 때쯤, 자신의 뿌리를 그녀의 꽃잎 속으로 밀어 넣었다. 마치 미꾸라지처럼 매끄럽게 미끄러져 들어간 뿌리는 들어가는 순간부터 움직이기 시작했다. 그는 무지막지하게 몸을 들었다가 내려놓았다. 내려놓았다기보다는 밑에서 위를 향해 치솟으면서 거세게 부딪쳤다. 뿌리의 끝이 그녀의 자궁 속을 찌르면서 깊숙한 곳으로 파고 들어가는 느낌이 왔다.

"아…… 좋아!"

쥬리는 완전히 미칠 듯이 몸을 흔들어댔다. 허리를 이용해서 쳐들었다가 좌우로 흔들면서 내려놓곤 했다. 그 바람에 종태의 뿌리는 더욱 급격하게 흥분이 더해갔다. 빠지면서 질벽에 닿는 느낌이 절로 좋았다. 마치 매끄러운 것을 집어넣었다가 빼내는 듯한 기분이었다.

이미 그녀의 질은 완전히 젖어 있었다. 그녀가 흘린 물이 종태의 허벅지 안쪽까지 다 적셔낼 정도였다. 그는 기진맥진할 정도로 거세게 몰아부쳤다. 요란한 소리가 밑에서 들려나왔다. 그들은 서로의 알몸뚱이를 팔심이 모자랄 정도로 거세게 끌어안았다. 종태의 팔 안에서 그녀는 으스러져버릴 것만 같았다.

"아흐!……."

그녀는 울음이 섞인 비음소릴 냈다. 그러면서도 그를 놓아주지 않았다. 그러면 종태는 더욱 거세게 달려들어 물어뜯을 듯이 덤볐다. 그의 아랫도리는 마치 대장간의 쇠망치 같았다. 벌겋게 달아오른 쇳덩이를 주무를 듯이 마구 내리쳤다. 그녀의 몸뚱이는 비록 약했지만, 침대의 쿠션에 의해서 짓눌려졌다가 다시 튀어 올랐다.

"하아!"

결국에는 종태가 사정을 하고 말았다. 사정이 되는 순간, 종태의 몸은 일 초에도 몇 번씩이나 가파르게 움직여댔다. 사정을 하기 위한 남자의 마지막 정열이었다. 그는 풀썩 엎드려지면서 깊은 한숨을 토해냈다.

"아…… 아……."

그제야 쥬리는 몸을 비틀면서 그를 더욱 세게 끌어안았다. 그들의 아랫도리는 꽉 밀착되어서 한 치의 틈도 없었다. 불두덩이가 서로 비벼지면서 까슬거리는 소리를 낼 정도였다.

"……."

쥬리는 완전히 축 늘어졌다.

"……."

그리고 종태 역시 쥬리의 몸 위에 완전히 늘어지고 말았다.

134

오늘 하루의 모든 피로가 순식간에 다 빠져나가는 듯했다. 그들은 숨을 헐떡거리면서 겨우 꼼지락거렸다. 종태의 손이 젖가슴을 만지다가 밑으로 내려갔다. 그것만이 그가 할 수 있는 일인 것처럼…… 그는 그녀의 젖은 꽃잎 속으로 손을 집어넣어 물기로 축축해진 그곳을 만져보았다.

이미 자신의 사타구니도 완전히 젖어 있는 중이었다. 그는 손을 빼냈다. 손에 온통 번들거리는 물기로 가득 했다. 그는 그것을 보며 웃었다.

"봐. 이렇게 좋았지?"

이번엔 그녀의 손이 아래쪽으로 내려갔다. 그녀는 종태의 굵은 뿌리를 잡고서는 손으로 만져보았다. 작은 손가락들이 꼼지락거리며 뿌리를 붙잡는다는 것을 그는 느낄 수 있었다. 다시 새로운 감흥이 돋아나는 듯했다. 그러나 뿌리는 일어나지 않았다.

그녀는 손을 빼내 종태의 눈앞에다 갖다 대었다.

"하하, 다 젖었군. 땀인가?"

"아뇨. 우리가 흘린 물이에요. 맞죠?"

쥬리는 만족한 웃음을 흘려냈다.

"맞아. 우리가 흘린 물이지. 언제 그렇게 많은 물을 흘려냈지? 누가 오줌을 쌌나? 하하."

"피이, 농담도."

그녀는 웃음으로 그의 말을 가로막았다.

그들은 다시 나른한 잠에 빠져들었다. 서로의 알몸을 부둥켜안은 채, 마치 오랜 연인처럼 잠을 잤다. 쥬리로서는 모처럼만에 찾은 휴식이었다. 업소에 나가 다리가 아프도록 배달을 다녀야 하는 고달픔도 없었고, 어느 남자에게 교태를 부리면서 시간을 죽이는 대가만큼의 티켓값을 받아챙기는 수고로움도 없는 그런 시간이었다.

종태는 오늘 하루 몇 번이나 섹스를 했는지 모른다. 지예와 같이 서울로 오면서 나눈 섹스에다, 낮 동안에 백민호를 처리하는 데 바친 시간과 노력도 그랬지만, 지금 쥬리와의 두 번의 섹스에서 그는 완전히 녹아떨어지고 말았다. 남자는 사정을 할 때마다 극진한 피로감이 엄습해왔다. 결국 사정을 해야만 그만한 만족감을 얻을 수 있는 만큼, 피로감 역시 만만찮았던 것이다.

남자의 진기는 허리에서부터 나와 성기를 통해 빠져나간다는 말도 있듯이, 남자란 사정을 하면서 그만큼 피로한 것이었다. 종태는 지금 잠결이었지만 뿌리가 부은 것처럼 얼얼해졌다. 그만큼 그는 오늘 무리한 탓이기도 했다. 그러나 지금 그의 마음은 평온했다. 약간 알코올을 마신 탓도 있었고, 쥬리와의 두 번의 섹스에서 얻은 만족감은 더했다.

여체를 통해서 얻어지는 기쁨이란 그 어느 것보다도 더 큰 것이었다. 그랬으므로 그는 곤히 잠들 수 있었다. 몸부림을 치

면서 그녀의 알몸을 끌어안았다가 놓아주곤 했지만 쥬리는 그
것조차도 모르고서 잠을 잤다. 그녀 또한 종태의 알몸을 끌어
안았다가 놓아주곤 했다. 살갗의 매끄러운 맞닿음이 더욱 곤한
잠을 부채질하고 있었다.

밖에는 어느새 밤이 깊어지고 있었다. 동네의 상점마다 초여
름날의 알전구불이 켜지고, 골목엔 귀가하는 사람들의 발자국
소리들이 또박또박 들려오곤 했다. 그리고 가끔 술 취한 사람
이 벽에다 대고 오줌을 누느라 흥얼대는 소리가 창을 넘어 들
어오고 있었다.

서울의 밤풍경은 그랬다.

사람들은 시원한 곳을 찾아 한강가로 나가거나, 아니면 술집
에 앉아 시원한 맥주를 들이키고 있었다. 날이 새는 것도 잊어
버린 듯, 아니면 아예 집을 잊어버린 것처럼 그들은 길거리에
서 배회하고 있었다. 이렇도록 짜증나는 서울 밤거리에서, 골
목의 한 여관 안에서는 종태와 쥬리가 세상 모르도록 깊은 잠
에 빠져 있었다.

에어컨 돌아가는 소리만이 그들을 자장가처럼 재워주고 있
었다. 커튼을 쳐놨으므로 바깥과는 완전히 차단된 어둠 속에서
는 그들만의 세상이랄 수 있었다. 침대 위에는 두 남녀의 벌거
벗은 알몸뚱이들이 마치 동면을 하는 뱀처럼 서로 엉겨붙은 채
로 잠들어 있을 뿐이었다.

그들은 퍼질러지도록 잠을 잤다. 그리고 일어났을 때는 제법 밤이 깊은 시각이었다. 종태는 목에 극심한 갈증을 일으키며 겨우 눈을 떴다. 쥬리는 아직도 잠이 들어 있었다. 종태의 얼굴에서 불과 2센티밖에 떨어지지 않은 그녀의 코에서는 가는 숨바람이 새어나오고 있었다.

"......."

종태는 자신이 잠결에 안고 있었던 쥬리의 알몸을 더듬으며 낮 동안에 일어났던 일들에 생각이 미쳤다. 낮 동안에 그런 끔찍스런 일이 일어났음에도 그는 그리 새삼스럽지가 않았다. 마치 전쟁놀이를 했던 것 같았을 뿐이었다. 그래서 세상의 적인 백민호를 잔인하게 찔러죽이고서 잠시 휴식하고 있는 병사와도 같은 기분이 들었다.

그는 희자를 생각해보고, 다시 소희를 생각해봤다. 모두 다 자신의 곁을 먼저 떠나간 이들이었다. 이젠 그런 생각밖엔 들지 않았다. 사람이란 언젠가는 다 이 세상을 떠나야 할 것이라고 생각했다. 그렇게 마음먹자, 그는 괜히 허탈한 웃음이 비죽이 새어나올 것만 같았다.

자신에 대한 조소일까. 그는 아무런 뜻도 없이 빙긋이 웃다가 그만 뚝 웃음을 멈추고 말았다. 차츰 정신이 들면서 양양 고아원의 원장의 얼굴이 떠올랐다. 그녀의 간사스런 웃음을 기억하자, 그는 오싹해지는 기분을 느꼈다.

'그 년도 죽여야 돼'

그는 뜬금없이 그런 생각이 머릿속을 맴돌았다.

그년을 죽이지 않고서는 자신이 살아 있을 아무런 가치도 없는 존재인 것처럼 여겨졌다. 그는 다소 냉정해지려고 그랬지만 원장의 생각으로 인해 머릿속이 마구 헝클어지는 기분이었다.

우리나라라는 곳은 썩지 않은 곳이 없을 정도였다. 돈만 있으면 어디에라도 통할 수가 있고, 돈만 집어주면 이렇듯 어린 아이의 생명까지도 살 수 있는 것이었다. 그 아이가 산 채로 마취되어지고, 아이의 신체장기들이 낱낱이 해부되어 따로따로 고가에 팔려나가는 데도 묵묵부답인 것이 우리 사회였다.

소희의 죽음이 그랬다. 아무런 연고자도 없는 고아원의 아이를 입양시킨다는 명목으로 데려와서는 산목숨에 메스를 들이대서 필요한 장기를 떼어가는 의사들이 있고, 또 법조계는 어떤가.

무슨 사건이든 돈이 있어야만 쉽게 해결이 되거나, 형량을 줄일 수가 있는 것이었다. 변호사에게 넘칠 만큼 많은 돈을 집어줘야 판사에게 잘 보여서 풀려날 수가 있는 것은 공공연한 판사와 변호사와의 밀착 관계랄 수 있었다. 변호사는 사건 수임료로 받은 돈에서 얼마를 떼어내서 사건을 맡은 담당 판사에게 갖다 주고는 형량을 최대한 낮춰줄 것을 부탁하는 것이었다.

그렇다면 쇠돈이 쥐좆 만큼도 없는 개털들이란 뻥끼통 안에서 고스란히 썩으면서 만기를 채우고 나오는 수밖에 없었다. 징역잽이들은 그랬다. 뻥끼통 안의 똥통에서 위로 올라오는 똥김을 쐬고 나면 엉덩이가 헐어버릴 정도였다. 그만큼 똥통에서 나는 냄새는 지독한 것이었다.

그 똥김을 쐬면서 감방을 살다가 보면 어느새 이빨이 흔들거려지고, 새벽마다 그나마 일어서주던 좆힘도 사그라지고, 뼈마디에서는 서걱거리는 소리가 날 정도였다. 쉰 듯한 짬밥을 먹으면서 영양보충을 제대로 못한 남자들은 으레 그랬다. 감방을 오래 산 놈치고 성성한 놈이 없다고. 그들은 돈이 없어 재판 한 번 제대로 받아보지 못하고 판사가 때리는 형량에 고스란히 순복할 수밖에 없었다.

판사들은 그런 사람들이었다.

변호사를 산 사건을 변호사가 없는 사건보다 먼저 처리해주는 특권을 가졌으며, 변호사가 요청하면 변호사의 말을 다 들어주는 넓은 아량(?)을 가진 것도 다 돈 때문이었다. 그래야만 변호사한테서 거액의 돈이 굴러들어오기 때문이었다.

사건이 클수록 흥정하는 돈의 액수가 커졌다.

재판이란 단지 돈뭉치를 놓고서 힘겨루기를 하는 것이나 마찬가지였다. 돈이 있으면 재판도 쉽게 풀릴 수 있는 것이고, 돈이 없으면 몸으로 때워야 하는 것이 우리나라의 형량이었다.

그래서 감방 안에서는 돈 없는 서러운 자들의 입에서 흘러나온 말이, '무전유죄 유전무죄'라는 말이 나돌기도 한다. 돈이 있어야 나갈 수가 있고, 돈이 있어야 감방 안에서도 대우를 받는다는 것이 그들의 서러움이었다.

바깥에서 조그만 사업이라도 한 놈이라면 우리나라가 얼마나 썩었고, 또 얼마나 썩어문드러졌는지를 잘 알 것이었다. 세무쟁이들은 세무쟁이들대로 돈을 달라고 집적거렸으며, 하다 못해 구청에서도 돈을 줘야만 건축 허가가 떨어질 수 있었다. 병원의 의사들도 도둑놈들이었다. 돈이 있으면 응급실의 순서를 제치고서라도 특급 환자로 대우받을 수가 있었으며, 특진을 받을 수가 있었다.

또 대학은 어떤가?

사학이라는 이름을 내세워서 운동권 학생들을 부추겨서 정부의 간섭을 배제시킨 채, 해마다 높은 등록금을 인상시켜왔던 것이다. 학교 안에 감사나 공권력이 투입되는 걸 운동권이 막아주는 대신, 학교측에서는 운동권 학생들에게 교내의 각종 음료수 자판기나 수익성이 있는 사업권을 내주고선 정부의 입김에 대해 방패막이로 사용하고 있는 것이 현실이었다.

그리고 그것도 모자라서 각 대학에서는 병원을 앞다투어 설립해서는 쌓이고 쌓이는 환자들로부터 막대한 금전적인 수입을 올리면서도 매일같이 사학이 어렵다고만 하소연하고 있으

141

니 이 어찌 한심한 작태가 아니던가 말이다. 그리고 또 있다. 각 대학마다 학교 안을 주차장으로 민간인들에게 사용하게끔 해서는 주차 요금을 받아들이는 것도 치부의 목적으로 사용되고 있음이었다.

지성을 가르치는 대학에서도 돈 때문에 그러할진대, 하물며 막 가는 인생의 주먹잽이들이나 잡범들이라고 해서 돈 때문에 칼을 들거나, 강도짓을 한다고 해서 누가 경멸의 돌팔매질을 할 수가 있겠는가.

지성을 팔아 돈을 챙기는 대학과, 돈 한 푼 없이 기업체를 울궈내서 막대한 검은 돈을 받아챙기는 정치인들보다도 더 솔직하고 깨끗한 것이 주먹세계요, 배가 고파서 강도짓을 하는 강도일 수 있었다. 배고픔을 겪어본 사람이라면 사람을 죽이는 일도 배고픔을 이기는 한 방편이라고 항변할지도 모르는 것이다.

온통 사깃꾼들이고, 농간을 치는 무리들이 판을 치는 세상에서 자신만이 뒤지지 않으려면 어쩔 수 없는 일이기도 했다. 칼만 안 들었을 뿐이지, 모두가 다 돈에 미쳐서 돌아가는 세상에서 혼자만이 고고한 척하면서 배고픔을 감내하는 사람을 없을 것이다.

종태는 비록 배가 고프진 않았지만 이러한 사화에 대한 울분으로 가득 찼다. 원장이 소희를 돈을 받고 팔아먹은 것이나, 소희를 입양아로 데려다가 몰래 장기를 떼어내서 팔아먹은 백민호나, 돈거래에 익숙한 판사나 변호사의 생리를 겪어오면서 자신도 모르게 사회에 대한 환멸이 느껴졌다.

그는 아직도 수십 억원 대의 돈을 갖고 있으면서도 그런 생각이 들었다. 그것은 일종의 사회에 대한 반감이었다. 있는 자들을 모조리 쓸어버리고 나서 새 사회가 건설되기를 바랄 뿐이었다. 자신은 사회의 뒤안길에 숨어서 혼자서 그러한 잡초들을 제거하는 일이 마지막 남은 인생의 임무일 것이라고 생각되어지기도 했다.

그는 아직도 할 일이 많이 남아 있다는 생각이 들었다. 그래서 아직은 죽고 싶지 않았다. 가진 돈만으로도 충분히 떵떵거리며 살 수 있었지만, 그는 그게 아니었다. 남자로 태어나서 뭔가 한 번 좋은 일을 하고 나서 죽는다는 것도 참으로 의미 있는 일인 것처럼 느껴진 것이었다.

희자가 죽고 난 뒤, 그는 자신도 모르게 세상에 대해 눈을 뜨기 시작했고, 세상의 불의가 먼저 눈에 들어왔던 것이었다. 그런 일을 하는 사람이 더 많아졌으면 하는 생각이었지만, 그게 그렇게 쉽지 않다는 걸 그는 깨달았기 때문에 혼자서 나서는 수밖에 없었다.

돈이란 어느 정도 벌고 나면 사람을 타락시키게 만들었다. 그래서 의로웠던 사람도 점점 돈이 많아지게 되면 돈의 노예가 되어 영화를 누리려고 하는 것이 인간의 가장 보편적인 심리였다.

제 아무리 깨끗한 사람이라도 자꾸 돈을 갖다 주면 돈맛을 알게 되어 그 전의 깨끗함을 잊어버리게 되는 것이 사람이라는 존재라고 생각했다. 그래서 인간의 일에서 타락하지 않은 곳은 한 군데도 없을 정도라고 그는 생각하고 있었다. 종태는 이미 수많은 이권에 개입하면서부터 일찍이 그러한 것을 알아버린 것인지도 몰랐다.

섹스와 돈밖에 모르는 인간들.

종태는 그렇게 보는 것이 더 마음이 편했다. 이 세상은 돈과 섹스 때문에 다 망하고 말 것이라는 생각이 들었다. 여관마다 꽉꽉 차는 이유를 어디서 찾을 것인가. 그리고 정치권은 날이 새기가 무섭게 검은 돈 때문에 나라 전체가 수렁거리는 것도 다 무슨 이유 때문이겠는가.

돈, 돈, 돈……

종태는 이제 돈에 대해서 환멸을 느꼈다. 소희의 일 때문에 더욱 그랬는지 모른다. 그는 지금부터라도 그러한 일에 대해 자신의 목숨까지도 바칠 각오가 돼 있었다. 그러한 것만이 저 세상으로 가는데 아무런 부끄러움도 없이 그만한 위안으로 삼을 수 있는 일이라고 생각되었다.

그는 희자를 생각했다. 자신의 모든 정열을 다 바쳐 사랑했던 여인에 대한 그리움이었다. 조직생활에서 손을 끊게 해주었고, 사랑이 무엇이라는 걸 알 수 있게 해준 여자였다. 저 세상으로 먼저 간 여자에 대한 그리움이 그에게 있어서는 어떠한 용기로 작용하고 있었다.

종태는 남은 세상을 살아가는 데에 별로 주저할 것이 없었다. 돈? 돈이라는 것도 가질 만큼 가져보았다. 그리고 조직을 거느려도 보았던 그로선 이제 더 이상 탐낼만한 것이 없었다. 그는 오로지 저 세상으로 가기 위한 마지막 준비를 하고 있는 시간일 뿐이라고 생각했다.

세상에 대한 싫증이었다. 그리고 환멸이었다. 가난한 자를 억압해야만 하는 이 사회의 구조와 모순이 종태는 싫었던 것이었다. 이제야 서서히 눈이 떠지는 것이었다. 그는 그 전까지만 해도 그걸 몰랐다. 자신이 주먹과 칼을 휘두르면서 막대한 이권에 개입해서 얻어지는 것은 순전히 배고프고 못 배운 자만이 할 수 있는 유일한 삶의 한 방편이라고만 생각했던 것이다.

그래서 그는 더욱 용맹할 수 있었는지 모른다. 그가 조직에 있을 때는 무엇 하나 겁나는 게 없을 정도였다. 죽기 아니면 까무러치기라는 식이었다. 그런 배짱으로 나갔으므로 다른 놈들은 종태가 떴다 하면 미리부터 단단히 겁을 집어먹지 않으면 안 되었다. 그는 정확히 급소를 찔러 상대방을 제압시키는 특유의 기술이 있었다.

종태는 이제 자신에게 부과된 일들이 어떠한 것인가를 어렴풋이 알 수 있을 것만 같았다.

"……."

종태는 잠든 쥬리의 얼굴을 쳐다봤다. 아무것도 모른 채 깊이 잠들어 있는 그녀의 얼굴엔 어떠한 세상의 때 자국도 남아 있지 않은 듯했다. 마치 세상을 잊어버린 듯한 얼굴이었다. 종태는 차라리 이런 애들이 더 순수할지도 모른다는 생각이 들었다. 돈 때문에 몸을 팔고, 웃음을 파는 그녀들에겐 더 이상의 어떠한 큰 욕심 같은 건 없는 듯했다.

자신의 뿌리를 받아들여 호되게 일을 치룬 그녀는 꽤나 포근한 잠에 빠져 있었다. 종태와의 섹스로 충분히 만족한 듯한 표정이었다. 아무런 근심도 없어 보이는 쥬리를 바라보면서 그는 담배를 피웠다. 이제 떠나야 할 시간이었다. 더 이상 지체한다는 것도 무리일 것 같았다.

종태는 쥬리가 일어나는 대로 일단 양양으로 내려갈 생각이었다. 그리고서 백민호를 처리하고 다시 서울로 올라올 생각이었다.

그는 쥬리를 쳐다봤다. 아직 잠이 깨려면 좀 더 있어야 할 것 같았다. 그는 수화기를 들었다가 다시 쥬리를 쳐다보고는 도로 내려놓았다. 지예한테 전화라도 해줘야만 할 것 같았다. 그런데 혹시 전화를 하는 도중에 쥬리가 깨어나서 무슨 말이라도 한다면, 저쪽의 지예가 들을 것만 같았다. 그래서 그는 바깥으로 나왔다.

146

이럴 때, 핸드폰이라도 있었으면…….

그는 그런 생각을 했지만 굳이 그런 게 필요치는 않았다. 홀가분하게 사는 몸이 누구에게 전화를 걸 일도 없었거니와, 또 누구한테서 전화가 걸려올 일도 없었던 것이다. 거추장스럽게 그런 걸 갖고 다닐 마음의 여유가 없는 그였다.

그는 밖으로 나와 공중전화 부스로 들어갔다. 그는 지예가 적어준 전화번호를 꺼내 다이얼을 눌렀다. 곧 신호가 갔고, 저쪽에서는 지예가 전화를 받았다.

"응, 나야. 좀 잤어?"

"자긴? 엄마랑 같이 시장엘 갔다왔는 걸. 일은?"

지예는 종태가 말한 일이 더 궁금한 모양이었다.

"아직 못 만났어. 내일쯤 만날 수 있을 거 같아. 그래서……."

종태는 말을 얼버무렸다.

"거기 어디야? 찻소리가 나는데?"

지예는 종태가 밖에서 전화를 건다는 것을 알 수 있었다.

"그래. 밖이야. 길에서 하고 있어."

"그럼 어디 가는 거야? 오늘밤은 어디서 잘 건데?"

지예는 그게 더 궁금한 모양이었다.

"그냥 아무데서나 자지 뭐. 잘 데 없을까봐?"

"아니, 그래도…… 아는 사람 있어?"

"왜?"

종태가 물었다.

"왜긴? 어디 가서 잘 건데? 여관이나 호텔 같은 데 가선 자지 마. 알았지?"

"……."

종태는 그저 웃고만 있었다.

"알았냐구? 안 그러면 내가 나갈까? 같이 있으면 안 돼?"

"안 돼. 아직 그럴 시간이 없어. 친구들도 만나야 되고……. 그냥 집에 있어. 내가 볼일 다 보면 전화 넣을게. 알았지?"

"피이, 딴 데로 샐려고 그러지? 맞지?"

지예는 혹시 종태가 다른 데로 샐까봐 두려운 모양이었다. 이미 그런 쪽으로는 환하게 알고 있는 지예였다. 남자들이 술을 마시면 어디로 가는가 하는 것쯤은 뻔히 알고 있었으므로 종태에게 다짐을 주기 위해서 그런 말을 꺼낸 것이었다.

"나 바빠. 내려가기 전에 얼른 일을 봐야 할 거 아냐? 그런데 어디 가서 한가하게 술을 마시고 있겠냐? 안 그래?"

"그럼 약속해. 그런 데 안 갈 거지?"

"알았어. 알았다고. 그런 데 안 가."

"그럼, 믿어도 되지? 약속할 수 있어?"

"알았다니까. 이만 끊어. 뒤에 사람들이 줄 서 있어. 여기 공중전화야."

종태의 말에 지예는 얼른 인사를 건넸다.

"알았어. 그럼 또 연락해. 이만 끊어. 안녕."

지예는 마치 수화기를 안 놓을 듯이 길게 말을 했다.

종태는 공중전화 부스에서 나와 곧장 여관으로 올라갔다. 쥬리는 금방 깨어난 것인지 눈을 뜬 채, 침대에 그대로 누워 있었다.

"어디 갔다 와요?"

"으응, 바깥에 볼일이 좀 있어서. 푹 잤나?"

종태는 침대맡에 걸터앉았다. 그리고는 담배를 꺼내 불을 붙였다. 그가 몇 모금 담배 연기를 내뿜었을 때, 쥬리가 말했다.

"네. 저도 한대 피워도 돼요?"

"……."

종태는 말없이 담배갑을 꺼내서 쥬리한테 주었다. 쥬리는 한 개비를 꺼내 입술에 물고는 종태의 담배를 달라고 그랬다. 종태는 피우던 담배를 건네주었다. 그녀는 종태의 담배에서 불을 옮겨 붙이고는 도로 건네주었다.

"아, 잘 잤어."

그녀는 기지개를 켜댔다.

"저녁 먹으러 나갈까? 난 곧 가봐야 돼."

"지금요?"

쥬리는 섭섭한 표정을 지었다.

149

"좀 이따…… 저녁 먹고 나서."

"……."

쥬리는 말이 없었다. 담배를 피우고 있던 그녀는 종태를 바라보며 말했다.

"우리 가게에 자주 오세요. 잘 해드릴게요."

"알았어. 가지."

"무슨 대답이 그래요? 안 오실 거죠?"

쥬리는 종태가 아무런 뜻 없이 하는 말인 것 같아 다그치는 식이었다.

"……."

종태는 쥬리를 쳐다보았다.

"아니예요. 그냥 해본 소리예요. 자주 들르세요. 아셨죠?"

"그래. 알았어. 자, 나가지."

종태의 말에 그녀는 옷을 입기 시작했다. 그리고는 종태를 따라나섰다. 그들은 밖으로 나와 차를 몰고서는 근처 식당으로 갔다. 쥬리가 좋아한다는 안심 갈비집이었다. 넓은 주차장이 갖춰진 가든이었다.

그들은 그곳에서 갈비를 먹었고, 쥬리는 모처럼만에 마음에 드는 손님과 같이 식사를 해서인지 다소 기분이 좋은 듯했다. 종태는 별로 먹히지가 않았다. 갈비 몇 점을 겨우 먹었다. 갈비를 보자, 낮 시간에 감쪽같이 해치웠던 백민호의 붉은 살점을 보는 것만 같아 절로 속이 역겨워졌다.

"왜요? 더 드시잖고요?"

쥬리는 입을 우물거리며 맛있게 먹으면서 말했다.

"많이 먹어. 난 속이 좀 불편해서 그래."

"……."

쥬리는 알았다는 듯이 고개를 끄덕이고는 지글지글 익고 있는 갈비를 쌈에 싸서 입에 집어넣었다. 쥬리가 한 점을 싸서 종태에게 내밀었지만 그걸 받아먹을 수가 없었다. 종태는 도리질을 하고는 대신 담배를 꺼내 피웠다.

"……."

종태는 혹시라도 이 근방에서 일어났던 살인사건에 대해 어떠한 이야기가 있나 싶어서 귀를 기울였지만 그런 것 같지는 않았다. 군데군데 자리를 잡은 손님들 중에서나, 주방 쪽의 떠드는 말소리 중에서도 그런 이야기는 튀어나오지 않고 있었다.

그는 다소 안심이 되었다. 어서 빨리 이 서울을 벗어나고 싶었다.

쥬리가 배불리 먹고 나서 그들은 곧 밖으로 나왔다. 나오면서 종태는 지갑을 꺼내 쥬리에게 용돈을 찔러넣어 주었다.

"고마워요. 근데 수표로 줘요?"

"그거면 됐지?"

종태가 빙긋 웃어주면서 물었다.

"많아요. 근데, 수표 세 장이나 주세요?"

쥬리는 다소 많은 액수에 놀란 듯했다.

"담에 오면 잘 해줘. 그거 너 가져. 티켓은 알아서 끊고……."

"……."

종태의 말에 쥬리는 말문이 막힌 듯했다. 많은 액수에 대한 고마움의 표시였다.

"난 갈게. 담에 또 올 거다."

"네, 안녕히 가세요. 담에 꼭 오세요. 알았죠? 오늘 고마워요."

쥬리는 종태를 향해 고개를 까딱거리고는 종태가 차에 올라타는 것을 지켜보고 있었다. 종태는 시동을 걸었다.

"왜 안 가?"

"가요. 가시는 걸 보고 갈게요."

쥬리는 그 자리에 서서 종태가 떠나는 걸 볼 셈이었다. 종태는 할 수 없었다. 기어를 넣으면서 천천히 차가 움직였다. 쥬리는 다시 한 번 말했다.

"담에 꼭 올 거죠? 네?"

"……."

종태는 아무런 말없이 그냥 차를 몰았다. 이미 그녀에게서 10여 미터 가까이 떨어진 거리였다.

종태는 차를 몰아 양평 쪽으로 내달렸다. 모처럼만에 온 서울에서 그는 제일 첫 번째로 피를 봤다는 것이 어서 빨리 서울을 벗어나게 만들었다. 그는 최대한 속력을 내면서 질주했다.

곧 미사리가 나오고 양평대교를 건넜다. 좁은 일차선 도로를 달리면서 그는 비로소 서울을 벗어났다는 안도감이 가슴을 훑고 지나갔다. 맑은 강가의 공기를 마시면서 그는 깊게 심호흡을 해댔다.

"……."

그는 지금 마음 같아서는 어서 빨리 양양에 도착해서 희자의 곁에서 하룻밤을 잤으면 하는 마음뿐이었다. 오로지 그러한 마음만 생겨났다. 그는 일차선이었지만 액셀러레이터를 세게 밟았다.

반대편 차선을 달려오는 차의 헤드라이트 불빛이 반갑게만 느껴졌다. 그는 한적해진 도로를 혼자 질주하는 기분이었다. 그는 카세트의 볼륨을 높이고는 손가락으로 장단을 맞추면서 핸들을 조작했다.

양평을 지나 홍천으로 올라가는 길이었다. 다소 꾸불꾸불해진 도로를 달리면서 그는 알 수 없는 스릴을 맛보았다. 밤길을 운전하는 맛이 낮과는 또 다른 것이었다. 조용하기만한 길이었다. 홍천읍으로 들어서자, 다소 번화해진 듯하다가 읍내를 벗어나면서부터 다시 고적한 산길과 들길의 연속이었다.

그는 한계령을 넘어 양양으로 들어선 시간이 밤 열두 시였다. 양양이라는 팻말을 보자, 그는 더욱 마음이 설레었다. 희자가 자신을 기다리고 있기나 한 것처럼 그는 전속력을 내서 달렸다. 벌써 바다내음이 코를 찔러왔다. 비릿하면서도 성큼한 바다내음은 언제 맡아도 고향처럼 푸근한 맛이 있었다.

그는 집에 이르러 집 밖에서 차를 세우고는 헤드라이트를 껐다. 달빛이 있긴 했지만 어둠에 가려 시커먼 집이 그를 반기는 듯했다. 그래서 그는 곧장 집 안으로 들어가지 않고서 차를 세운 것이었다. 마음에서부터 일어나는 감회를 그는 담배연기로 달래고 있었다.

'희자, 왔어⋯⋯'

'많이 기다렸지? 내가 서울에서 뭘 했는지도 잘 알거고⋯⋯ 그래, 난 나쁜 놈을 처단하고 왔어. 그것밖엔 할 수 없었어. 당신이 날 보고 뭐라고 하던 상관없어'

'⋯⋯'

그는 속으로 중얼거리다가 다시 침묵을 지켰다. 그의 손끝에서 타들어가고 있는 담배에서 연기가 피어오르고 있었다. 다 탄 재가 툭, 소리 없이 떨어져 내렸다. 그는 바다 쪽을 바라보았다. 바다 위에는 초소에서 밝히는 탐조등이 이리저리 훑고 있는 게 보였다.

'아, 왔어. 내가 이곳엘 왔구나⋯⋯.'

154

그는 속으로 중얼거렸다. 그러면서 바다에 대한 향수에 젖는 듯했다. 사실 그의 마음속에는 뭉클한 감정이 치밀어오르고 있었다. 얼른 집으로 들어가지 않고 차 안에 앉아서 자신의 그러한 감정을 누그러뜨리고 있었다.

그는 오래도록 안에 앉아 있었다.

파도소리가 쏴아, 하고 들려왔다. 탐조등에 드러난 파도는 새하얀 빛깔이었다. 흰 파도는 마치 작은 말떼들처럼 우르르 몰려왔다가 모래톱에 다다르면서 흔적없이 사라지곤 했다.

어쩌면 자신은 희자의 곁에도 못 와보고선 서울에서 꼼짝없이 붙잡혀 있었을지도 모르는 일이었다. 만일 누군가에게 들켜서 살인을 했다는 죄명으로 붙잡혔을 경우에는 이곳 수산포에까지 들어올 수도 없었을 것이라고 생각하니 더욱 마음이 설레는 것이었다.

전에는 그러지 않았는데 오늘따라 그의 마음은 그랬다. 살인에 대한 죄의식이라기보다는 희자를 못 볼지도 모른다는 우려감이 더 컸다. 하여튼 그는 수산포에 무사히 도착한 것이 무엇보다도 기뻤다.

그는 천천히 차를 몰아 마당으로 들어섰다. 불이 꺼진 마당은 차에서 내뿜는 헤드라이트 불빛으로 인해 환하게 밝혀지고 있었다. 그는 차에서 내려 거실문의 자물쇠를 열었다.

그리곤 거실의 불을 켰다. 환해진 거실은 종태의 입김으로다시 되살아나는 듯했다. 그는 다시 차로 와서 시동을 끄고는 집 안으로 들어갔다. 마치 몇 년 동안 밖에 나갔다가 돌아온 기분 이었다. 그만큼 아늑하고 포근하게만 느껴졌다. 그는 곧장 냉장 고의 문을 열어 시원한 캔맥주를 마시고는 안방으로 들어갔다.

종태는 옷장 속에 넣어둔 희자의 유골함을 꺼내 침대 위에 올려놓았다. 그리고 뚜껑을 열었다. 새하얀 가루들이 불빛을 받아 더욱 새하얗게 빛나고 있었다. 그는 손을 집어넣어 한 줌 재를 꽉 움켜쥐고는 낮게 중얼거렸다.

"희자야. 잘 있었니? 날 욕했지? 이렇게 돌아왔잖아? 널 보 고 싶었어. 그리고 찬란한 복수를 했는걸. 너도 봤지? 이젠 나 도 할 수 없어. 칼에는 칼로, 피에는 피로 싸우는 수밖에 없 어…… 그러다가 너한테로 갈 거야. 이 세상에 더 이상 미련이 없는 걸……."

그는 손아귀에서 하얀 재를 주르르 흘리면서 오열하기 시작 했다. 두 손은 오열 때문이었는지 떨리고 있었다. 그는 한참 동 안을 그러고 있었다. 그의 두 눈에서는 뜨거운 눈물방울들이 떨어져 내렸다. 한 여자를 사랑했던 자신의 지금 모습이 너무 나도 처량하게 생각되었고, 어떻게 해서 자신도 알 수 없는 곳 으로 흘러가고 있는지도 몰랐다.

그에게는 이제 마음을 붙일 만한 곳이라곤 없었다. 자신도 믿 을 수 없을 정도였다. 그러나 그는 자신이 생각하는 것에 대해서는 정당함을 부여하고 싶었다. 그래서 그는 자신이 옳다고 믿고 있는 일에 자신을 내던지고 싶었다. 그것이 목숨을 빼앗는 것이라 할지라도 그는 겁내지 않을 생각이었다. 어차피 한 번은 가야 할 목숨이라면 최후까지 멋있게 살다가 갈 생각이었다.

종태는 그런 생각을 하자, 더 이상 두려울 것이 없었다. 자신과 희자와의 행복을 망쳐버린 마당에 또 무엇을 두려워할 것인가. 그에게는 이제 죽음만을 남겨놓은 시한부 인생과도 같이 이 세상의 악에 대해서 맹렬히 투쟁하다가 죽을 각오가 돼 있었다.

그는 눈물로 흠뻑 젖은 눈을 들어 파도소리가 들려오는 창문을 바라봤다. 시커먼 어둠이 창문을 넘어 들어오고 있었다.

"……."

그는 천천히 일어나 창문으로 걸어갔다. 창밖을 내다보자, 거기에는 검은 바다가 펼쳐져 있었다. 서치라이트 불빛이 커다란 혓바닥처럼 바다 위를 훑으며 지나가고 있는 게 보였다.

그는 망연히 서 있었다. 마치 바다가 부르는 것만 같았다. 그는 담배를 꺼내려던 것을 멈추고는 황급히 밖으로 나왔다. 그리고는 추적추적 바닷가로 걸어갔다. 그의 머릿속에는 아무것도 없는 듯했다. 오로지 바다를 봐야만 할 것 같다는 일념뿐이었다. 그러지 않고서는 도저히 견딜 수 없을 정도로 미칠 지경이었다.

몇 발짝 움직였을까.

"따앙!"

요란한 총소리와 함께 서치라이트 불빛이 그에게로 확 쏟아 졌다.

"……!"

그는 놀라서 불빛을 바라보았지만 너무 밝은 탓인지 아무것 도 보이질 않았다. 강렬한 밝음이었다. 그는 두 손으로 눈을 가 렸다. 그리고는 그 자리에서 꼼짝도 할 수가 없었다.

"손들엇? 쏜다!"

군인의 목소리를 듣고서야 그는 비로소 정신이 돌아왔다. 어 둠 속에서 쏜살같이 달려나온 군인 두 명이 총구를 그의 눈앞 으로 갖다 대었다.

"엎드려!"

군인의 외침이었다. 그는 그 말과 동시에 파삭 엎드렸다. 총 앞에선 일단은 엎드릴 수밖에 없었다.

"손을 뒤로! 뒤로 올려!"

그는 다시 손을 등 뒤로 올렸다. 이번에는 다시 군인의 외침 이 들려왔다.

"얼굴 들어!"

"……."

그는 얼굴을 들었다. 아직까지도 강렬한 서치라이트 불빛이 그가 엎드린 쪽을 비추고 있었다. 그는 눈에 현기증이 일어났다. 조심스럽게 눈을 뜬 그는 자신에게 총구를 겨누고 있는 군인들을 올려다보았다.

"어? 저쪽 집에 사는? 맞죠?"

군인 두 사람 중 한 사람이 먼저 아는 체를 해왔다.

"네. 맞습니다."

그제야 종태는 안도의 한숨을 내쉴 수 있었다. 어쩌면 간첩으로 오인해서 사살해 버릴지도 모르는 일이었다.

"근데 이 밤중에 왜 나왔어요? 총 맞으면 어쩔려고?"

군인들은 의아한 듯이 물어왔다.

"좀 답답해서요……."

종태는 그렇게 대답했다.

"일어나요. 우린 또…… 혹시 간첩인가 했네. 야, 무전쳐. 여기 이상 없다고 말하고. 소대장한테 보고해."

고참인 듯한 군인이 옆에 서 있는 군인에게 말했다. 그러자, 옆에 서 있던 군인이 무전기를 꺼내 치익치익 하며 무전 교신을 하는 게 들렸다.

"아, 여기! 호랑이! 호랑이 굴 나와라, 오바. 상황 보고! 아무 이상 없다! 근처 동네에 사는 사람이다! 소대장한테 보고바람! 이상!"

"……."

종태는 그 옆에 서 있었다. 좀 있으려니까 서치라이트 불빛
이 떨어지면서 바다 쪽으로 기어 들어갔다.

"미안합니다. 술이 좀 취한 것 같습니다. 이거……."

종태는 미안했다.

"아, 아닙니다. 됐습니다. 밤엔 나오지 마세요. 혹시 잘못했
다가 총 맞으면 어쩝니까? 여긴 작전지역인데."

"알겠습니다."

종태는 머리를 숙여 고맙다는 표시를 했다.

"가보십시오. 이제 됐습니다."

그 말에 종태는 군인들과 악수를 하고는 헤어져 집으로 돌아
왔다. 하마터면 총알을 맞을 뻔했다. 그는 거실로 들어와 냉장
고에서 시원한 캔맥주를 꺼냈다. 그리고는 단숨에 캔 두 개를
다 비워냈다. 그제야 가슴이 서늘해지면서 답답한 것이 풀리는
듯했다.

그는 다시 캔맥주를 꺼내 마셨다. 좀 더 시원해지도록. 점점
술기운이 오르면서 그는 희자에 대한 생각으로 가득 찼다. 그
것은 어쩌면 채 이루지 못한 사랑에 대한 연민이랄 수 있었다.
그는 희자에 대한 생각만 하면 금방 안타까워졌다. 그리고 자
신에 대한 미움이 앞섰다.

"희자……."

그는 그리운 이름을 불러보았다. 그러면서 다시 캔을 기울였

160

다. 목 안으로 시원한 물기가 내려가면서 서늘케 했다간 이내 다시 뜨거워졌다. 그는 담배를 안주삼아 맥주를 마시면서 피워 대고 있었다.

나중에는 희자와 소희의 생각이 엉켜지고, 점점 시간이 지나면서부터는 고아원 원장에 대한 복수심으로 가득 차올랐다. 그는 잠자리에 들 때까지 원장에 대한 복수심을 잃어버리지 않고 있었다.

17

인간쓰레기들

이른 듯한 아침에 소대장이 찾아왔다. 마악 근무를 마친 시간을 틈타 강영준이 거실문을 두드리는 통에 그는 잠을 깼다. 종태는 황급히 일어나 바깥으로 나갔다가 소대장임을 알고는 문을 열어줬다.

"형님, 아직 자고 있었어요?"

강영준은 군화를 벗으면서 거실로 들어섰다. 소파로 가서 앉은 그를 바라보며 종태는 가스레인지에 물을 올리면서 대답했다.

"늦게 잠들었어. 어젯밤엔 나 때문에 시끄러웠지?"

"아, 네. 난 또 누군가 했죠. 바로 형님이라는 보고를 듣고…… 무슨 일이 있나 해서 찾아와본 겁니다."

"그거?"

종태는 그러면서 어젯밤의 일에 대해서 말해 주었다. 소대장은 다 듣고 나서 웃고만 있었다.

종태는 커피물을 끓여 커피잔에 따라서는 그의 앞에 놓아주었다. 그리고 한 잔은 자신이 마셨다.

"하하, 형님도! 그렇게 나갔다간 어느 새에 죽으려고 그랬어요? 나도 순찰을 돌다가 섬뜩할 때가 더러 있는데."

"왜?"

종태가 물었다.

"그야, 부하들이 보초를 서면서 졸다가 갑자기 나타난 나를 보고 엉겁결에 방아쇠를 당길지도 모른다는 생각이죠 뭐. 그런데 함부로 바닷가엘 나갔다가…… 미친놈이 혹시 당겨버릴지 누가 알아요?"

"하하하. 그럼 죽는 거지 뭐. 할 수 있어?"

"하하하. 형님도 살기 싫수?"

두 사람은 한꺼번에 웃어댔다. 소대장은 커피 한 잔을 마시고는 곧 일어섰다. 아침밥을 먹고 잠을 자야 한다는 것이었다.

소대장이 가고 나서 종태는 대충 세수를 하고는 희자의 유골을 옷장 안에 집어넣어 두었다. 어젯밤 그는 희자의 유골을 끌어안고서 잤던 것이다.

그는 바깥으로 나와 시동을 걸었다.

"……."

아침의 바닷바람이 상쾌하게 느껴지고 있었다. 그는 담배 한 대가 다 탈 때까지 기다렸다가 기어를 넣었다. 차는 곧 나아가기 시작했다. 그는 좁은 길을 빠져나와 동네를 가로질러 달려나갔다. 벌써 바다로 나가기 위해 일찍 일어난 사람들이 걸어오는 게 보였다. 그는 달리면서 간단히 눈인사만 하고는 지나쳤다.

양양으로 나와 다시 한계령으로 접어들었다. 아침 식사는 가다가 도중에서 할 생각이었다. 그는 한계령으로 접어들면서부터 아직 이른 아침이라서 차들이 다니지 않았으므로 도로의 한복판을 달려나갔다.

인제 읍내에 들어서서 그는 식당으로 들어갔다. 간단히 아침을 때우고는 다시 차를 몰았다. 한적한 시간이라서인지 제법 속도를 낼 수 있었다. 그는 홍천을 지나 곧 양평으로 접어들었다. 팔당대교를 지나 88도로를 타면서 비로소 그는 어디로 갈까를 생각해야만 했다.

막상 서울로 들어오긴 했지만 어디로 가야할지 몰랐다.

종태는 다시 잠실 쪽으로 접어들었다. 지예의 집이 있는 봉천동 쪽으로 가려다가 잠실로 접어든 것이다. 너무 이른 시간 같아서 지예를 나오라고 하기보다는 잠깐 쉬었다가 통화를 할 생각이었다.

아침 출근 시간대여선지 도로마다 차들로 만원이었다. 그는 차 안에서 인내심을 갖고 기다렸다. 그리 바쁠 게 하나도 없었다. 마땅히 가 있을 데가 없는 그로선 모처럼만에 서울의 체증을 바라보고 있는 것도 기분 좋은 일이었다. 자신이 떠난 서울의 거리였다. 그는 길에 서 있으면서 갖가지 상념들이 머릿속을 가득 채웠다.

옛날엔 자신이 차를 몰고 다녔을 이 길을 다시 지나가고 있다니…… 그는 감회가 깊어졌다. 서울 거리치고 자신이 안 다녀본 길이 있을까? 어려서부터 서울로 올라와서 그동안 숱하게 다녔을 길 중의 하나라고 생각되어졌다.

조금 소통이 되면서 차들이 앞으로 나아갔다. 종태는 조금씩 움직였다. 차 안의 운전자들은 전부가 매끈한 얼굴들이었다. 아침밥을 먹고 나와 길가에서 서성이고 있는 샐러리맨들이었다. 그들의 얼굴엔 아침의 상쾌함이 그대로 묻어나고 있었다. 뭔가 의욕적이고 활기찬 표정들이 점점 늘어나는 체증에 대해 불만의 표정을 짓고 있었다.

종태는 그곳을 빠져나와 대로가 아닌 샛길로 접어들었다. 전에 익히 알던 길이었다. 그쪽은 그나마 다소 소통이 되었다. 그는 어디로 갈까 생각하다가 골목길의 간판을 보고서 그쪽으로 차를 몰았다.

사우나 주차장에다 차를 파킹시킨 그는 사우나로 들어갔다.

온몸에 묻어 있는 사람의 때를 말끔히 씻어내고 싶었다. 그는
옷을 벗고 룸으로 들어가 긴 의자에 드러누웠다. 곧이어 늘씬
한 아가씨가 들어왔다. 팬티 하나만 달랑 입은 채였다. 나이는
불과 스물 두 서넛쯤 되었을까.

"그냥 누워 계세요."

그녀는 그렇게 말하고는 옆으로 와서 물을 끼얹고 비누칠을
하기 시작했다.

"……."

종태는 눈을 감았다. 아가씨가 비누칠을 하고선 물을 끼얹어
문지르는 손길이 느껴졌다. 다시 비누칠을 하고선 그냥 맨손으
로 문지르는 것이었다. 때를 벗기는 것이 아니라, 때를 미는 것
처럼 흉내만 낼 뿐이었다.

그녀의 손이 종태의 뿌리께를 잡고서 살살이 문질러댔다. 의
도적으로 그러는 건지는 모르겠지만 하여튼 불알과 뿌리 사이
를 오르내리며 문지르는 손길이 말할 수 없이 짜릿하게만 느껴
졌다. 종태의 뿌리는 서서히 일어나면서 불끈 서 버렸다.

"……."

그녀는 그곳만을 집중적으로 문지르는 것 같았다. 불알 속의
두 쪽이 왔다갔다 할 정도로 그녀는 부드럽게 감싸쥔 채로 주
물러댔다. 그리고는 다시 뿌리를 감싸쥔 채로 들쑥날쑥거렸다.
비누를 칠한 뿌리의 미끈거리는 감촉이 더없이 흥분을 고조시

컸다.

그리고 나서 그녀는 말했다.

"돌아누우세요. 뒤에도 해드릴게요."

종태는 엎드렸다. 그녀는 다시 비누칠을 하기 시작했다. 그러면서 종태의 다물어진 다리를 벌려 놓고선 깊은 데까지 비누칠을 해댔다. 항문께에 비누칠을 해서는 손가락으로 훑듯이 간지럽혔을 땐, 그는 짜릿한 쾌감이 느껴졌다.

"어떠세요? 기분이 좋으시죠?"

"응."

종태는 엎드린 채로 말했다.

그녀는 물을 끼얹고는 다시 비누칠을 했다. 그리고선 다시 물로 씻어냈다.

"반듯이 누우세요."

"……."

종태는 그녀가 시키는 대로 반듯이 누웠다. 그녀는 다시 물을 끼얹고서는 뿌리 부분만을 깨끗이 여러 번 헹궈냈다.

"하실 거죠?"

그녀가 물었다.

"응."

종태는 다소 민망했다. 그러나 이미 번쩍 치켜든 욕망이 민망스러움을 누그러뜨리고 있었다. 이런 데선 으레히 그렇게 하

167

는 것이라는 걸 알고 있었으므로 그리 죄책감 같은 걸 가질 필요가 없었다.

그녀는 한주먹만한 팬티를 벗어 한쪽으로 놓아두고 종태가 누워 있는 침대 옆으로 와서 무릎을 꿇었다. 아가씨가 뿌리에다 입술을 갖다 대고는 핥기 시작했다.

"……."

그는 이런 데선 별로 말이 필요치 않다는 것을 알고 있는 터였다. 그건 이런 사우나에서의 에티켓이랄 수 있었다. 서비스를 하는 아가씨에게 필요 이상의 수작을 거는 것은 곧 남자의 치졸함만을 내보이는 결과밖엔 되지 않았다.

아가씨는 정성을 다해 빨아주었다. 마치 그런 쪽으로 기술을 터득한 여자처럼 능숙하기만 했다. 나이에 비해 깜짝 놀랄 만큼의 질 좋은 서비스를 하는 곳만이 성업을 이룰 수 있었기 때문에 더욱 그러했다.

아가씨는 뿌리를 핥다가 가끔씩 위로 올라와서는 가슴을 핥기도 했다. 대개 남자들은 그맘때쯤이면 사정에 거의 다다른 지경이었다. 그만큼 그녀들의 기술은 능란하다고 할 수 있었다. 아가씨는 종태의 가슴을 빨면서 한 손으로 종태의 성난 뿌리를 거머쥐고는 힘있게 흔들어댔다. 그냥 흔드는 것이 아니라, 마치 섹스를 할 때의 남자의 페니스 역할처럼 그녀의 손바닥이 동그랗게 말려쥔 채로 뿌리를 거머쥐고선 왔다갔다하는 반복적인 동작의 연속이었다.

종태는 갑자기 급상승하는 쾌감의 덩어리를 느끼면서 아랫도리에 힘이 들어가는 걸 느꼈다.

"……."

아가씨는 종태의 반응을 알아챘는지 잠깐 하던 동작을 멈추고는 다시 천천히 뿌리만을 움직여댔다.

"이제 할까요?"

"그래……."

종태의 말에 그녀는 위로 올라왔다. 그녀는 다리를 벌린 채로 그의 몸뚱이를 깔고 앉은 상태였다. 그리고는 종태의 뿌리를 거머쥐고서는 말을 타듯이 자신의 성기를 거기에다 맞추었다. 부드럽게 들어간 뿌리는 그녀가 움직이는 대로 움직였다. 들어갔다가 빠져나오면서 점점 더 빳빳해지는 것이었다.

그녀는 섹스의 노련한 기술자였다.

처음엔 살금살금 엉덩이를 들면서 내려찧었지만 점점 더 거세게 찧어댔다. 그녀의 벌어진 아랫도리가 다 보였다. 그녀의 그것이 내려찧을 때마다 종태는 가라앉는 듯한 기분이었다. 제법 살결이 부딪치는 소리가 났다. 그녀의 안쪽 허벅지와 종태의 벌린 다리가 맞부딪치면서 찰싹거리는 소릴 냈다.

이번엔 그녀가 위에서 아래로만 내려찧는 게 아니라, 원을 그리듯이 내려찧었다간 쑥 뽑아냈다. 그러면서 다시 원을 그릴

듯이 내려찧었다. 그녀의 질벽에 닿는 종태의 뿌리는 질벽의 자잘한 주름살까지도 다 느낄 수 있을 것만 같은 기분이었다.

그녀는 내려찧는 것만 하는 것이 아니라, 이번엔 완전히 뿌리를 집어넣은 채로 엉덩이만 아래위로 까딱거리며 마구 문질러댔다. 그런 느낌이 종태에겐 더 좋았다. 완전히 깔고 앉은 상태에서 엉덩이를 흔들어대는 바람에 압박감과 함께 강한 쾌감이 일어났다.

그는 곧 사정기를 느낄 수 있었다.

"아…… 흐으……."

"……."

그녀는 이미 알고 있기나 한 듯이 하던 동작을 멈추고는 잠깐 종태의 표정을 살폈다. 종태는 얼굴을 찡그리면서 숨을 헐떡거렸다.

"……."

그녀는 다시 천천히 움직이기 시작했다. 이번엔 좀 더 천천히 엉덩이를 움직였다. 그녀의 질벽을 찌르는 종태의 뿌리는 더 이상 참을 수가 없을 정도였다. 그는 끝내 울컥거리며 정액을 토해내고 말았다.

"……."

그녀는 가만히 앉아 기다렸다. 종태가 다 사정할 때까지 기다려주는 것이 그녀의 의무인 것 같았다. 불과 몇 분만에 사정해버리는 종태였다. 그만큼 그 아가씨는 그런 쪽으로 기술이 탁월한 듯했다.

"아, 하아……."

종태는 안간힘을 쓰며 정액을 다 토해내려고 애썼다. 정액이 다 빠져나갔다고 생각되었을 때쯤, 그녀가 말했다.

"끝났죠?"

"으,……."

"또 할 수 있으면 말씀하세요."

그녀는 아직 내려올 기미가 없었다.

"아! 좀 더 있어봐. 조금만……."

"……."

그녀는 엎드린 채로 종태의 가슴에다 입술을 갖다 댔다. 그녀는 기다릴 생각이었다.

"한 번 빨아줄래?"

"……."

종태의 부탁에 그녀는 몸을 떼어냈다. 그녀가 몸을 떼기 위해서 다리를 번쩍 드는 순간, 그녀의 꽃잎에서 물기가 뚝뚝 떨어져 내렸다. 허연 정액이 떨어져 내렸다.

그녀는 다시 종태가 누워 있는 의자 옆에서 무릎을 꿇고는 핥아대기 시작했다. 이미 죽어버린 그것이었지만 그녀가 열성적으로 그랬던 탓인지 뿌리에 서서히 힘이 들어가면서 단단해졌다. 그는 얼굴을 찡그리며 밑으로부터 짜릿해져오는 흥분을 감내하고 있었다.

남자란 여자의 자극에 의해 다시 일어설 수 있는 것이었다. 그녀가 핥고 입술로 문질러대는데 일어서지 않고는 못 견딜 것이었다. 남자란 여자와 마찬가지로 조그만 자극을 받아도 민감하게 반응을 했다. 성적인 신경이 가장 예민하게 몰려 있는 뿌리 끝부분을 그녀가 핥아대는데 일어서지 않을 수가 없었다.

"섰네요. 좀 더 해요?"

아가씨는 핥다 말고 입 속에다 넣은 채로 말했다.

"으!…… 좀 더!"

종태는 조금 더 자극이 필요했다. 그러면 완전히 단단해질 것만 같았다. 그녀는 다시 입 속으로 완전히 넣은 채로 마구 비벼댔다. 입술과 혀와, 이빨을 이용해서 애무하는 그녀의 기술에 의해 뿌리는 사정없이 벌떡 일어섰다. 검붉은 뿌리가 단단해졌을 때, 그녀는 다시 물었다.

"이제 됐어요?"

"응…… 됐어."

종태는 고개를 끄덕여주었다. 그녀는 재빨리 종태의 몸 위로 올라와선 두 다리를 쩍 벌린 채로 그것을 집어넣었다. 그리고는 천천히 가라앉았다. 뿌리가 들어가는 느낌이 그대로 느껴졌다.

"아, 됐어요."

그녀는 완전히 다 들어갔다는 것을 알려왔다. 종태 역시 자신의 뿌리가 단단하게 일어섰다는 것을 알고 있었다. 그것은 그녀의 몸속으로 깊숙이 파고 들어가서 우뚝 서 있었다.

"이번엔 좀 더 길 거예요."

그녀는 일부러 그러는 것인지, 아니면 자기도 모르게 한 말인지 중얼거렸다. 그러면서 그녀는 움직이기 시작했다. 이번엔 좀 더 절도있게 움직이는 듯했다. 그녀는 종태의 반응을 살펴가며 엉덩이를 들었다가 빼냈다.

여성 상위라는 것은 남자에겐 무척 편한 자세였다.

그리고 여자의 꽃잎이 벌어지는 걸 직접 눈으로 확인할 수가 있어서 더욱 감흥이 깊었다. 종태는 두 손으로 그녀의 허벅지 위쪽을 붙잡은 채로 그녀와 같이 움직였다. 그녀가 내려앉는 느낌이 손바닥과 뿌리에 동시에 느껴졌다. 그런 만큼 쾌감 역시 두 배로 큰 것인지도 몰랐다.

그녀는 종태의 가슴에다 손을 짚고서 엉덩이만을 움직였다. 그러다가 이번엔 반대 방향으로 돌아앉아서 뜀뛰기를 시작했다. 이번엔 그녀의 작은 엉덩이가 벌어진 채로 움직이고 있는 게 다 보였다.

종태는 손을 뻗어 그녀의 허리 안쪽, 즉 꽃잎이 있는 부분을 어루만지며 그녀의 몸과 같이 움직였다. 이번 역시 좀 전과 마찬가지로 기분이 고조되는 체위였다. 그의 손은 그녀의 꽃잎을 만지작거렸다. 손끝에 만져지는 꽃잎의 보드라운 감촉이 더없이 기분 좋게 느껴지고 있었다.

그녀가 세게 움직일수록 그의 두 손은 아가씨의 꽃잎을 더욱 넓게 벌려주었다. 등으로 가려진 상태여서 비록 아무것도 보여지진 않았지만 손끝으로 만져보는 꽃잎의 느낌이란 참 묘한 것이었다. 그녀의 소음순이 만져지고, 소음순 밑에 숨은 듯이 돋아나와 있는 클리토리스가 만져졌다. 그는 그곳을 집중적으로 만지작거렸다.

"아아, 너무 세게 그러지 말아요. 아파요."

그녀는 널뛰기를 하듯이 펄쩍거리면서 그 말을 했다.

"……."

종태는 다시 부드럽게 어루만졌다. 그녀의 윗부분에 나 있는 음모가 만져졌다. 그는 그곳을 어루만졌다. 까슬거리는 감촉이 그런대로 만족스러웠다.

그녀가 부리는 기교는 참으로 묘했다.

어느 순간엔 거세게 방아를 찧다가, 어느 순간부터는 부드럽게 방아를 찧어댔다. 그것은 오로지 그녀의 조절에 달린 것이었다. 그녀는 쪼그려 앉은 상태에서 다리의 힘을 빌려 강약을 조절하고 있었다. 그러면서 또 그녀는 두 손으로 뿌리를 감싸쥐고는 밀었다가 다시 잡아당겼다. 그것은 굉장한 자극이었다.

종태는 완전히 사정의 문턱에까지 다다른 느낌이었다. 그녀가 꽃잎으로 들쑥날쑥거리는 것과, 또 그녀의 두 손으로 뿌리를 잡아 문지르는 것이 한꺼번에 격렬한 느낌으로 다가왔다.

"……."

종태는 참을 데까지 참다가 끝내 참지 못하고서 정액을 토해내기 시작했다. 이번엔 그녀가 재빨리 뿌리를 빼내고는 두 손으로 문지르면서 손바닥 안에다 정액을 받아냈다.

"아!……."

그는 기진맥진해서 헐떡거렸다.

아가씨는 잠잠해진 종태의 뿌리를 거머쥐고는 시원한 물로 씻어주었다. 미리 옆에다 준비해둔 것이었던지 그녀의 손에는 작은 물그릇이 들려져 있었다. 그 물그릇으로 헹궈내고 있었다.

"……."

그녀는 자신의 꽃잎도 그 물로 헹궈내는 것이었다. 종태는 비록 보이진 않았지만 그걸 알 수 있었다. 그녀가 자신의 꽃잎에다 물을 끼얹고는 씻어내는 것이었다.

"됐죠?"

아가씨는 만족한 듯이 웃으면서 말했다. 그녀는 종태의 몸 위에서 내려와 시든 뿌리에다 물이라도 줄 듯이 입술을 갖다대고는 키스를 해주었다.

"됐어! 좋았어!"

종태는 두 번의 사정에서 기진맥진해 있었다. 끝마무리까지 철두철미하게 끝낸 그녀에게 찬사라도 보내주고 싶은 심정이었다.

아가씨는 다시 종태의 몸에 비누칠을 해주고는 오일을 발라주었다. 그리고는 모든 게 끝났다는 말을 했다.

"잠깐만 기다려."

종태는 일어나서 벽면에 걸린 가운에서 지갑을 꺼내 수표 두 장을 건네주었다.

"고마워요."

아가씨는 뜻밖의 큰돈에 키스라도 할 듯이 고마움을 표시했다. 그리고는 종태를 보고 말했다.

"미스 남이에요. 담에 오면 절 찾아주세요. 다음엔 더 잘 해드릴게요."

친절하게도 그녀는 그런 말을 해주었다.

"알았어. 오늘 너무 진을 빼는 거 같군."

종태는 사실 오늘 너무 기분이 좋았던 것이다. 이런 서비스를 받아본 것은 처음이었다. 전에도 몇 번 안마 사우나에 가본 적은 있었지만 그때는 이렇게까진 하지 않았었다. 대충 해주고는 남자가 사정하는 걸로 끝날 때가 많았다. 그만큼 서울은 하루가 다르게 변모해가고 있다는 증거였다.

특히 그런 쪽으로는 더했다.

하루가 다르게 기술이 개발되어 고객을 잡는 것이 특권인 양, 아가씨들은 정성을 다해 고객을 모시는 듯했다. 그녀가 나가고 나자, 종태는 비로소 피곤이 한꺼번에 몰려오는 듯했다. 그런 탓이었는지 몸이 축 늘어지면서 나른해졌다. 마치 봄날에 들판으로 나가 누워 있으면 깜박 잠이 들어버리는 것 같은 기분이었다.

"......"

그는 잠시 깊은 잠에 빠져들었다. 최상의 기분이었다. 정액을 배출했을 때의 만족감으로 그는 충분한 잠을 잘 수 있었다. 잠깐 사이에 숙면에 빠져든 그는 모처럼만에 마음의 안식을 얻는 듯했다. 긴장과 초조함으로 움츠려 들었던 몸과 마음이 일시에 얼음처럼 녹아지면서 나른해졌다. 어제는 비린내나는 피를 봤다면, 오늘은 완전한 휴식이랄 수 있었다.

지예와 만나기로 한 약속 장소로 나갔다. 봉천동 지하철 역 앞에서 정각 2시에 만나기로 약속했던 것이다. 그는 차 안에 앉은 채로 시계를 들여다보았다. 2시 10분 전이었다. 사거리의 지하철역이라 번잡했다. 이리저리 차들이 신호에 따라 움직이며 밀려갔다가 밀려오는 게 보였다. 마치 차들이 밀려다니는 것만 같았다.

"……."

종태는 수산포의 한가한 생활에 비하면 눈이 아플 정도로 번잡한 이 서울의 모습이 왠지 답답하기만 했다. 차들이 너무 많아서 사람들이 온통 차들에 시달리고 있는 듯한 인상을 받기에 충분했다.

'서울은 그래. 사람 살 곳이 못 되지. 너무 인종들이 많아'

그는 담배 연기를 날리며 그런 생각을 했다. 사람들이 미어터지도록 많았으므로 이 서울에서는 하루에도 숱한 사연들이 일어나고, 터지고, 밝혀지면서 아수라장이 되는지도 모르는 일이었다. 별의별 잡놈들이 다 설쳐대는 이 도시에서 살았던 그로서는 지금 생각해보면 아득한 옛날처럼 느껴졌다.

교도소는 또 어떤가. 이 사회의 인생 찌꺼기들이나 마찬가지인 그들이 아닌가. 돈이 없고, 빽이 없어 깃털 빠진 새처럼 인생을 포기한 사람들이 모여드는 곳이 아니던가. 그들은 돈이 없어 변호사를 사지 못했고, 변호사를 사지 못했으니 자연 실형을 받을 건 뻔한 이치였다. 그래서 실형을 살면서도 그 안에서 또 돈이 없어 개털이라는 말을 들어가며 돈의 괄시를 받아야만 했다.

있는 놈들은 바깥에서 떵떵거리며 살아가고, 어떤 사건이 터져도 그들은 미리 돈을 써서 경찰서에서 빠져나가거나, 혹시 교도소로 넘어왔다고 하더라도 얼른 변호사를 대서 보석이나 구속적부심으로 나가는 것이 돈의 위력이었다. 판사가 나쁘다 거나, 돈이 나쁜 게 아니다. 그 돈이 변호사를 거쳐 세탁이 된 뒤에 판사의 호주머니 속으로 들어가야만 풀려날 수 있다는 자본주의의 생리가 나쁜 것이었다.

돈이면 안 되는 것이 없다라는 우리 사회의 통념이 문제였다.

재판뿐만 그런 것이 아니었다. 우리나라 어디에고 부정한 돈이 안 미치는 곳이 없을 정도였다. 썩어 문드러져도 한참 썩어 문드러진 곳이 바로 우리나라였다. 정치, 경제, 사회는 물론 말할 것도 없고, 우리가 익히 알고 있는 참언론이라는 신문이라는 곳도 돈이 판을 치는 세상이 되고 말았다. 신문은 특히 더 교묘한 방법으로 돈을 챙겼다. 정치권에서 주는 검은 돈을 받고 어거지로 이미지 좋은 기사를 쓰는가 하면, 특정 정치인의 이미지 효과를 위해 뒤로 건네주는 돈을 받아 챙기는 것이 요즘 기자들의 생리였다.

돈을 먹으면 일단 그 값을 해야 하기 때문에 제아무리 신문이 바른 소식을 전해주는 언론 매체라고 하더라도 이미 타락하기 마련이었다. 그렇다고 해서 신문에 난 기사 전체가 다 그런 것은 아니지만 대개 기자들이 월급만 가지고는 살 수 없다는 것이 요즘 세상이었다.

종태는 홍수처럼 밀려가는 차들을 바라보면서 이 세상이라는 것도 사실 알고 보면 아무것도 아니라는 싱거운 생각이 들었다. 무엇을 위해 사람들은 저토록 바삐 움직이는가. 낮엔 허리가 부러지도록 일을 하고, 밤엔 술에 곤드레가 되도록 낮 동안에 쌓인 스트레스를 풀기 위해 몸부림을 친다는 것이 우스꽝스럽게만 느껴졌다.

모두가 다 제멋대로 굴러가고 있는 것이 오늘의 현실인 것 같았다. 지식을 팔고 양심을 팔아 배를 채우는 소위 배웠다는 지식인들, 그리고 아귀처럼 마구 외제를 수입해서 팔아먹은 대가로 배를 채운 기업들의 회장님들, 투기를 일삼아 떼돈을 만진 졸부들이 외제차를 몰고 다니며 거드름을 피워대는 서울 바닥을 생각하면, 종태는 당장이라도 땅 속에 숨겨둔 박격포를 꺼내 마구 쏘아대고 싶은 심정이었다.

가난한 자들보다는 돈 많은 자들이 득시글거리는 곳에다가 한 방 박격포를 때려주고 싶었다. 아예 그런 인간들만 한 데 모아놓고 몰살시켜 버렸으면 하는 생각이었다.

종태는 담배 두 개비 째를 피우면서 시계를 보았다. 2시 정각이었다.

"……?"

그는 주위를 휘둘러보았다. 근처 옷가게에서 젊은 여자애들 몇몇이 모여서 쫑알거리고 있었다. 길을 지나가는 사람들의 옷차림이 모두 다 밝은 원색이었다. 마치 마네킹같이 예쁘게 생긴 여자애들을 바라보고 있으면서 그는 다시 시계를 들여다보았다. 정각에서 약 5분쯤 지난 시간이었다. 그는 다시 두리번거렸다.

"?……."

종태는 이쪽을 향해 걸어오고 있는 여자가 지예가 맞는가 싶어 뚫어지게 그쪽을 바라보고 있었다. 분명히 지예였다. 헤어스타일하며 옷차림이 너무나도 달라서 처음엔 종태도 긴가민가했다. 지예는 가까이로 와서 웃어 보였다.

"언제 왔어요?"

지예는 발랄하게 웃었다. 그리고는 차에 올라탔다. 짧은 미니스커트 자락이 안쪽으로 올라가면서 허벅지가 다 드러나 보였다. 까만 굽 높은 구두가 보였다. 끈을 묶도록 만들어진 신세대 구두였으며, 끝이 뾰족한 새 구두였다. 연한 살색 스타킹을 신은 그녀의 긴 다리는 가지런히 놓여졌다. 길고 미끈했다.

"좀 아까…… 이쁘군. 첨엔 몰라봤어. 엄마는 잘 계시고?"

"네, 잘 계세요. 내가 너무 오랜만에 찾아와서 참 반갑더라고요. 엄마랑 식구들이 같이 나가서 저녁을 먹었어요. 제가 샀어요. 잘 했죠?"

지예는 마치 자신의 자랑거리를 늘어놓듯 말했다. 그러면서 쿡쿡 웃어댔다.

"그럼! 잘 했네 뭐. 돈은 있었나?"

"돈요?"

"응."

종태는 지예를 물끄러미 쳐다보았다.

"네, 있었어요. 저번에 준 돈으로 썼어요. 그건 걱정 말아요. 저도 조금 갖고 있었으니깐요."

"점심이나 먹고 갈까?"

종태가 물었다.

"아니. 가다가 미사리쯤에서 먹어. 아침을 늦게 먹었어. 근데 아침은 먹었어?"

"난 아직…… 못 먹었어. 괜찮아. 가다가 사먹지 뭐."

"그래, 그럼. 가요."

지예의 말에 그는 차를 출발시켰다. 남부순환도로를 따라 가다가 88도로로 접어들 생각이었다. 88도로에는 대낮인데도 차들로 만원이었다. 엉금엉금 기어가는 차들 속에 끼어 있으면서 조금씩 앞으로 나아갔다. 지면에서 아스팔트가 끓는 뜨거운 열기 때문인지 아지랑이 같은 것이 가물거렸다. 차에서 내뿜는 연기 속에서도 아지랑이 같은 것이 어른거렸다.

성수대교 부근을 지나면서부터 제대로 속력을 낼 수 있었다. 종태는 엑셀러레이터를 세게 밟으면서 내달렸다. 차에서 나는 엔진음이 박력감을 더해주었다. 미사리까지는 불과 10분밖에 걸리지 않았다.

그는 미사리 조정경기장 건너편으로 차를 몰았다. 좁은 아카시아 숲길을 지나 언덕배기로 올라가자, 카페와 음식점들이 빼곡히 들어차 있었다. 넓은 길 쪽에서 보면 전혀 보이지 않는 그런 곳이었다. 그러나 아는 사람들만 오는 곳인지 한낮인데도 차들이 군데군데 주차되어 있는 게 눈에 띄었다.

가든 안으로 들어간 그들은 창가로 가서 앉았다. 시원한 에어컨 바람이 상쾌하게 느껴졌다. 서빙을 하는 여자가 다가와서 메뉴판을 내밀었다.

"뭘로 할까? 지예가 정해."

종태의 말에 지예는 메뉴판을 끌어당겨 보고서는 말했다.

"고기 조금 하고, 시원한 냉면으로 해. 나, 그것 먹고 싶어."

그녀의 말이 끝나기가 무섭게 종태는 서빙하는 여자한테 말했다.

"여기, 불고기 3인분 하고. 냉면으로 줘요."

주문을 받은 여자가 돌아가고 나서 지예는 탁자 앞으로 바싹 몸을 들이밀며 말했다.

"뭐했어?"

"뭘?"

종태는 담배를 빼물었다. 그리고는 천천히 성냥을 그어 불을 붙였다. 창가를 내다보는 그의 눈빛은 강렬한 햇빛에 반사되어 반짝거렸다.

"일은 잘 봤느냐구?"

지예는 생글거리며 웃었다.

"응, 잘 해치웠지. 멋지게."

그 말을 하면서 종태는 씨익 웃었다.

"해치워? 일을?"

"응, 그럼! 멋지게 해치웠지, 그럼."

"잠은?"

"그냥 잤어."

종태는 얼버무리듯이 간단하게 대답했다.

"그냥이 뭐야? 술 마시고, 여자하고 잔 거 아냐? 맞지?"

"뭐 그런 걸 다 얘기해. 내가 여자하고 잤을 거 같애?"

종태는 도리어 반문을 했다.

"안 잤어? 그럼?"

"이런! 내가 어떻게 여자하고 자냐? 술을 마셔도 그렇지. 난 일 때문에 바빴는 걸 뭐."

"정말이야! 그 말 믿어도 돼?"

지예는 반색을 하며 말했다.

"그럼! 난 이번에 중요한 일을 해치웠어. 말할 순 없는 거지만. 그래서 무지 바빴어."

"아이, 좋아라. 그럼 됐어. 난 또…… 종태씨처럼 여자 밝히는 남잔 하룻밤이라도 여자가 없으면 못 잘 줄 알고. 다른 여자들하고 자지 마. 내 말 알지?"

"응, 알아."

종태는 웃음을 띠며 그 말을 했다. 그때, 마침 주문한 불고기가 왔다. 서빙하는 여자가 무릎을 꿇고 불판 위에다가 고기를 얹어놓고선 굽기 시작했다. 그랬으므로 그들은 잠시 웃기만 했을 뿐, 그 이야기에 대해선 더 이상 언급할 수가 없었다.

"근데 아침은 먹고 다녀야지. 쭉 밥 먹었어?"

지예는 종태를 염려하는 듯이 말을 꺼냈다. 끼니를 거르지 않았느냐는 물음이었다.

"먹고 다니지. 서울에선 가는 데마다 식당인데 안 먹고 어떻게 배겨?"

종태는 웃었다. 서빙하는 여자가 고기가 다 구워졌다면서 접시에다 고기를 몇 점 놓아주고는 일어서 나갔다.

그들은 고기를 먹기 시작했다. 곧 이어서 냉면이 나왔고, 그들은 다시 냉면을 먹으면서 이야기를 했다. 주로 지예가 이야기를 했다. 집안 이야기, 친구 이야기, 동생들 이야기였다. 고등학교 동창들과 전화통화를 한 얘기까지 다 말하는 그녀는 입을 오물거리며 신이 난 듯했다.

"나, 속초에 있다고 하니깐 친구들이 한 번 놀러오겠대. 그래도 돼?"

"그랬어?"

185

종태는 냉면을 먹다 말고 얼굴을 쳐들었다.

"응. 싫어?"

"아니. 와도 되지 뭐. 친구들이 결혼 안 했나?"

"결혼한 애도 있고, 안 한 애들도 있고. 내가 그쪽에 산다니까 전부 다 한번 오고 싶다고 그래. 바닷가에 한 번 놀러오고 싶은가봐."

"오라고 그래. 지예가 데리고 나가서 잘 대접하면 되지 뭘."

종태는 다시 냉면을 먹기 시작했다.

"정말?"

"그럼."

"아이, 좋아. 난 또…… 괜히 그런 약속을 했는가 싶어서 속으로 걱정이 됐는데……."

"……."

종태는 아무 말도 하지 않았다. 지예는 종태가 승낙한 것이 내심 기뻤는지 얼굴에 기쁨을 감추지 못했다.

그들은 냉면을 먹고 나서 밖으로 나왔다. 다시 차에 올라서는 미사리를 거쳐 양평으로 접어들었다. 강가를 끼고 달리면서 제법 싱그러운 바람을 맞을 수 있었다. 햇볕은 제법 따가웠지만 대신 시원한 바람이 더위를 식혀주는 듯했다.

푸른 강을 바라보며 달리는 것이 무엇보다 좋았다.

양평을 지나 홍천으로 들어서면서 서늘한 산기운이 차 안으로 들어오는 것 같았다. 녹음이 짙어진 산그늘에서는 시원한 산바람이 끊임없이 불어나왔다. 산길을 따라 달리는 기분이 무척 즐거웠다.

"쉬었다가 가면 안 돼?"

지예가 먼저 말을 꺼냈다. 저번에 멈췄던 곳이었다. 옆에는 작은 계곡이 흐르고 있었다. 산그늘이 계곡을 뒤덮고 있었다. 그들은 차에서 내려 계곡으로 걸어갔다. 저번에 앉았던 편편한 바윗돌로 가서 앉았다. 바로 앞에 시냇물이 흐르는 게 보였다.

"엄마가 결혼 안 할 거냐고 물었어."

지예가 느닷없이 그런 말을 꺼냈다. 종태는 지예를 한 번 흘 낏 쳐다보고는 물가로 눈길을 주었다.

"그냥 그랬어. 내가 속초에서 뭘 하고 있는지도 몰라. 엄마는 그냥 직장 생활하고 있는 건 줄로 알아. 내가 말을 안 했거든……."

지예는 그러면서 종태의 가슴으로 파고들었다. 그리고선 다시 나지막이 속삭였다.

"지금은 그래요. 괜히……."

"……."

종태는 아무 말도 하지 못했다. 담배를 꺼내 피울 뿐이었다. 연기를 뿜어 동그란 원을 만들어냈다. 그녀는 종태의 가슴 속으로 손을 집어넣어 어루만지면서 말했다.

187

"다른 여자 만나면 안 돼? 알았지?"

그녀의 말에 그는 고개를 끄덕였다.

"정말이야. 나, 그러면 싫어. 죽어버릴지도 몰라."

"……."

종태는 다소 가슴이 뜨끔해졌다. 죽는다는 말이 가슴에 예리하게 날아와 박혔다. 종태는 무언가 말을 하려다가 그만두고는 급하게 담배를 빨아댔다. 그리고는 다 탄 꽁초를 물가를 향해 내던졌다.

그들은 어색한 침묵을 제거하기라도 하듯이 서로를 끌어안았다. 다시 물가에서 진한 애무가 시작되었다. 그녀는 종태가 손을 스커트 속으로 집어넣어 팬티 속을 문질러대자, 점점 허리가 뒤로 넘어지면서 활처럼 휘었다. 종태의 목을 껴안은 그녀는 가끔씩 깊은 숨을 토해냈다.

종태는 그녀의 다리를 벌린 채로 손을 팬티 속으로 깊숙이 집어넣었다. 얇은 살갗의 부드러운 꽃잎을 벌리면서 손가락을 집어넣었다. 이미 그곳은 물기로 흥건해 있었다. 종태의 손이 닿자, 기다렸다는 듯이 더 많은 물기가 흘러나왔다.

"아아…… 좋아요."

그녀는 가까스로 그 말을 뱉어냈다. 그러면서 후두둑 몸을 떨었다. 종태는 팬티가 그녀의 다리에 걸려있어 다소 불편했지만 더욱 쾌감이 상승되었다. 꽃잎 속으로 들어간 손가락은 질벽에 고인 물기를 훔쳐낼 듯이 후벼팠다.

"으……."

지예는 참지 못할 듯이 마구 몸을 흔들어댔다. 그러면서 자신이 먼저 팬티를 밑으로 끌어내렸다. 그리고는 스커트를 들어올렸다. 환한 대낮의 밝음에 그대로 드러난 그녀의 아랫도리를 하얀 꽃밭 같았다.

"어서 해. 미치겠어. 보고 싶었어."

그녀의 재촉이었다. 마치 갈증이 나는 듯한 목소리였다. 종태는 얼른 바지를 내리고는 그녀의 꽃잎에 뿌리를 갖다 댔다. 아무런 저항도 없이 스르르 미끄러져 들어간 뿌리는 꽉 찬 듯한 꽃잎의 조임에 기분이 고조되는 듯했다.

그는 움직이기 시작했다. 움직일 때마다 자신의 뿌리에 묻어나오는 물기를 직접 눈으로 확인할 수가 있었다. 그걸 내려다보는 종태의 마음은 점점 급해지는 것이었다. 그는 점점 더 세게 뿌리를 움직였다.

들어갔다가 나올 때의 빽빽함이 뿌리 전체에 느껴지고 있었다. 어정쩡한 자세로 다리를 구부린 채, 두 팔로 바윗돌을 지탱하고 있는 지예는 그가 한 번씩 뿌리를 들이밀 때마다 밀려나지 않도록 손바닥에다 힘을 주어 바윗돌을 붙잡았다.

"좀 살살해. 밀려나겠어."

그녀는 참다못해 그 말을 했다. 몇 번이나 엉덩이를 밑으로 내리면서 자세를 고쳤지만 계속적으로 들이박는 종태의 엉덩이 힘에 밀려 자꾸만 무너지려고 그랬다. 편하지 않은 바윗돌이라서 그런지 종태 역시 불편했다. 까딱 잘못해서 무릎을 부딪쳤다가는 무릎이 다 까질 형편이었다. 종태는 무릎을 번쩍 든 채로 허리의 반동을 이용해서 엉덩이 부분만을 움직일 뿐이었다.

그는 조심스러웠다. 그러나 스릴만큼은 있었다. 옆에 있는 계곡에서 물이 흘러내리고, 우거진 숲이 바로 눈앞에 펼쳐져 있는 것이며, 바위투성이의 계곡에서, 그것도 환한 대낮에 그런다는 것이 무엇보다도 운치가 있었다. 비록 짧은 시간이라고 할지라도 그만큼 큰 스릴이 뒤따랐으므로 기분이 좋았던 것이다.

"……?"

그가 조심스럽게 그녀의 두 다리를 들어올렸다. 지예는 그가 어떤 자세를 원한다는 걸 미리 알고 있었다. 그는 그녀의 두 다리를 어깨에 걸친 채로 뿌리를 공격해왔다. 아까보다 좀 더 깊이 뿌리가 들어오는 듯했다. 지예는 숨이 가빠짐을 느꼈다.

자세가 불편했던 탓일까. 종태는 곧 사정기를 느끼면서 좀 더 격렬하게 뿌리를 움직였다. 남자들이란 사정할 때마다 격렬하게 움직이는 것이었다. 그리하여 마지막의 짜릿한 기분을 한꺼번에 터뜨리기 위함이었다.

"아!"

190

그는 외마디 작은 소릴 내지르면서 뚝 멈췄다. 그리고는 그의 뿌리에서 뜨거운 것이 흘러나왔다. 지예는 그가 사정하고 있다는 것을 금방 알 수 있었다. 그녀는 두 다리를 최대한 오므리면서 그의 아랫도리를 끌어안았다.

"……."

종태는 사정을 끝내고서도 얼른 빼지 않았다. 좀 더 있고 싶은 마음이었다. 그건 지예 역시 그랬다. 남자가 일단 사정을 하고 나서 금방 뿌리를 빼버리는 것이 무엇보다 싫었다.

"아, 좋아. 좋죠?"

지예가 낮게 속삭였다.

"좋았어?"

종태가 되물었다.

"응, 좋았어. 근데 엉덩이가 아파. 바위에 배기는 것 같은걸. 그치만 조그만 더 있어."

"……."

종태는 가만히 있었다. 이미 그의 뿌리에서는 정액이 다 빠져나간 뒤여서 이젠 서서히 시들고 있는 중이었다. 뿌리 끝에 질퍽한 물기가 느껴졌다. 다소 마음의 여유가 생기면서 비로소 느껴지는 감촉이었다. 빠르게 움직일 때는 몰랐던 것이지만, 종태가 움직이지 않고 있을 때엔 미세한 것도 느낄 수 있었다. 가령, 지예의 질 속이 움찔거린다거나, 괄약근이 움찔거렸을 때도 뿌리를 통해 느낄 수가 있었다.

지예는 종태를 껴안은 채로 가만히 있었다. 대개 여자들이란 남자가 사정을 끝내고 나서 일찌감치 뿌리를 빼내는 걸 싫어했다. 아직도 잔잔한 여운이 남아 있는지 그녀는 종태를 놓아주지 않았다.

한참 후에 그들은 서로 몸을 떼고는 바위 위에 걸터앉았다. 종태가 담배를 피우자, 그녀도 같이 담배를 피웠다. 짧은 섹스였지만 꽤 만족스런 것이었다. 스릴이 뒤따랐으므로 시간 같은 건 별로 관계치 않은 듯했다.

"피곤하지?"

지예가 종태를 쳐다보며 물었다. 그녀는 웃고 있었다.

"아니. 하나도 안 피곤해."

종태는 일부러 거짓말 같이 웃어주었다.

"피이, 거짓말! 정말이야?"

그녀는 종태를 염려해주느라 묻는 말이었다.

"조금. 그것 가지고 피곤할 정도는 아니지. 피곤해?"

이번엔 종태가 다시 되물었다.

"안 피곤해. 기분이 좋은걸. 섹스를 하고 나면 기분이 좋아지잖아. 난 그래."

그러면서 지예는 활짝 웃었다. 그녀의 하얀 치아가 햇빛에 반짝였다. 아무런 구김살 없는 웃음이랄 수 있었다.

"이제 가지."

종태의 말에 그녀는 따라 일어섰다. 그들은 차가 있는 데로 올라왔다. 드문드문 차들의 왕래가 있었다. 그들 차들은 대개 농산물을 실어나르는 트럭들이었다. 짐을 잔뜩 실은 채 힘겹게 올라가는 뒷모습이 안타깝게 보여지기도 했다.

그들은 미시령을 넘어 속초로 들어왔다.

벌써 저녁이었다. 미시령 꼭대기에서 내려다본 속초 시내는 벌써 환한 불빛으로 불야성을 이룬 것처럼 보여졌다. 그들은 속초 시내로 들어가 저녁 식사를 하고는 자활촌에 있는 베이스 캠프로 가서 커피를 마셨다. 서울에서 음악을 하다가 내려왔다는 젊은 주인의 취향에 따라 실내엔 재즈음악이 경쾌하게 흘러나오고 있는 분위기가 마음에 들었다.

대개 커플들이 마주앉아 소곤거리고 있거나, 바깥마당으로 나가서 그곳에 놓여진 파라솔 의자에 앉아 맥주를 마시는 모습들이었다. 학생들도 꽤나 오는 듯했다. 아마 동우전문대 학생들이리라. 그들은 자신들의 젊음이 대견스러운 듯, 다소 발랄한 분위기였다. 기타를 치거나, 흥겨운 노래를 부르면서 박수를 치면서 놀다가 자리를 비우게 되면, 다시 새로운 커플들이 찾아 들어와서는 빈자리를 메꿨다.

"오늘은 속초에서 자면 안 돼?"

그녀가 물었다.

193

"왜?"

종태는 담배재를 털며 그녀를 쳐다보았다.

"그냥. 같이 자고 갔으면 싶어서."

지예의 말에 종태는 낯을 찌푸렸다. 그리고는 아직 재가 생기지도 않은 담배 끄트머리를 재떨이에다 톡톡 두드렸다.

"……."

지예는 그러는 종태를 물끄러미 바라보고만 있었다. 괜히 그런 말을 꺼냈나 싶은 듯한 눈치였다.

"그냥 가. 거기 가서 자는 게 마음 편하지."

종태의 목소리는 나지막하게 가라앉아 있었다.

"왜? 그 여자 땜에 그래?"

"……?"

종태는 지예가 그 여자라는 말의 어감 때문에 내심 성질이 돋았다. 그래서 빤히 쳐다보았다. 지예는 곧 자신이 한 말이 종태의 비위를 거슬렸다는 것을 알았는지 얼굴이 붉어지면서 사과를 해왔다.

"미안해요. 언니…… 언니 때문에 그러는 거예요?"

지예는 곧 종태의 손을 붙잡아왔다. 미안하다는 표시이기도 했다. 종태는 손을 빼내면서 말했다.

"됐어."

"화났어요? 미안해요. 내가 실수한 것 같아요."

"……."

종태는 아무런 대꾸도 하지 않았다. 그저 묵묵히 커피를 마실 뿐이었다. 커피잔이 바닥이 나자, 그는 오른쪽에 놓여져 있는 물컵을 들어 마셨다. 좀 화가 가라앉는 듯했는지 그는 다시 담배를 꺼내 피웠다.

"저도 한 대 줘요."

"……."

종태는 말없이 그녀에게 담배갑을 내밀었다. 그녀가 담배 한 개비를 꺼내 불을 붙이는 걸 보면서 그는 창밖으로 시선을 던지고 있었다. 창밖에는 어둠의 그림자가 어른거리고 있었다. 바깥마당의 가로등 불빛이 어렴풋하게 비쳐들고 있었다.

"미안해요. 언니를…… 말을 잘못했어요. 화 풀어요."

지예는 미안한 듯한 표정을 지으면서 다시 종태의 손을 붙잡았다. 이번에는 손을 빼내지 않았다.

"집으로 가요. 난 그냥…… 속초에서 같이 있고 싶어서 그랬을 뿐이에요. 집은…… 생각도 못했어요. 이제 가요."

그녀가 먼저 일어섰다. 종태는 할 수 없이 밖으로 걸어 나왔다. 그들은 차로 돌아와서도 말이 없었다. 종태가 키를 돌려 시동을 걸어 출발했을 때도 한참 동안 말을 하지 않았다.

지예가 죽은 희자를 그런 식으로 불렀다는 것과, 또 그런 식으로 대하면서 이곳 속초에서 하룻밤을 자고 들어가자는 말에

195

서 그는 화가 났던 것이었다. 자신의 목숨까지 바쳐서라도 희자를 사랑하고자 했던 자신의 열정을 안다면 지예가 그렇게 말할 수는 없는 일이라고 생각했다.

"……."

종태는 휙휙 지나가는 창밖의 경치에 눈길을 주고 있었다. 캄캄한 길옆으로 밤바다가 어렴풋이 보이고, 바다 쪽에서는 특유의 비릿한 갯내음이 풍겨나오고 있었다. 시원한 바람이 얼굴에 와닿았다. 바람결 속에는 해송의 풋풋한 솔내음이 들어 있는 듯했다.

속초에서 양양으로 내려가는 길옆은 바로 바다였다. 바다와 오른편의 산이 찻길을 내어주고 있었다. 교행하는 차들의 서치라이트 불빛에 가까운 바다가 드러났다가 다시 어둠 속으로 스러지곤 했다.

"……."

종태는 양양에 거의 다 왔을 때까지도 아무런 말을 하지 않았다. 지예는 몇 번이나 종태를 쳐다보곤 했다. 그러나 지예 역시 어떠한 말은 하지 않았다. 그저 종태의 눈치만 볼 뿐이었다.

양양에서 수산포로 접어드는 길에서 종태가 무겁게 입을 열었다. 이미 차의 속도는 현저히 떨어진 상태에서였다.

"좀 쉬었다가 갈까?"

"그래요."

"......."

지예의 말에 종태는 찻길 옆으로 차를 몰아세우고는 라이트를 껐다.

"......."

두 사람은 그저 망연히 앞쪽만을 바라보고 있을 뿐이었다. 달빛만이 교교하게 산그늘을 내리비추고 있었다. 산그림자가 짚차의 본네트 부분을 덮고 있었다.

종태는 담배를 꺼내 불을 붙였다. 그리고는 지예한테 담배갑을 내밀었다.

"......."

지예는 그저 멀거니 담배갑을 바라보기만 했다.

"피워."

종태의 말에 그녀는 담배갑을 집어 그 속에서 한 개비를 꺼내 물었다. 이번에도 종태가 내미는 라이터 불에다 입을 갖다대고는 불을 붙였다. 지예는 조심스럽게 한 모금을 내뿜고는 창 바깥쪽을 바라보고 있었다.

"지예……."

"......."

지예는 종태를 쳐다봤다. 종태가 뭔가 할 말이 있다는 얼굴로 자신을 쳐다보고 있음을 알 수 있었다. 지예는 종태의 어깨로 얼굴을 기대면서 말했다.

"왜요?"

"난……."

종태는 그 말을 해놓곤 가만히 있었다.

"……."

지예는 얼굴을 들어 그를 쳐다보았다.

"난 그래. 내가 사랑했던 여자에게 무시하는 건 싫어. 앞으로 분명히 해둬야 할 것 같아서 이런 말 꺼내는 거야."

"……."

지예는 종태의 말뜻을 알아차렸다. 얼른 고개를 끄덕였다.

"그래야 내가 널 좋아할 수 있어. 안 그러면 널 미워할지도 모르는 거고……."

"네, 알아요."

지예는 미안한 듯이 짧게 말을 했다.

"언니라고 부르면 안 돼? 그냥 언니……."

"네, 알았어요. 아깐 실수한 거예요."

"물론 지예가 실수한 거라는 걸 알아. 난 그 사람과의 사랑이 일생을 바꿔놓을 만큼 진지했던 사랑이야. 내가 이렇게 살아 있다는 것도 미안할 정도로…… 내 말 알아듣겠어?"

"……?"

지예는 종태를 빤히 쳐다보았다.

"나한테도 그런 사랑이 있었어. 그건 남자인 내가 죽음만큼

이나 소중하게 생각했던 첫사랑이라고 할 수 있어. 물론 그 전에도 여자들이야 있었지만…… 내가 진짜로 사랑을 느껴보긴 이 여자한테서였어. 그래서 아까 네가 그 여자라고 말을 했을 때, 내 기분이 어쨌는 줄 아니?"

종태의 목소리는 물에 젖은 솜마냥 무거워져 있었다.

"……."

지예는 말을 하지 못했다.

"남자는 여자가 하기 나름에 따라서 정이 붙는 거야. 난 지예가 어디에 있었건, 그런 건 상관 안 해. 난 네가 마음에 들었기 때문에 너랑 같이 잤던 거고…… 그런데 네가…… 희자를 우습게 보는 것 같아서 마음이 아팠어. 내 말 알아듣겠어?"

종태는 지예를 바라봤다. 지예는 종태의 어깨 위에 기대면서 고개를 끄덕였다. 그녀의 손이 다가왔다. 종태의 넓은 가슴을 쓰다듬으면서 달래듯이 어루만졌다. 잘 알아들었다는 표시일 수 있었다.

"……."

종태는 말없이 담배를 꺼내 피웠다. 그러나 지예는 그대로 꼼짝도 않고 있을 뿐이었다. 종태는 할 말이 분명히 있었지만 속으로 참는 듯했다. 이만큼 이야기를 했으니까 그녀도 알아들을 만했다고 생각했는지도 몰랐다.

어색한 시간이었다. 지예는 더 이상 그의 가슴을 쓰다듬지 못하고 있었다. 그가 무언가 다시 새로운 말을 하기를 기다리고 있을 뿐이었다.

"……."

종태는 더 이상 말이 없었다. 담배 한 개비를 다 태울 때까지도 그는 말을 하지 않았다. 그가 다 피운 담배를 튕기듯이 창밖으로 내던지고는 의자 뒤로 몸을 눕혔다.

"……."

달빛만이 교교한 길을 비추고 있었다. 산그늘에서 산비둘기가 꾹꾹거리는 소리가 들려나왔다. 그리고 이따금 꿩 울음소리가 산 계곡을 가르며 흩어져 날아갔다. 후두둑거리는 나뭇잎이 달빛에 일렁이고 있었다.

지예는 의자를 좀 더 뒤로 젖혔다. 그리고는 하늘을 올려다보았다. 밝은 빛이 감도는 하늘은 마치 새벽하늘인 것 같은 착각이 들 정도였다. 잔별들이 무수히 떠 있는 것이 보였다.

"……."

그녀는 말없이 종태의 손을 찾아 쥐었다. 미안하다는 마음을 담아 손을 건넨 그녀는 종태의 손을 거머잡고서는 자신의 허벅지 위로 올려놓았다. 그러나 종태는 그럴 마음이 아니었다. 아직도 좀 전의 서운한 기분이 싹 가셔지질 않았다.

"미안해요. 다신 안 그럴게요."

그녀의 말이었다. 그러면서 지예는 옆으로 돌아누워 종태의 가슴을 어루만졌다. 종태는 그녀의 손을 걷어내며 나직이 말했다.

"남자와 여자란 그래. 마음이 우선 중요한 거야. 네가 미안하다는 말을 했지만, 난 아직도 마음이 그래. 네 마음은 다 알아…….."

"…….."

지예는 울상을 지었다.

"…….."

종태는 괜히 마음이 울적해지는 기분이었다. 지예가 그렇게 나오는 것이 오히려 기분이 울적해지는 것이었다.

"내가 사과할게요. 나 안아줘. 그러면 난 싫어."

"…….."

종태는 그녀를 돌아보았다. 지예가 거의 울상이 되어 자신을 쳐다보고 있다는 것을 알고서는 비로소 어느 정도 마음이 풀어졌다. 그는 옆으로 누우면서 그녀를 세게 끌어안았다. 지예 역시 그를 기다렸다는 듯이 끌어안았다.

"아!…….."

지예는 감탄의 소리를 냈다. 그것은 바로 종태에 대한 고마움의 소리였다. 그녀는 마음으로부터 뜨거움이 피어올랐다. 그가 마음을 풀고서 껴안은 것에 대해 스스로 감격하고 있었다.

종태는 그녀의 입술을 찾아 자신의 입술을 갖다 댔다. 그녀가 조금 입술을 벌려주자, 그의 혀가 안으로 들어왔다. 지예는 그의 혀를 받아들였다. 두 사람의 혀는 금방 뜨거워졌다. 서로 엉키면서 갈증이 나는 듯이 몸부림을 쳐댔다.

종태는 다시 그녀의 젖가슴을 풀어헤쳤다. 얇은 블라우스를 걷어내고는 입술을 파묻었다. 봉긋한 젖가슴이 그의 입안에 물려졌고, 그는 입술과 혀끝을 이용해서 돋아난 돌기를 깨물었다. 그녀의 젖가슴은 점점 부풀어오르는 듯했다. 가슴이 뻐근해져서일까. 지예는 진저리를 치며 그의 머리채를 붙잡았다.

"……."

종태는 마치 미친 듯이 젖가슴과 아랫배를 훑었다. 그는 밑으로 내려가면서 그녀의 스커트를 끌어내렸다. 그리고는 환히 드러난 팬티 위에다 입술을 갖다 댔다. 조그만 팬티가 겨우 앞을 가리고 있었다. 달빛에 드러난 팬티는 요염하기 그지없었다. 그는 혀끝으로 팬티를 핥아댔다.

"아아!"

지예는 목마름으로 가녀린 소릴 냈다. 그녀의 손은 이미 종태의 불끈 선 뿌리를 붙잡고 있었다. 그가 움직이는 대로 그녀의 손이 따라서 같이 움직이면서 바지의 지퍼를 내렸고, 혁대를 찾아 풀어냈다. 그리곤 그의 바지를 끌어내렸다. 종태가 그걸 도와주었다.

그들은 서로의 옷을 벗겨주면서 완전한 알몸이 되었다. 지예는 반듯이 누운 채로 그가 건너오기만을 기다리고 있었다. 조수석인지라 종태가 넘어오지 않고서는 섹스를 할 수가 없었다.

그들은 곧 한 몸이 되었다. 좁은 공간이었지만 두 사람이 섹스를 하기엔 딱 알맞은 장소였다. 지예의 다리 사이로 들어간 종태는 뿌리를 축으로 해서 몸을 움직였다. 한 번씩 쳐들어갈 때마다 지예의 몸은 의자 위로 떠밀려 올라갔다. 그리고선 다시 내려올 때쯤 해서 종태가 다시 뿌리를 박아댔다.

"아아…… 당신!"

지예는 참을 수 없는 격정의 손길로 그를 끌어안았다. 밑에서부터 뜨거운 불길이 피어올라 온몸으로 퍼져나가는 느낌이었다. 그랬으므로 밑쪽이 황홀했다. 그녀는 자꾸만 목이 말라왔다.

그는 거센 힘으로 달려들었다. 한 번씩 몸뚱이를 들이밀 때마다 지예의 몸은 공중으로 부웅 뜨는 것 같은 기분이었다. 무쇠처럼 단단한 뿌리의 튼튼함과, 그의 허리에서 나오는 강렬한 힘으로 인해 그녀의 아랫도리는 화상을 입은 것처럼 화끈거려졌다. 질벽이 와르르 부서지는 듯한 격렬한 움직이었다. 사실 그녀는 정신이 없는 듯했다.

무엇이 그토록 강렬한 힘을 발휘토록 했을까. 종태는 미친 듯이 달려들어서 들이박고는 급히 빼냈다. 그리고는 숨돌릴 겨를도 없이 다시 달려들었다. 지예는 지금 천상에 떠 있는 듯한 기분을 느꼈다. 그건 섹스의 극치점에 도달한 여자만이 느낄 수 있는 것이었다. 무엇으로도 표현할 수 없고, 그 무엇으로도 이때의 짜릿함을 다 말할 수 있단 말인가.

섹스란 그랬다. 하고 나면 곧 잊어버리는 것이지만, 할 때의 그 짜릿함은 무엇으로도 견줄 수 없는 그런 것이었다. 지예는 헐떡거리면서 그의 반동의 힘을 고스란히 받아들였다. 그가 들썩일 때마다 그녀의 젖가슴은 출렁거렸다. 뱃속의 배장까지 다 출렁거릴 정도였다. 그녀는 그의 강력한 밀침이 그렇게도 좋을 수가 없었다.

"아⋯⋯."

지예는 더 이상 어떤 말을 할 수가 없었다. 순전히 입 밖으로 튀어나오는 그대로 입만 벌렸을 뿐이었다. 감탄이라는 것이 그러했다. 무의식의 탄성이 바로 감탄이 아니던가. 그녀는 입 속의 침이 다 말라버린 것처럼 목이 메었다.

"흐아! 흐아!"

종태의 입에서는 이런 소리가 튀어나왔다. 한 번씩 뿌리를 박을 때마다 거친 소리를 냈고, 빼낼 때도 역시 그런 소리를 냈다. 종태의 뿌리에 번져나오는 그녀의 물기는 실로 많았다. 그녀의 회음부로 흘러내려 시트를 적시고 있었다.

"아!"

종태는 외마디 소리를 지르면서 몸의 움직임을 뚝 멈추었다. 그리고는 숨가쁘게 젖가슴을 찾아 핥아대었다.

"아……."

지예는 그가 사정을 하고 있음을 알아차렸다. 뜨거운 것이 자신의 몸속으로 들어온다는 것을 알 수 있었다. 종태는 그럴수록 더욱 거세게 움직여댔다. 마지막 피스톤 운동이었다.

그들은 곧 잠잠해졌다. 종태가 먼저 잠잠해진 것이다. 그녀의 몸 위에 엎드린 그의 입에서는 뜨거운 단내가 흘러나오고 있었다. 몸과 몸 사이에는 뜨거운 물기로 범벅이 돼 있었다. 그가 흘린 땀이었다. 그들은 찰싹 달라붙어 떨어질 줄 몰랐다.

땀으로 흥건해진 종태의 알몸 위로 시원한 바람이 불어왔다.

"……."

지예는 아직도 꿈속을 헤매고 있는 것처럼 잠잠해 있었다.

"후! 아!……."

종태는 마지막 숨을 토해낼 듯이 거친 숨을 몰아냈다. 그리고는 지예의 목덜미며, 어깻죽지를 핥기 시작했다. 간지러웠는지 지예는 잠시 꿈틀거리다가 다시 잠잠해졌다.

"아! 좋아요!"

지예는 비로소 정신이 돌아온 듯, 감미로운 소리를 냈다. 그것은 마치 감격에 겨운 여자가 내는 최초의 소리 같은 거였다. 행복의 문에 다다른 여자만이 낼 수 있는 그런 소리였다. 그녀는 가끔 깊은 숨을 토해내며 꿈틀거렸다.

"나도 좋았어! 후우!"

종태는 그 말을 하고선 다시 그녀의 젖가슴에다 입술을 갖다 댔다. 그녀의 작은 젖가슴은 그의 침으로 얼룩져 있었다. 그는 겨드랑이까지 혀끝을 밀어넣어 핥아냈다.

"아!"

그녀는 다시 탄성을 질러댔다. 그러면서 허벅지를 조였다. 이미 작아진 종태의 뿌리는 물구덩이에 빠진 듯이 헐렁해졌다. 그리고 미끈거리는 감촉을 뿌리를 통해 느끼면서 그녀의 알몸을 끌어안았다.

"됐어요!"

그녀가 소리쳤다. 매우 만족한 표시였다. 그는 뿌리를 빼내고는 일어섰다. 죽어버린 뿌리에는 그녀가 흘린 애액으로 범벅이 돼 있는 게 보였다. 뿌리뿐만 아니라, 그의 허벅지 안쪽까지도 완전히 젖어 있었다.

그들은 곧 티슈로 닦아내기 시작했다. 그리고 그녀가 팬티를 걷어올리는 것을 그가 도와주었다. 그녀에게 팬티를 입히고 나서 다시 스커트를 끌어올려 입혀주었다. 그녀가 호크를 채우는 것을 보고서 그는 자신의 뿌리에 묻은 물기를 닦아냈다.

그들은 곧 자신의 의자에 누워 하늘을 올려다보고 있었다. 캄캄한 밤하늘에 떠 있는 별들이 보였다. 이미 해는 중천을 벗어나 서산으로 약간 기울어져 있었다. 검은 산그늘이 믿음직스럽게 보였다. 종태는 담배를 꺼내 피웠다. 지예도 역시 손을 내밀었고, 종태가 쥐어준 담배갑에서 한 개비를 꺼내 불을 붙였다. 그들은 누운 채로 하늘을 향해 연기를 쏘아올렸다.

비로소 안정감이 찾아왔다. 격렬했던 섹스가 끝난 후의 나른한 안정감이었다. 마치 운동을 하고난 후의 땀방울이 식어내리는 듯한 시원함이 이마에 와 닿는 것이었다.

지예의 스커트 밑으로 길게 뻗은 다리가 흰히 보였다. 달빛을 받은 그녀의 다리는 달밤에 본 희디흰 무우 같다는 생각이 들었다. 검은 천으로 겨우 가릴 곳만 가린 듯한 그녀의 다리였다. 종태는 오른손을 옆으로 뻗어 그녀의 다리를 만졌다. 손바닥에 만져지는 감촉이 아직도 촉촉하기만 했다. 용트림을 하면서 낸 땀기운이 아직 그대로 남아 있었다.

그는 스커트 위로 손바닥을 갖다 댔다. 도톰한 그녀의 불두덩이 그대로 만져졌다. 좀 전에까지만 해도 자신의 뿌리가 닿던 곳이었다. 스커트 위로 만져보는 것도 매우 기분 좋은 일이었다. 그는 천천히 손바닥을 움직이며 어루만졌다.

"가요. 피곤하잖아요."

지예가 먼저 의자에서 일어나 앉았다. 그러나 종태는 아직 그의 손을 떼내지 않고 있었다. 앉은 자세인 그녀의 스커트 안으로 손을 밀어 넣었다. 얇은 팬티가 만져졌다. 그는 그 속으로 손을 집어넣으려다가 그녀의 제지에 의해 멈춰지고 말았다.

"이제 됐어요. 가요."

그녀는 매우 만족한 듯한 말투였다. 더 이상 그러는 것도 오히려 좀 전의 황홀했던 기분을 망가뜨려놓는 것만 같아 그는 손을 빼냈다. 손이 좀 아쉬운 듯했지만 할 수 없는 일이었다.

그는 곧 기어를 넣었다. 그리고는 천천히 앞으로 나아갔다. 밝은 헤드라이트 불빛에 길이 환하게 드러났다. 산 쪽의 나무들이 시커멓게 달려들곤 했다. 조금 더 가자, 앞쪽에는 바다가 길게 나타났다. 벌써 철썩거리는 파도소리가 귓전에 와 닿았다.

"다 왔어."

종태는 앞쪽만을 바라보면서 중얼거렸다. 지예는 비스듬히 누운 자세로 시커먼 바다를 바라보고 있었다. 곧 마을이 나타났다. 어촌 마을은 고즈넉하기만 했다. 해가 떨어지기만 하면 그들은 곧 서둘러 불을 껐다. 곤한 잠을 자두어야만 내일의 희망찬 출항을 기대할 수가 있었다. 그랬으므로 마을 입구에서부터 조용했다. 그들이 탄 차는 어둠을 헤치며 마을로 들어서고 있었다.

동네 어귀를 어슬렁거리는 개들만이 동네를 지키고 있었다. 저만치 어둠 속에 묻혀 있는 집이 보였다. 바다를 엇비슷한 배경으로 해서 시커멓게 서 있는 것이 바로 별장이었다. 마치 주인이 돌아오기를 기다리다 지쳐 주저앉은 듯한 모습이었다.

"……"

종태는 그 집을 바라보면서 절로 마음이 뭉클해졌다. 희자를 저런 곳에다 두고 혼자서만 돌아다니다가 돌아오는 듯이 마음이 아팠다. 그는 더욱 가속도를 올리면서 집 쪽으로 달려갔다.

그들이 거실로 들어가서 불을 켰을 때, 그제야 종태는 마음을 놓을 수 있었다. 아무런 이상도 없이 나갈 때, 그대로인 것 같은 거실이었다. 그는 소파로 가서 앉았다. 다소 피곤기가 몰려오면서 갈증이 났다. 그가 일어서려는데 지예가 방에 들어갔다가 나왔다.

"⋯⋯?!"

종태는 지예의 손에 들려져 있는 것이 희자의 유골이라는 걸 깨닫고는 깜짝 놀란 눈으로 쳐다봤다.

"언니한테 미안하다고 그랬어요. 보세요."

지예는 종태가 안을 볼 수 있도록 뚜껑을 열어주었다. 종태는 말없이 그러는 지예를 쳐다봤다. 지예가 옆으로 와서 앉았다. 그리고는 다시 말했다.

"언니, 그대로 잘 있었어요. 가루가 너무 뽀얘요."

그러면서 지예는 손을 집어넣어 가루를 만졌다.

"⋯⋯."

종태는 상자 속으로 손을 집어넣었다. 그리고는 한 줌 뼛가루를 집어들었다. 그의 손가락 사이로 흰 가루가 주르르 흘러내렸다. 그는 다시 한 줌을 집어서는 흘리기 시작했다. 지예가 얼른 그 밑에서 뼛가루를 받았다. 종태가 흘린 가루는 지예의 손바닥 위에서 고이기 시작했다.

불빛을 받은 뼛가루는 눈이 부시도록 하얗다. 그는 그것을 들여다보면서 스스로 미안한 마음이 들었다. 그는 속으로 미안하다는 말을 되뇌었다. 그건 혼자서 하는 말이었다.

'희자야. 미안해. 쓸쓸했지? 지예가 너보고 언니라고 부를 꺼야. 그래도 되겠지? 나도 사실 외로워. 내가 하고 다니는 일을 다 알고 있겠지? 할 수 없어. 나도 이젠 너한테로 가고 싶은 걸. 나한테 뭐라고 나무라진 마라. 알았지?'

종태는 다시 한 번 희자의 뼛가루를 어루만졌다.

"언니. 사랑해요. 나, 오늘 종태 씨한테 많이 야단맞았어요. 이제부턴 언니라고 부를게요. 그리고 자주 뵐 게요. 알았죠?"

지예는 마치 희자를 마주보면서 하는 말 같이 들렸다. 종태는 기분이 좋았다. 두 여자의 아름다운 화해 같아서였다. 비록 서로 본 적은 없었지만 아주 오랜 친구처럼 구는 지예의 모습이 아름답게 느껴졌다.

종태는 한 손을 그녀의 어깨 위로 올렸다. 그리고는 자신의 몸 쪽으로 끌어당겼다.

"......"

지예는 종태의 어깨 위에 기댄 채로 물끄러미 유골함을 내려다보고 있었다.

"그래. 좋아. 난 그게 좋아. 네가 그렇게 하니까 얼마나 좋은

지 몰라. 이 여자는 내 일생에 단 한번밖에 없었던 여자야. 죽을 때까지도 잊어버릴 수 없는 여자고. 내가 사랑했던 여자는 이 여자였어."

종태의 말에 지예는 고개를 끄덕였다.

"너도 이해할 거야. 내가 이곳에서 안 떠나는 이유를. 이 여자는 죽었지만 난 바다를 지키면서 살고 싶은 거야. 그리고 네가 옆에 있고……."

"……."

이번에도 역시 지예는 고개를 끄덕였다. 그들은 서로 포옹한 채, 뜨거운 입을 맞추었다. 그녀의 입안으로 들어간 그의 혀는 이미 익숙한 듯이 이리저리 헤엄쳤다. 그녀의 혀가 종태의 혀를 붙잡으려고 쫓아오고 있었다. 그들의 혀는 곧 서로 한데 엉켜져서 뒹굴었다.

"아……."

지예는 뜨거운 목소릴 냈다. 이미 그녀는 약간 달아 있었다.

"커피나 마시지."

종태가 그녀를 놓아주며 말했다. 그제야 그들은 서로의 포옹을 풀었다. 그리고는 지예가 일어나서 주방 쪽으로 걸어갔다.

종태는 물끄러미 유골함을 내려다보면서 마음속으로 말을 했다.

'희자야. 조금만 더 기다려. 소희를 죽인 놈을 처단했어. 이

211

제는 원장이야. 그런 나쁜 년은 죽여 없애야 돼. 고아원의 피를 빨아먹고 사는 그런 늙은이는 이 세상에서 일찌감치 없어져야 돼. 내가 하는 일을 막지 마라. 알겠니?'

종태는 유골함의 뚜껑을 덮고서는 안방으로 들어갔다. 옷장 서랍을 열어 희자의 유골을 넣어두고는 밖으로 나왔다.

커피를 끓여 소파에 앉아 있던 지예는 종태에게 커피잔을 내밀었다.

"들어요."

"……."

종태는 지예를 쳐다보며 커피를 마셨다. 입안이 개운해지는 듯했다. 그는 얼핏 벽시계를 쳐다보았다. 8시 6분을 가리키고 있었다. 그는 커피잔을 내려놓으며 말했다.

"나, 좀 나갔다가 올게."

"어디를요?"

그녀가 물었다. 갑자기 커피잔을 내려놓으며 그 말을 한 종태를 빤히 쳐다봤다.

"그냥…… 뭣 좀 살 게 있어서. 양양에 나갔다가 곧 올게."

그러면서 그는 남아 있는 커피를 후루룩 마셔버리고는 일어섰다. 지예가 바깥에까지 따라 나왔다. 그는 차에 올라 시동을 걸며 말을 던졌다.

"잠깐이면 돼. 올 때, 뭐 사올까? 맛있는 거로 말해."

그러면서 종태는 씨익 웃었다.

"케이크 하나 사와요. 오늘은 모처럼만에 케이크를 먹고 싶네요. 그리고 양주도 한 병 사오고요. 알았죠?"

"오우케이. 알았어."

종태는 엄지와 검지손가락으로 동그랗게 해보이고는 차를 출발시켰다. 그는 곧 마당을 빠져나와 좁은 길을 내달렸다. 그는 마음이 급했다. 고아원 원장이 곧 퇴근할 시간이었기 때문에 그랬다.

그는 곧 속력을 올렸다. 차는 미끄러지듯이 앞으로 나아갔다. 양양까지 걸리는 시간이 대충 얼마쯤이란 걸 그는 알고 있었다. 그래서 원장이 퇴근하기 전에 양양 읍내에 도착할 생각이었다.

그는 곧 양양에 도착했다. 읍내를 지나서 고아원이 있는 곳으로 다가갔다. 정문이 바라다 보이는 곳에 차를 세운 그는 초조하게 기다렸다. 어쩌면 벌써 퇴근을 했거나, 아니면 지금쯤 퇴근할 시간이었다. 그는 다시 시계를 보았다. 8시 반이었다. 그는 목 안에 마른 침이 고이는 걸 느꼈다. 여름날의 8시라고 해봤자 아직은 환한 시간이었다.

그는 초조하게 기다렸다. 이런 시간에 고아원 정문을 나올 차라곤 원장 차밖엔 없을 것이다. 직원이래봐야 여직원 한 명과 보모 두 사람이 고작이었다. 그리고 허드렛일을 하는 늙은 아저씨 한 명이 있었지만 그는 매일 고아원에서 기거하다시피 하는 사람이었다. 그리고 남자 직원 한 명이 있었지만 그는 밤 늦게까지 아이들을 지도하다가 늦게야 퇴근하는 사람이었다.

"……."

종태는 다시 시계를 쳐다봤다. 채 5분도 지나지 않은 시간이 었다. 그는 다시 정문 쪽을 바라보면서 꽤나 긴 시간이 지난 것 같은 지루함이 느껴졌다. 담배를 꺼내 입에 물고는 불을 붙였 다. 그는 조급했던지 연거푸 몇 번을 연기를 빨아들였다가 내 뱉었다. 그리고는 다시 시계를 보았다. 아까보다 10분이 지난 시간이었다.

"?……."

그는 정문 쪽으로 눈길을 주다가 마악 빠져나오는 까만 승용 차를 발견하곤 자기도 모르게 입에 물었던 담배를 땅바닥으로 내뱉었다. 그리고는 핸들을 꽈악 잡았다. 그가 있는 위치는 고 아원에서 나오는 길에서 우측으로 꺾여진 골목 안이었다. 고아 원이 동네에서 약간 외진 곳에 있어선지 골목 또한 약간 외진 편이었다.

그는 까만 승용차가 가까이 다가오기를 기다리면서 안에 누 가 탔는가부터 먼저 살폈다. 다행히 늙은 원장이 손수 운전을 하고 있었다. 까만 선글라스를 낀 원장은 아무런 의심도 없이 미끄러지듯이 다가오고 있었다.

종태는 이때쯤이다 싶었을 때, 천천히 차를 몰아 앞으로 나갔다. 큰 길에서 달려오던 원장의 차가 골목에서 빠져나오는 차를 보고서 속력을 떨어뜨렸다. 종태는 천천히 우회전하면서 원장의 차가 있는 데로 다가갔다. 그러면서 원장을 알아보고는 인삿말을 건넸다.

"아이구, 안녕하세요. 이제 퇴근하시는가 봅니다?"

종태가 클랙슨을 눌러 빵빵거리며 인사말을 건네자, 그때까지도 종태의 차인 줄 몰랐던 원장이 선글라스를 조금 위로 비껴 들면서 아는 체를 해왔다.

"어쩐 일이세요? 이 시간에요?"

원장이 물어왔다.

"그냥요. 지나가다가 원장님이 계시나 해서 한 번 들러볼까 하고요. 마침 잘 됐네요 뭐. 시간이 있으십니까? 저랑 잠깐 얘기 좀 했으면 싶어서요."

종태가 웃으며 말하자, 원장은 의외라는 듯이 눈을 동그랗게 떠 보이고는 웃음을 흘렸다.

"네, 그러죠 뭐. 집에 가봐야 할 일도 없고. 근데 어떻게 하죠? 다시 들어갈 수도 없고……."

"아, 그럼 차로 어디로 가서 얘기하죠 뭐. 드라이브도 할 겸 해서 말입니다. 하하하."

종태는 큰 소리로 웃었다. 그리고는 원장의 차 뒷편으로 돌아가면서 말했다.

"원장님이 앞장서세요. 그럼 제가 따라가겠습니다. 조용한 커피숍이나, 식당이 있으면 그리로 가죠 뭐."

"네, 그래요. 절 따라오세요, 그럼."

원장은 종태가 차 뒤편으로 붙는 걸 보고선 천천히 차를 움직이기 시작했다. 종태는 원장의 차를 뒤따랐다. 원장은 읍내를 빠져나가고 있었다. 그리고는 속초 쪽으로 올라가는 길로 접어들었다.

"잘됐군. 자기가 죽는 줄도 모르고서 잘 가네."

종태는 원장의 승용차를 보면서 혼자 중얼거렸다. 그는 카세트를 틀어 음악을 켰다. 심수봉의 구슬픈 노래가 흘러나왔다. 여자는 배, 남자는 항구 어쩌고저쩌고 하는 노래였다. 음색이 슬픈 빛이어서인지 이별을 주제로 한 노래치고는 꽤나 감정에 호소하는 듯한 노래였다.

양양에서 속초로 올라가는 길가에 있는 가든으로 원장의 차가 들어서는 게 보였다. 종태도 우측 깜박이를 켠 채, 원장의 차가 미끄러져 들어간 가든으로 들어섰다. 마당이 넓은 가든이었다. 밑으로는 동해 바다가 보였다. 어스름에 젖어들고 있는 바다의 출렁거림이 종태의 가슴을 헤집고 들어오는 듯했다.

'희자, 기다려. 곧 일을 해치우고 들어갈 테니깐'

그는 속으로 다시 한 번 중얼거렸다. 그리고는 사이드 브레이크를 채우면서 내렸다. 원장은 벌써 차에서 내린 상태에서 종태를 기다리고 서 있다가 웃음을 보내왔다.

"여기가 어때요? 조용하고, 바다가 보이는 곳이 어때요?"

원장은 마치 연인이라도 된 것처럼 들뜬 기분인 것 같았다. 늙은 여자치고 간드러지는 듯한 교태끼를 담고 있었다.

"아, 좋습니다. 여기서 식사나 하죠."

그러면서 그들은 안으로 들어갔다. 자리를 잡고 앉아 그들은 웃음을 서로 맞교환했다.

"바쁘시죠?"

종태가 먼저 물었다.

"그래요. 아이들이 얼마나 극성스러운지 말도 못해요. 옷도 금방 해 입히면 또 금방 떨어져서 너덜거리죠. 이건 뭐…… 자선사업이라고는 하지만 쥐꼬리만한 예산으로 다 넉넉히 해주려면 힘이 들죠. 알뜰히 살아야 겨우 채워나갈 수 있을 정도니까요."

원장은 벌써 종태를 의식하고서 짜는 소리부터 튀어나왔다.

"그래요. 그렇겠죠. 아이들이야 뭐 알겠습니까? 그저 주는 대로 먹고, 입히는 대로 입겠죠. 그러니까 아이들이겠죠. 하하."

종태는 원장의 노고를 이해한다는 듯이 위로하는 말을 건넸다. 그러자, 원장은 더욱 어려움을 들고 나왔다. 종태가 넉넉한

217

유지가라는 걸 그녀는 이미 알고 있었으므로 짜는 소리밖에 할 수 없었다.

"아유, 말도 마세요. 한 달에 먹는 게 또 얼마나 들어가는지 몰라요. 남들은 뭐, 아이들이 얼마나 먹겠느냐고 하겠지만 안 그래요. 죄다 먹고 입는 것뿐이에요. 그것만 해도 그게 얼만 데요. 선생님 같으신 분이 그나마 도와주시니까 그럭저럭 견디죠. 안 그러면 벌써 문을 닫았을지도 몰라요. 전 이 고아원 땜에 사비를 터느라 집도 날렸지만……."

그러면서 원장은 종태의 표정을 살폈다.

"하하, 네. 그럴 만도 하시겠습니다. 이런 일을 아무나 하는 게 아니죠 뭐. 우리 같은 사람이야 마음만 있지, 그런 일은 엄두도 못 내죠. 이런 일은 다 하는 사람이 하는 거잖습니까? 우리 같은 사람들이야 뭐…… 하하."

그들은 오래도록 고아원의 운영에 대한 이야기로 시간을 할애했다. 곧 음식들이 나왔고, 그들은 식사를 하면서도 계속 고아원 이야기로 만찬을 삼았다. 원장의 말은 처음부터 끝까지 고아원의 어려움과 종태씨 같은 사람들이 알게 모르게 도와주는 것이 큰 힘이 된다는 것을 여러 번 강조하면서 고맙다는 인사를 보내왔다. 그러면서 계속 이런 사업에 신경을 써달라는 주문도 잊지 않았다.

그건 순전히 원장의 꾸며진 계획적인 발언이었다. 종태가 알기론 도나, 군에서 내려주는 지원비와 각계에서 들어오는 찬조금으로도 충분히 쓰고도 남는다는 것이었다. 원장은 종태 앞에서 갖은 아양을 다 떨어대며 더 많은 금전적인 지원을 해주기 바라는 눈치였다.

종태는 원장이 무얼 원하는지를 알 수 있었다. 그걸 미끼로 해서 좀 더 한적한 곳으로 유인해도 될 것 같았다. 그는 맛있게 식사를 하면서 원장을 대접하는 것처럼 겸손하게 굴었다. 가끔 원장의 식단 앞으로 맛있는 것들을 옮겨주며 먹어보라고도 권하기도 했다.

"아유, 됐어요. 너무 친절하셔라. 부인을 잃고 얼마나 적적하시겠어요?"

원장은 종태를 위로하는 말을 꺼냈다.

여자란 분위기에 약해서 종태처럼 젊은 남자가 자신에게 호감을 보여주면 여자는 금방 되바라지게 마련이었다. 일종의 여자의 허영심이랄까. 남자 앞에서 잘 보이고 싶은 성적인 충동이랄 수 있었다. 비록 나이는 많았지만 할머니가 아닌 나이였으므로 어느 정도는 나름대로 성적인 안간힘을 쓸 나이였다. 그래서일까. 종태가 겸손하게 나오는 것에 대해 원장은 지극히 호의적인 눈빛으로 대하고 있음을 종태는 알 수 있었다.

종태는 마음속으로 원장이 점점 자신에게 끌려오고 있음을 알아차릴 수 있었다. 그는 식사와 곁들여 시킨 맥주를 따라주면서 다시 한 번 떠보았다.

"원장님은 너무 겸손하시고, 또 돈에 대해서 너무 무관심한 것 같으십니다."

종태의 말에 원장은 갈비를 집다 말고 내려놓으며 손사래를 쳤다.

"아이구우, 무슨 말씀을요. 전 그런 말씀 들으면 얼굴이 빨개져요. 아직도 전 그래요. 그런 것 같애요. 돈이란 게 뭐 그리 중요한 건가요? 필요한 만큼만 있으면 돼죠. 그 이상은 과욕이라고 생각하죠. 성경에도 욕심이 지나치면 곧 죄가 된다고 그랬잖아요? 맞죠?"

"하하하. 맞습니다."

종태는 고개를 끄덕이면서 크게 웃어넘겼다.

"네에. 전 그렇게 생각해요. 고아원은 돈을 생각하면 못 해요. 난 그저…… 돈과는 담을 쌓고서 시작한 거지요. 그래서 나중에 내가 죽을 때엔 그래도 보람 있는 일을 해놓고 죽는구나 하고 생각할 수 있을 정도로요."

원장은 자기 자신에 도취된 것처럼 점점 말수가 많아졌다.

"그럼요. 그게 남는 거겠죠."

종태는 다시 원장의 빈 잔에다 맥주를 따라주었다. 원장은 모처럼만에 기분이 좋은 듯했다. 종태가 따라주는 술을 마다않고 받아 마시는 것이었다. 이렇게 종태와 같이 진지하게 이야기를 나눈 적은 없는 듯했다. 그래서 원장은 모처럼만에 식사를 하면서 나눈 이야기들에 대해서 스스로 만족하고 있는 듯했다.

원장과 종태는 거의 반씩을 마셨다. 맥주 네 병이었으므로 한 사람이 두 병을 마신 셈이었다.

"자, 이제 일어나시죠."

종태는 원장을 부축하듯이 손을 잡아주었다.

"아유, 안 그래도 되는데…… 저, 술 잘 마셔요. 그렇게 안 보이죠?"

원장은 다소 수줍은 듯이 말을 했다. 나이는 들었어도 기분은 아직 젊다라는 말과도 같이 원장은 종태 앞에서 최대한 나이먹은 티를 안 내려고 애를 쓰는 게 역력하게 드러났다.

"가다가 한가한 바닷가에서 술 좀 깨도록 쉬었다가 가죠."

종태는 넌지시 그런 말을 건넸다.

"아, 좋습니다. 혹시 가다가 음주 단속을 할지도 모르잖아요? 그거 좋죠. 제가 앞장설까요?"

"네."

종태는 그녀가 차에 오르는 걸 보고서 자신의 차로 와서 시동을 걸었다. 그리고는 그녀가 출발하는 것을 보고 뒤를 따라 달렸다. 바다를 끼고서 얼마쯤 달렸을까. 양양으로 내려가는 길이었다. 원장의 차는 양양에 못 미쳐서 한적한 바닷가로 접어들었다. 작은 어촌이 있는 걸로 봐서 외딴 바닷가 같았다. 원장은 그리로 들어가서 차를 세웠다.

종태가 차에서 내리자, 원장은 미리 나와서 서 있다가 그를 맞았다.

"여기가 조용해요. 어때요? 한적하죠?"

원장은 손가락으로 동네를 가리켰다. 동네가 저만치 있는 게 보였다. 집에서 흘러나오는 불빛들이 가물거리고 있었다. 인적조차 드문 곳이었다. 옆에는 작은 솔밭이 있어서 바닷바람을 막아주는 듯했다.

"좀 걸을까요?"

원장이 먼저 말했다. 마치 소녀 적의 운치를 느껴보려는 것 같았다.

"그냥…… 저기 앉아서 이야기를 나누는 것도 좋지 않겠습니까?"

종태는 손가락으로 솔밭을 가리켰다. 그러자, 앞서 걸으려던 원장이 걸음을 우뚝 멈추고는 종태를 쳐다보았다.

"그래요. 거기도 좋겠네요."

"그럼, 저쪽으로……."

종태가 먼저 그쪽으로 가서 앉았다. 그리고 원장이 가까이 다가와서 그 옆의 바윗돌에 앉았다.

"참 조용하군요."

종태가 담배를 꺼내면서 말했다.

“네, 여긴 낮에 와도 이렇게 조용해요. 저 밑에 동네가 있는데, 아주 작은 동네예요. 몇 집밖에 없어요. 술이 좀 깨는 것 같죠?”

원장이 주위를 둘러보며 말했다.

“네. 그러네요. 근데 여긴 군인들도 없습니까? 보초를 서는…….”

종태는 그런 것까지 알아둬야 할 것이었다. 그래서 물어본 것이었다. 원장은 이곳을 잘 안다는 듯이 설명하기 시작했다.

“이곳에도 물론 있겠죠. 있어도 바닷가에만 지키니까…….여긴 아무도 오지 않는 곳이지요. 왜요? 무서우세요?”

원장은 그렇게 말해놓곤 조금 웃어 보였다.

“아닙니다. 그냥…… 요. 근데 저번에 입양을 간 소희는 연락이 옵니까? 잘 있다는 무슨 안부라도…….”

종태는 넌지시 소희의 이야기를 꺼냈다.

“아, 그럼요. 잘 있다는 전화가 왔었어요. 담에 언제 한 번 놀러오겠다고 전화가 왔었는걸요. 아마 서울이 좋은 모양입디다. 소희와 통화를 했는데, 나보고 서울이 더 좋다고 그랬거든요. 아마 그 집에서 잘 해주는가 봐요. 역시 어린애들은 정을 붙이기가 무섭게 잘 적응하는가 봐요.”

“…….”

종태는 가만히 듣고 있었다.

223

"……?"

원장은 종태를 쳐다보다가 종태가 침묵하고 있는 걸 발견하고는 다시 말을 꺼냈다.

"아 참, 종태 아저씨를 너무너무 보고 싶다고 그랬어요. 담에 놀러 오면 꼭 보고 갈 거라고 말을 했어요. 아버지 어머니가 장난감도 많이 사줬다고 자랑을 늘어놓더라니까요. 역시 어린 애들은."

"닥쳐!"

종태는 버럭 소리를 질렀다.

"?……."

원장은 갑자기 소리를 지른 종태를 돌아보며 깜짝 놀랐다. 갑자기 일어난 일에 대해 입이 벌어졌을 뿐이었다. 이미 종태는 벌떡 일어남과 동시에 품에서 번득이는 칼을 꺼냈다. 그리고는 단 일격에 원장의 가슴을 푹 찔렀다.

"으……."

원장이 번뜩이는 칼을 맞은 채, 두 손을 부들부들 떨고 있다가 푹 쓰러졌다. 종태는 엎드린 원장의 몸뚱이를 발로 걷어차서 바로 눕히고는 가슴에 꽂힌 칼을 빼내 다시 한 번 그녀의 아랫도리를 정통으로 찔러 박았다.

"……."

그녀는 말이 없었다. 다만 칼이 찔림과 동시에 꿈틀했을 뿐

224

이었다. 그리고는 다시 말이 없었다. 그녀의 몸에서 시퍼런 피가 흘러나오고 있는 게 보였다.

"드런 년! 쌍년! 너 같은 년은 죽어 마땅해! 어딜 감히 거짓말을 해?"

종태는 완전히 이성을 잃은 사람처럼 쏘아보고 있었다. 그녀의 자궁에 박힌 칼의 손잡이가 달빛에 번뜩이는 게 보였다.

그는 그 자리에 푹 주저앉은 채, 망연히 바다 쪽을 바라보고 있었다. 피비린내가 확 풍겨왔다. 그는 담배를 꺼낼려다가 그만두고는 벌떡 일어섰다. 다시 한 번 원장의 주검을 내려다보고는 씽긋 웃었다.

"넌 죽어야 돼. 너 같은 년 때문에 어린 애들이 배가 고파 울고 있어. 이년아."

그는 아직 화가 안 풀렸는지 쓰러져 있는 원장의 몸뚱이를 걷어찼다. 종태의 발에 맞은 그녀의 몸뚱이는 퍽, 하는 소리만 냈을 뿐 더 이상의 움직임도 없었다.

"……."

그는 재빨리 움직여야 한다는 것을 깨달았다. 비로소 정신이 돌아온 듯했다. 빨리 이곳을 수습하고 벗어나야 한다고 생각했다.

그는 자신의 차에서 커다란 비닐을 꺼내고는 다시 앞쪽의 엔진 밑 부분에다 감춰둔 커다란 칼을 꺼냈다. 그가 평소에 숨겨

225

넣고 다니던 장칼이었다. 검문을 할 때, 들키지 않도록 엔진 밑에다가 볼트로 죄어서 매달아둔 칼이었다. 그 칼은 그가 만일의 경우를 대비해서 항상 숨겨놓고 다니던 장칼이었다.

그는 비닐 위에다가 그녀의 몸뚱이를 뉘어놓고선 장칼로 난도질을 하기 시작했다. 마치 생닭을 도마 위에 올려놓고서 칼질을 하듯이, 그는 원장의 팔과 다리를 따로 떼어내고, 다시 머리 부분과 몸뚱이를 세 등분으로 나누었다. 그리고는 커다란 비닐 속으로 각각 따로 집어넣은 후, 주위를 살펴 제법 큰 돌멩이를 집어넣은 후, 주둥이를 묶었다. 모두 여섯 개의 비닐 뭉치가 만들어졌다. 돌을 집어넣은 것은 바다에다 버리기 위함이었다.

바다는 너무 넓어서 사람들의 눈에 쉽게 띄지 않는 잇점이 있었다. 그리고 비닐 속에 든 살점들이 스며든 바닷물에 의해 퉁퉁 불으면서 썩기 시작하면, 물고기들이 달려들어 살을 파먹을 것을 미리 계산에 넣은 것이었다. 그러면 완벽한 처리가 끝나는 것이었다.

그는 원장이 타고 온 차의 트렁크를 열어 그 속에다 비닐봉지를 집어넣고는 트렁크를 닫았다. 그리고는 자신의 몸에 묻은 피를 닦아내고는 모래에다 손에 묻은 피를 말끔히 닦아냈다. 그것도 모자라 종태는 윈도우 워셔액을 꺼내 손과 옷 등을 닦아냈다.

그리고 마지막으로 그녀가 쓰러지면서 흘렸던 모래사장의

핏자국들을 발로 무질러 흔적을 지워버렸다. 그러고 나니 말끔했다. 모든 게 완벽하다고 생각되었다. 그는 곧 원장의 차에 올라타고는 키를 돌렸다. 경쾌한 엔진음이 일어나면서 그는 헤드라이트를 켰다.

앞쪽에 있는 솔밭 쪽을 비춰보았다. 혹시 모를 핏자국이 흘려져 있을지도 모르는 일이었다. 그는 찬찬히 모래바닥을 살펴보고는 흔적조차 남아 있지 않다는 것을 확인하고는 자동 트랜스 기어를 D에다 놓았다. 그는 액셀러레이터를 밟으면서 그곳을 빠져나왔다.

그는 큰길가로 나오자, 창문을 다 열어버리고는 다시 속초 쪽으로 내달렸다. 차들이 드문드문 달리는 것이 보였다. 그는 차들이 보이지 않는 곳을 찾기라도 하듯이 거세게 액셀러레이터를 밟아댔다. 약간 늦은 밤이라 길에는 차들이 끊어졌다가 다시 나타나곤 했다.

종태는 난감했다. 차들이 다니지 않는 곳을 찾았지만 그럴만한 곳이라곤 없었다. 차들이 없다가도 드문드문 나타났기 때문이었다. 그는 마냥 속초 쪽으로 올라가다가 낭떠러지가 있는 길옆에다 차를 세웠다. 그리고는 차들이 지나가지 않는 시간을 기다렸다. 그는 우선 뒤 트렁크에서 비닐봉지를 꺼내 바다 쪽을 향해 내던졌다. 여섯 개의 뭉치가 다 버려졌을 때, 그는 다시 차 안으로 들어와서 기다렸다. 차들은 이따금씩 쏜살같이

227

지나가곤 했다. 이런 곳에서는 시속 140 키로도 넘을 듯한 속력으로 내달리는 것이었다.

혹시 지나가는 차들이 서 있는 차를 본다고 하더라도 크게 문제될만한 것은 못 되었다. 만약 본다고 하더라도, 이런 한적한 곳에다 차를 세워놓고선 데이트를 즐기거나, 운전을 하다가 잠깐 쉬고 있는 것으로 보여질 터였다. 그는 그런 점을 최대한 이용했다.

이윽고 차들이 좀 뜸해졌다 싶어졌을 때, 그는 액셀러레이터를 세게 한 번 밟고는 차문을 열고서 밖으로 몸을 날렸다. 그는 몸을 동그랗게 말아가지고는 낙법을 하듯이 뒹굴었다. 언덕바지를 넘어 튕겨져 나간 승용차는 허공에 붕 떴다가 바다로 처박혔다.

그는 몸을 일으킴과 동시에 순간적으로 용수철처럼 튀었다. 그곳에 있다가는 혹시라도 보초를 서는 군인들이 보고서 달려올지도 모르는 일이었다. 그는 최대한 멀리 뛰었다. 길을 건너 산 쪽으로 도망치면서 산 위에서 길 쪽을 내려다보았다.

"……."

바다에는 캄캄한 어둠뿐이었다. 아직 아무런 조짐도 없는 걸로 봐서 그는 안심할 수 있었다. 그 근처엔 보초를 서는 군인들이 없거나, 그곳에서 멀리 떨어진 곳에 보초를 서는 군인들이 있는 것 같았다. 그래서 아직 발견하지 못한 것 같았다.

"아, 해냈어."

그는 절로 그런 말이 튀어나왔다. 마음에서부터 가벼운 흥분기가 올라오면서 야릇한 기분이 들었다. 그는 깊은 한숨을 토해내고는 다시 한 번 바다 쪽을 살폈다. 그때까지도 바다 쪽에서는 아무런 징후도 발견되지 않고 있었다. 다시금 그는 안심할 수 있었다.

아마도 아침녘엔 차가 아래쪽 낭떠러지로 굴렀다는 것을 발견할 수 있을 것이었다. 그땐 이미 늦은 시간이었다. 이미 바닷물 속으로 빠져든 차는 수심이 깊은 바다 속으로 가라앉아 있을 터이고, 버려진 비닐봉지들은 봉지 속의 공기 부력으로 인해 천천히 가라앉으면서 이리저리 흩어져버릴 것이었다. 어쩌면 바다 저 안쪽으로 들어가 땅 밑으로 가라앉아 버릴지도 모를 일이었다.

그는 완벽하게 해냈다는 마음과 함께 통쾌함을 동시에 맛보았다. 악에 대한 철저한 징벌이라고 생각했다. 그렇게 생각하자, 그는 마음속으로부터 커다란 웃음소리가 들려나오는 듯한 착각에 빠져들었다.

"흐흐흐."

그는 입 속으로 그런 웃음을 흘렸다. 웃음소리를 커다랗게 낼 수 없는 상태에서 그렇게밖에 할 수 없었다. 그는 바다 쪽을 바라보다가 천천히 발길을 돌려 반대쪽으로 내려왔다. 그가 길가에 다다랐을 때는 지나다니는 차들도 별로 없었다. 그는 길가로 나와 가로등 불빛에 자신의 옷과 구두를 살펴봤다. 아무런 이상을 발견할 수 없었다.

그는 길을 따라 천천히 걷기 시작했다. 걷다가 지나가는 차를 잡을 생각이었다. 그는 곧 지나가는 차를 향해 손을 흔들어댔다. 차들은 이런 한적한 길에서 만난 낯선 사람에게 차를 세워주지는 않았다. 그냥 그대로 쌩쌩 내달릴 뿐이었다. 혹시 길에서 만난 강도한테 봉변이라도 당할까봐 그대로 내빼는 것이었다.

"에이, 쌍!"

종태는 침을 끌어모아 땅바닥에다 탁 뱉고는 다시 오던 길을 돌아보았다. 마치 지붕 위에 하얀 등을 단 택시 한 대가 달려오고 있었다. 그는 길로 나가서 손을 들었다.

끼익.

택시는 뒷좌석에 손님 한 사람을 태우고 있었다. 술이 취해서인지 뒷좌석에 앉은 사람은 의자 뒤로 머리를 기댄 채, 잠들어 있었다.

"가다가 내려주면 됩니다."

"타요."

택시기사의 손짓에 따라 그는 앞좌석으로 탔다. 택시는 곧장 내달았다. 밤늦은 시간의 해안 도로에서 총알택시 같이 달렸다. 종태는 창밖을 보고 있다가 저만치에서 내려달라고 그랬다. 요금을 지불하고 나서 그는 곧장 해안으로 달렸다. 캄캄한 어둠 속을 달리는 기분이 상쾌할 뿐이었다.

"하!"

그는 어둠 속에 자신의 짚차가 서 있는 것을 발견하고는 저절로 안도의 한숨이 튀어나왔다. 낯선 곳에다 세워놓은 자신의 차를 찾아냈다는 것이 스스로 대견할 뿐이었다. 그는 차 위로 올라가서 앉았을 때, 비로소 담배 생각이 났다.

그는 담배 끝에다가 불을 붙였다. 길게 한 모금 연기를 뿜어내면서 솔밭 근처를 살폈다. 어두웠으므로 시동을 걸고는 헤드라이트를 켰다. 환하게 비춰진 땅바닥에는 아무런 것도 발견할 수 없었다. 그는 혹시나 해서 차에서 내려 샅샅이 살펴보았다. 그의 것이라던가, 원장이 떨어뜨린 것이라곤 하나도 없었다. 혹시 증거물이 될 수도 있는 것이 없음을 확인하고는 다시 차에 올랐다.

그는 서서히 브레이크를 떼면서 엑셀러레이터를 밟았다. 원을 그리듯이 그곳을 빠져나온 그는 수산포를 향해 내달았다. 바닷바람이 오늘따라 상쾌한 듯했다. 그는 양양 읍내를 빠져나오면서 제과점에서 케이크를 샀고, 슈퍼에서 양주 한 병을 샀다. 지예가 시킨 것들을 사서 차에 실은 그는 더 이상 그곳에서 지체할 마음이 아니었다.

양양에서 수산포까지는 불과 15분이면 닿는 거리였다. 그는 곧 마을을 지나 집 앞으로 다다랐다. 마당으로 들어서면서 클렉슨을 눌렀다. 차가 마당에 섰을 때, 거실문이 열려지면서 지예가 걸어 나왔다.

"늦었네? 어머! 사왔어?"

지예는 종태가 내민 케이크와 양주병을 집어들고는 좋아라 했다. 그는 곧 거실로 들어갔다.

"볼일은 봤어?"

지예가 물었다.

"응. 저녁은 어떻게 했어?"

종태의 물음에 지예는 먹었다는 뜻으로 고개만 끄덕였다.

"왜? 기분이 안 좋아?"

지예는 조심스럽게 물었다. 지예는 종태의 표정을 살피면서 일어나서 양주잔을 가져왔다. 그리고는 양주병을 따서 그의 잔에 따라주었다. 그리고는 상자를 풀어 하얀 크림이 잔뜩 발린 케이크를 끄집어냈다.

"그저 그래. 양주나 마시자."

종태의 밀에 지예는 자신의 잔을 높이 들어 종태의 양주잔에 부딪쳐왔다. 그들은 웃음을 머금은 채, 서로의 입술로 가져갔다. 지예는 혀끝을 대보고는 조금씩 마셨다.

"아, 이런 게 얼마나 좋아! 난 텔레비전을 보면서 기다렸어.

그래서 그런지 무서운 줄 몰랐어."

"무섭긴······."

종태는 지예가 한 말이 우습다는 듯이 빙그레 웃었다.

"그래도······ 혼자 있으니까 그렇지 뭐. 케이크도 같이 먹어봐요."

그녀는 자른 케이크를 접시에 담아 그의 앞에 놓아주었다. 그들은 케이크를 안주삼아 양주잔을 비워냈다. 종태는 취하고 싶었다. 그래서 푹 잠이나 자두고 싶은 생각뿐이었다. 그는 거푸 양주잔을 비워냈다. 그녀가 내민 케이크를 받아먹으면서 그는 다시 새 잔을 채우고 있었다.

"왜 그래? 오늘 무슨 일 있었어?"

지예는 종태가 폭음을 하는 걸 보고선 의아한 눈빛으로 쳐다보았다.

"아니."

종태는 도리질을 하고는 새 잔을 입으로 가져갔다. 톡 쏘는 듯한 양주맛이 목 안에 걸렸다가 찌르르 넘어갔다.

"요즘 이상해. 자꾸 그러는 거 싫어."

지예는 입술을 뽀족이 내밀면서 말했다. 하긴 요즘 들어서 종태가 하는 행동이 미심쩍은 것도 사실이었다. 서울에서도 일체의 행방을 안 가르쳐줬지만, 오늘밤 같은 일에도 그는 일절 언급하는 일이 없었다. 지예는 그가 왜 그러는지를 알 수 없었다.

혹시 여자가 생긴 건 아닐까 하는 마음까지도 들었다. 그러나 그런 것 같지는 않은 듯했다. 지예는 그가 그럴수록 약간의 불안이 생겨나는 것이었다. 같이 다니는 것이 아닌, 혼자서 무슨 일을 하기 위해 자주 나가는 것은 아무래도 마음이 놓이질 않는 거였다.

사랑이란 구속이라고 했던가. 서로 상대방을 구속하면서 애정을 확인하는 것이 바로 사랑의 묘약이 아니던가. 지예는 종태가 혼자서 나돌아다니는 것이 왠지 싫었다. 어쩌면 자신을 데리고 다니고 싶지 않아서 그러는 것이 아닌가 하는 추측까지 들곤 했다.

사랑이 깊어지면 점점 까닭 없는 오해까지도 생겨나는 것이었다. 사소한 것에서도 섭섭한 마음을 가질 수도 있었다. 지금 지예가 그랬다. 양양에 나간다면 굳이 자신을 데리고 나가지 않은 게 이상했다. 그러나 그걸 꼬치꼬치 캐묻고 싶진 않았다. 지예는 양주를 비우면서 케이크를 집어들었다. 케이크가 입안에서 사르르 녹아내렸다.

"나, 사랑하지?"

"……?"

종태는 그녀를 쳐다보았다. 슬쩍 웃어주었다. 무슨 말이냐는 뜻이었다.

"나, 요즘 이상해졌어. 종태 씨가 내 옆에 없으면 이상해. 내

말 알아?"

"……."

종태는 고개를 끄덕였다.

"종태 주위에 무슨 일이 일어날 것만 같아. 왠지 자꾸…… 불안해서 그래."

그러면서 지예는 양주잔을 들어 홀짝 들이켰다. 어느 정도 술기운이 오른 듯한 얼굴이었다. 종태 역시 술이 얼얼해졌다. 서로 비운 잔을 맞바꾸면서 서로의 잔을 가득 채워주었다.

"나, 됐어. 이것만 마실래."

지예의 말에 종태는 웃는 것으로 대답을 대신했다. 두 사람은 거의 동시에 술잔을 비우고는 케이크 한 점을 뜯어 먹었다.

"오늘은 이만 자자. 응?"

지예의 코맹맹이 소리였다.

"그러지."

종태는 고개를 끄덕이고는 자리에서 일어섰다. 그들은 곧 거실을 대충 치워내고는 종태가 먼저 욕실로 들어갔다. 찬물을 맞으면서 그는 싸아한 기분이었다. 아직 채 사그라들지 않은 뜨거운 감정이 가슴 속 어디엔가 남아 있다가 오르내리고 있는 것 같은 기분을 느꼈다.

"……."

지예가 느낀 이질감 같은 걸 그가 모르는 건 아니었다. 요 근래 들어서 일어난 일 때문에 그런 생각이 들었을 것이라는 추측이 충분히 가능했다. 그는 머리에다 샤워물을 맞으면서 그런 생각을 하고 있었다.

종태는 마음이 다소 불안한 건 사실이었다. 세 명에 대한 잔인한 복수…… 어쩌면 그는 아직도 더 많은 사람을 죽여야만 할 것 같은 예감이 들었다. 아직은 구체적인 대상이 없었지만 어느 때인가 분명히 그 대상이 나타날 것만 같았다. 그래서 불안해지는 건가? 그는 이미 한 번 핏물에 더럽혀진 손을 내려다보고 있다가 자신도 모르게 불끈 주먹을 거머쥐었다. 그리고는 부르르 주먹을 떨어댔다.

"아!……."

그는 자신이 답답하게만 느껴졌다. 왠지 모를 갑갑함이었다. 돈이 있어도 해결될 수 있는 성질의 것이 아닌, 구체적인 확연한 무엇이 없이 그저 답답할 뿐이었다. 그렇게 복수를 했다고 해서 답답한 마음이 풀어지는 건 아니었다. 잠시 잠깐 통쾌했을 뿐이었다. 그러고 나면 다시 허전한 마음이 가슴 속을 꽉 메웠다.

흔들리는 건가?……

그는 스스로 그런 반문을 던져보았다. 그러나 자신이 흔들리고 있다고는 생각되지 않았다. 어떤 목표를 향해 나아가고 있는 것은 분명한 사실이었지만 그 목표라는 것이 문제였다. 이런 식으로 사람을 죽인다면 한도 끝도 없을 것만 같았다. 이 세상에는 돌이킬 수 없이 굽어버리고, 타락한 인간들이 얼마나 많은가.

그는 혼자서 그러한 일을 해낸다는 것이 벅찼다. 마치 외로운 투쟁을 하고 있다는 적막함이 밀려들고 있었다. 그러나 그는 희자의 죽음을 생각하면 다시금 뜨거운 피가 용솟음치는 것처럼 불같은 충동에 휩싸였다.

희자를 생각해서라도 난 이 일을 절대 멈출 수 없어.

그는 마음속으로 굳게 다짐하고 있었다. 그러고 나면 다소 마음이 안정되었다. 그는 다시 비누칠을 하기 시작했다. 찬물이 닿으면서 서서히 일어나기 시작한 뿌리는 단단해져 있었다. 그는 그곳에다 비누를 칠하고는 몇 번이고 문질러댔다. 더욱 단단해지는 기분이었다.

"……?"

그는 갑자기 치밀어오르는 성욕을 느끼며 밖을 향해 소리쳤다.

"지예!"

그 말에 거실에 있던 그녀가 곧 달려왔다. 문을 열고서 안을 들여다보는 그녀에게 종태는 가까이 다가오라는 손짓을 했다.

"왜요? 지금?"

그녀는 하던 일이 있었던지 일을 하다가 달려온 듯한 표정을 지었다.

"들어와 봐. 어서."

"……."

그녀는 말없이 안으로 들어왔다. 그녀가 들어서기가 무섭게 종태는 그녀를 끌어안았다.

"아우, 왜 이래요? 좀 천천히. 천천히 해요."

그녀는 종태가 그러는 것이 싫지 않았다. 가쁜 듯이 말을 하면서 한 손으로 옷을 벗으려고 그랬다. 종태의 손이 그걸 제지했다.

"됐어. 가만히 있어. 내가 벗겨줄게."

"……."

지예는 할 수 없었다. 가만히 서서 그가 하는 걸 지켜보고 있을 따름이었다. 종태는 그녀의 겉옷을 벗겨내고선 브래지어 위로 손바닥을 갖다 대고서는 문질렀다. 다시 그 속으로 손을 집어넣어 단단한 젖가슴을 어루만졌다. 그렇게 자신의 손으로 옷을 벗겨주고, 또 손수 자신의 손으로 어루만지는 것이 기분 좋았다. 그녀가 혼자 옷을 벗게 하는 건 감흥이 떨어지는 것이었다.

"……."

그녀는 눈을 감은 채로 서 있었다. 그의 입술이 젖가슴에 닿는 걸 느껴졌다. 이번에는 그의 혀가 돌기 주위를 핥고 있는 게

238

느껴졌다. 그녀는 입술을 지그시 깨물면서 두 손을 움켜쥐었다. 점점 기분이 고조되었다.

"오늘은 이렇게 하고 싶었어."

종태는 그렇게 말하면서 헐떡거렸다. 그의 입은 그녀의 젖가슴에서 물러나 아래쪽으로 내려오면서 샅샅이 핥아나갔다. 그녀의 배에 그의 혀가 닿았을 때, 그녀는 뱃속이 짜릿할 정도의 쾌감이 몸속으로 파고드는 듯했다. 지예의 두 다리는 꼬아졌다가 펴지기를 반복했다. 그러면서도 종태가 더 깊은 곳을 찾아 파고들 수 있도록 다리를 벌려주었다.

그의 혀가 꽃잎에 와 닿았다. 그 순간, 그녀는 온몸이 삽시간에 다 타버릴 것만 같은 강한 전류를 느끼면서 입 속으로 헉, 하는 소리를 냈다.

"으으……."

지예는 잇몸을 사려물면서 억지로 버텼다. 두 다리가 휘청거렸다. 그녀는 다리를 후들후들 떨면서 그의 머리를 붙잡았다. 그러지 않고서는 서 있을 수조차 없었다.

"하아!"

종태는 가끔 핥던 혀를 빼내고선 짧은 숨을 몰아쉬곤 다시 혀끝을 갖다 댔다. 이번엔 좀 더 깊은 곳에까지 혀끝이 가 닿았다. 그의 혓바닥에 의해 그녀의 꽃잎은 완전히 전멸당할 것처럼 마구 짓이겨졌다. 넓적한 대음순이 납작해지고, 그 속의 소

239

음순이 차례차례 벌려지면서 혀가 와서 어루만졌다. 그리고 그 위쪽의 클리코리스의 작은 꽃잎을 벌려 그 속의 작은 구멍에까지 그의 혀가 뾰족이 쳐들어왔다. 그녀는 이제 완전히 주저앉아버릴 것만 같았다.

"아!, 으!……."

그녀는 더 이상 참지 못하고 엉덩이를 마구 흔들어댔다. 그 바람에 그의 혀가 닿았다가 떨어지곤 했다. 콕콕 찌를 듯이 혀끝이 닿을 때마다 그녀는 바람처럼 주저앉고 싶은 마음뿐이었다.

"아! 됐어! 그만!"

그녀는 종태의 머리채를 붙잡아 위로 끌어올렸다. 종태가 겨우 위로 올라오면서 그녀를 꺼안으면서 자신의 뿌리를 갖다 댔다. 이번엔 지예가 그걸 잡아서 자신의 꽃잎 속으로 밀어 넣었다. 가까스로 들어간 뿌리는 일단 들어감으로써 낯익은 듯이 움직이기 시작했다.

그들은 서로의 뿌리와 꽃잎을 결합한 채, 서서 그 동작을 계속하고 있었다. 그 동안에 종태는 지예의 목덜미며, 어깨선을 따라 혀끝을 움직이며 밑으로 내려왔다. 그녀의 젖가슴에서 그는 오래도록 머물렀다. 단단한 젖가슴이 놀기를 뾰족이 내밀며 점점 불어나는 듯했다.

"하아!"

그녀는 가끔 참지 못할 소리를 냈다. 깊은 울림을 여러 번 거쳐서 나오는 목 안의 소리였다.

그는 엉덩이를 세게 밀어붙였다가 떼냈다. 그럴 때마다 질벽의 부드러움이 뿌리를 통해 다 느껴지고 있었다. 미끈거리는 감촉. 바로 그것이었다. 그의 뿌리는 질퍽거리는 물기로 인해 한결 움직이기가 쉬웠다.

"자, 저쪽에다 팔을 짚어서 엉덩이를 들어봐."

종태는 욕탕의 테두리를 가리켰다. 지예가 그렇게 하면서 엎드리자, 이번엔 그가 뒤에서 공격을 하기 시작했다. 거센 동작이었다. 한 번씩 밀어부칠 때마다 지예의 몸뚱아리는 곤두박질칠 것처럼 휘청거렸다.

"아아! 아아!……."

지예는 밑으로 고개를 수그린 채, 종태의 뿌리를 내려다보았다. 자신의 벌어진 꽃잎 속으로 파고들 듯이 들어왔다가 빠져나가는 것이 다 보였다. 참으로 신기한 일이었다. 그 큰 것이 자신의 좁은 꽃잎 속으로 들어온다는 게 묘한 감정을 불러일으켰다.

"아! 좋아!"

종태는 움직이는 동작을 계속하면서 그런 말을 꺼냈다.

"좋아요?"

지예는 아예 두 팔을 구부려서 책상 위에 엎어놓듯이 욕탕의 테두리를 감싸 안았다. 더 이상 출렁거리기만 할 수 없어 그걸 막기 위해서 팔을 괸 것이었다. 그러나 그것 역시 허사였다. 종태의 무지막지한 힘에 의해 곧장 앞으로 쓰러질 것만 같았다.

"아, 죽겠어."

그녀는 다시 뒤로 손을 뻗어 종태의 엉덩이 뒷부분을 잡았다. 그가 부딪칠 때마다 쓰러지지 않게 하기 위해서 그녀는 종태의 히프를 꽈악 잡았다. 그리곤 곧 다시 그가 움직일 수 있도록 놓아주었다.

두 사람 중, 한 사람은 서서 들이박았고, 한 사람은 공격을 받아내느라 안간힘을 쓰며 엎드린 상태였다. 그런 자세로 얼마간 이어지다가 다시 자세를 바꿨다.

"앉아 봐."

종태의 말에 그녀는 몸을 돌려 욕탕의 테두리에 걸터앉았다. 이번에는 그녀의 다리 사이로 그의 몸뚱아리가 들어와 움직이기 시작했다. 이번엔 다소 편한 자세였다. 그의 뿌리가 움직이는 모습을 내려다보며 그녀는 짜릿함을 만끽할 수 있었다. 그의 뿌리가 움직이는 것을 본다는 것은 그야말로 쾌감의 최고점으로 끌어올릴 수 있는 가장 좋은 자세라고 할 수 있었다.

그의 뿌리가 서 안쪽 깊숙이까지 와서 닿는 듯한 느낌을 받았다. 그녀는 그럴수록 더욱 활짝 다리를 벌려 그를 다 받아들일 듯이 해주었다. 그의 움직임은 점점 더 거세져 갔다. 그의 허리가 팔랑개비처럼 빠르게 움직였다.

"하!"

그의 마지막 안간힘이었다. 곧 이어서 그는 사정을 했다. 뜨거운 기운이 한꺼번에 몰려나가느라 그의 몸에선 안타까운 몸짓이 격렬하게 일어났다.

"……!"

얼마쯤 뒤에 그는 하던 동작을 멈추었다. 그리고는 지예의 젖가슴을 움켜쥐고는 몸을 밀착해왔다. 그들은 서로의 알몸뚱이를 끌어안았다. 마치 으스러져 버릴 듯이 세게 끌어안은 종태의 가슴 속에서 그녀는 절로 탄성 같은 게 쏟아져 나왔다.

"아아! 죽겠어! 죽겠어!"

그녀는 비로소 오르가즘을 느꼈는지 부르르 몸을 떨면서 그를 끌어안았다.

"……."

종태의 몸은 잠깐 꿈틀거렸다가 다시 잠잠해졌다. 이미 정액이 다 빠져나간 뒤라 그의 뿌리는 완전히 힘을 잃고 있었다.

그들은 한참 후에서야 몸을 풀어주었다. 미끈거리는 알몸뚱이를 끌어안고 있는 것만으로도 기분이 좋았지만 그럴 수만도 없는 일이었다. 섹스가 끝났을 때의 허전함 때문에 그들은 서로의 알몸을 풀어준 것인지도 몰랐다. 감흥이 사그라져버린 뒤의 빈 껍질만 남아 있는 듯했다.

"먼저 씻어. 내가 씻어줘?"

243

지예가 킬킬 웃으면서 그 말을 했다.

"씻어줄래?"

종태의 말에 그녀는 샤워기를 꺼내 들었다. 그리고는 물줄기를 뿌리 근처에다 갖다 대고는 물을 뿌려댔다. 그녀가 비누칠을 하기 시작했다. 그 부분만을 집중적으로 씻어주는 지예의 손길을 느끼며 종태는 눈을 감아버렸다. 다시금 서서히 일어서는 듯한 쾌감이 일어났지만 다시 하고 싶은 마음은 없었다.

그녀는 다 씻어주고 난 다음에 샤워기를 내밀었다.

"나도 씻어줘."

"……."

종태는 자세를 낮춰 그녀의 음문에 물을 뿌렸다. 그리고는 비누를 칠해서 손으로 문질렀다. 그녀의 몸에서 가장 보드라운 살결이 만져졌다. 여자의 음문을 씻어주면서 그는 작은 쾌감 같은 걸 느꼈다. 여체의 세밀한 부분이 보일 듯이 만져졌다. 그는 눈으로도 직접 바라보기도 했다. 그러나 속에까지는 다 들여다볼 수는 없었다. 그것이 오히려 흥분을 들뜨게 했는지 모른다. 위에서 내려다보는 그녀의 검은 숲 그늘 밑으로 보드라운 살결을 만지는 것은 하여튼 기분 좋은 일이었다. 그는 여러 번 물을 뿌려대면서 뿌드득거리는 소리가 날 정도로 씻고 또 씻어주었다.

"됐어요."

그들은 곧 바깥으로 나왔다. 소파로 가서 맥주를 마시기 시작했다. 거친 섹스가 끝난 뒤의 나른함, 그리고 서로의 성기를 씻어주면서 생겨나기 시작한 쾌감의 여운을 맛보면서 마시는 맥주 맛은 그야말로 일품이었다. 다소 뜨거웠던 목 안이 한꺼번에 싸아, 하고 씻겨 내려가는 듯했다. 콜라나 사이다의 맛이 톡, 쏘는 것이 제맛이라면, 맥주의 참맛이란 갈증을 없애주는 생수와도 같은 물줄기였다.

"……."

종태는 맥주를 마시면서 앞에 앉은 지예의 사타구니를 보았다. 헐렁한 티셔츠만 입은 채로 팬티로 겨우 앞쪽만을 가린 그녀의 허벅지가 이상하게도 눈길을 잡아끌고 있었다. 아직도 사그라들지 않은 성욕이 남았던가. 그는 맥주를 마시면서 그녀의 사타구니를 쳐다보는 것도 괜찮은 것 같았다.

"아이, 보지마. 그렇게 보니깐…… 그래."

지예는 벌렸던 다리를 오므렸다. 그래도 역시 마찬가지였다. 작은 팬티가 더욱 감춰지면서 윗부분만 조금 드러나 보이는 것이 역시 좀 전의 기분을 그대로 자아내고도 충분한 듯했다.

"아냐. 그게 보기가 좋아. 얼마나 싱싱해 보이고 좋아? 벗으란 말은 안 할께. 하하."

"자꾸 보니깐 그렇지. 뭐가 볼 게 있다고 그래?"

지예는 다소 부끄러운 듯했다. 다리를 오므리면서 티셔츠의

밑단을 잡아끌어 앞쪽을 가렸다.

"됐어. 그런 거 신경 쓰지 마. 그냥 맥주나 마셔. 좀 보면 어떠니? 하기도 했는데 어때서? 안 그러냐?"

"난 종태 씨의 불룩한 팬티를 안 보고 싶은데? 남자는 왜 그렇지? 여자의 거길 들여다보는 게 그렇게도 기분 좋아?"

지예는 종태를 나무라듯이 말을 했다. 그러나 그건 어디까지나 짓궂은 종태의 장난스러움에 제동을 거는 말일 뿐이었다. 그것은 그녀가 웃는 것으로 충분히 알 수 있었다.

"하하. 그럼! 여자가 벗고 있는 게 얼마나 보기가 좋은데."

종태는 마치 한 술을 더 뜨는 것처럼 말을 받아넘겼다.

"피이~ 그럼 나, 다 벗어버릴래. 그래도 좋아?"

지예도 지지 않으려고 한 술 더 뜨고서 나왔다.

"그래라. 그럼 난 구경이나 하고 있지 뭐. 하하."

종태가 계속 놀리자, 지예는 입술을 삐죽 내밀어 보이고는 톡 쏘아댔다.

"됐네. 이 사람아. 그런다고 누가 벗을 줄 아나? 호호호. 웃긴다."

그러면서 지예는 앞에 놓인 맥주잔을 집어들었다. 그녀는 한 모금을 마시고는 내려놓았다.

"벗어봐."

종태는 막 잔을 내려놓는 그녀를 향해 그렇게 말했다.

"정말? 정말로 그러는 거야?"

"응, 정말이지. 벗고 있는 게 얼마나 보기가 좋은데. 한 번 벗어봐라. 그럼 술맛도 더 나고 좋을 것 같은데?"

종태는 또 웃었다.

"그렇게 보고 싶어? 아까 봤는데도? 이그, 못살아."

지예는 할 수 없다는 듯이 일어섰다. 그리고는 팬티를 내리고는 한쪽씩 다리를 들어 팬티를 벗겨냈다. 작은 천조각 같은 발밑으로 떨어져나가자, 그녀의 아랫도리는 완전한 알몸이 되었다.

"……."

그녀는 그대로 서 있었다. 종태의 눈빛이 자신의 검은 털에 와 박혀 있는 걸 느꼈다. 그녀는 아무런 부끄러움 같은 것도 없었다. 사랑하는 사람에게 자신의 그곳을 내보인다는 것이 그리 부끄럽지 않았다.

"정말 좋은데…… 이렇게 보고 있으니까 정말 좋다. 나도 벗을까?"

그는 곧 팬티를 벗겨 내렸다. 이미 그의 뿌리는 딱딱하게 서 있었다. 그는 소파에 앉은 채로 맥주를 마시면서 지예의 꽃잎을 바라보고 있었다. 꽃잎은 검은 털 속에 숨어 있었다. 듬성듬성 돋아난 털이 겨우 가리고 있을 뿐이었다.

지예는 맥주잔을 들고서 선채로 한 모금을 마셨다. 그리고는 다시 종태가 자신을 쳐다보는 표정을 살피고 있었다. 남자가 가장 관심이 있어 하는 곳이 자신의 그곳이라는 걸 알고 있는 그녀로선 묘한 기분이 들었다. 그렇도록 뚫어지게 쳐다보는 남자 앞에 버젓이 서 있는데도 전혀 부끄럽지 않다는 것이 당연한 일처럼 여겨졌다. 사랑하는 사람을 위해 자신의 부끄러운 아랫도리를 드러내놓고 있는 중이었다.

여자의 그곳은 아름다웠다. 종태는 남자와 다른 그곳의 신비감을 바라보았다. 무성한 털에 싸여 있는 좁은 계곡이 밑으로 미끄러지듯 길이 나 있다가 곧 없어져 버렸다. 그 틈으로 자신의 뿌리를 받아들였다고 생각하니 점점 짜릿해지는 기분이었다. 신비감은 다시 확인해보고 싶은 감정으로 돌변했다.

"다리 좀 벌려봐. 자세히 보고 싶은데?"

그의 말에 그녀는 좀 더 다리를 벌렸다. 틈새가 약간 벌어지면서 좁은 길이 좀 더 길게 보였다. 그 속의 연분홍빛 살결이 조금 드러나 보였다. 그는 손을 가져가 그곳에다 대어보았다. 항상 촉촉한 듯이 젖어 있는 곳이었다.

"……."

지예는 언제 눈을 감았는지 모른다. 스스로 도취된 듯이 절로 눈이 감겨버린 것이다. 다리가 후들거리며 떨려왔다. 그의 손가락이 어떻게 하는지를 그녀는 느끼고 있었다. 꽃잎을 어루만지는 손. 그 손이 겉을 만지작거리다가 계곡 속까지 들어왔다. 그리고 질벽을 부드럽게 어루만지다가 빠져나갔다.

"……?"

그녀는 눈을 떴다.

"됐어. 이리와."

그는 옆자리를 가리켰다.

"부끄러워……."

지예는 그의 옆자리로 가서 앉았다. 그가 내미는 맥주잔을 받아 한 모금을 마셨다. 이번엔 그의 팔이 목 어깨를 둘러 끌어 안아 주었다. 그녀는 쓰러지듯이 그의 품에 안겼다.

"내가 없어도 살 수 있을지 모르겠어……."

그가 중얼거렸다.

"무슨 말?"

그녀가 그를 쳐다보았다.

"그냥…… 해본 소리야. 내가 없으면 어떻게 하지?"

"왜 그래? 없어지긴 왜 없어져?"

지예는 이상하다는 듯이 그를 바라보았다. 종태는 씨익 웃어 주었다. 그리고는 더 이상 말이 없었다.

그들은 길게 입맞춤을 하고는 서둘러 잠자리에 들었다. 그들이 누워 있는 창밖에는 하얀 달빛이 쏟아지고 있었다. 창문을 통해 밝은 빛이 흘러 들어오고 있었다. 바람에 커튼이 살랑거리며 흔들렸다.

"안 자?"

지예가 옆으로 돌아누우면서 물었다.

"응, 자."

"또 하고 싶어?"

그녀가 물었다.

"아니."

종태의 말에 그녀는 빤히 들여다보다가 스르르 눈을 감았다. 피곤했던가. 지예는 곧 잠이 들었다. 쌔근거리는 숨소리가 들려나왔다. 종태는 그녀의 어깨를 감싸쥔 채, 천정을 올려다보고 있는 중이었다.

어떤 불안이 가슴 속을 휘젓고 다니는 듯했다. 그로선 전혀 알 수 없는 불안이었다. 정확한 실체가 아닌, 그저 막연한 불안 같은 것일 뿐이었다. 그는 그것을 몰아내기 위해 눈을 감았다가 다시 떴다. 그리곤 깊은 숨을 들이쉬었다가 다시 내뱉었다.

다시 어떠한 복수가 일어날 것만 같은 조짐이었다. 그는 그것을 알고 있었다. 자신의 내면에서 조용히 물살처럼 움직이고 있는 것을 느꼈다. 그것은 곧 스스로에 대한 예감이었다. 오래 전부터 종태는 그러한 예감을 믿고 있었다. 어떠한 일이 일어나기 전에 반드시 거치게 되는 불안이 곧 예감이었다.

그는 깊은 한숨을 내쉬었다. 금방 일어나서 담배를 피우고 싶은 마음이 들었다. 하지만 그는 일어나지 않았다. 그대로 곧장 잠이 들고 싶었다. 그는 눈을 감았지만 곧바로 잠이 들지 않았다. 이상했다. 분명히 정확한 실체가 드러나지 않은 무엇이 잠을 설치게 만들고 있었다. 마음속으로 마치 피바람이 불어오고 있는 듯했다.

18

운명에 대한 도전

그는 잠자리에서 일어나지 않았다. 벌써 환한 아침이었다. 창문을 통해 밝은 햇빛이 쏟아져 들어오고 있었다. 벌써 지예는 일어나서 주방에서 달그락거리는 소리를 내고 있었다. 그는 일부러 눈을 뜨지 않았는지 모른다. 어젯밤에 일어난 일에 대한 뉴스가 되어 TV에서 튀어나올 것만 같았다.

"……."

종태는 일어나는 순간, 그 모든 일련의 일들이 과장이나 추측을 섞어 속보로 보도될 것만 같은 기분이 들었다. 속초와 양양에서 일어난 일은 곧 KBS나 MBC 속초 지방 방송을 타고서 흘러나올 것만 같았다. 이런 지방에서는 큰 뉴스거리가 아닐 수 없었다.

그는 자신도 모르게 귀를 기울였지만 바깥의 거실에선 TV조차 켜놓지 않은 것인지 어떠한 소리조차 들리지 않았다. 그는 다시 귀를 닫으려고 애썼다. 그러나 자꾸만 거실 쪽으로 귀가 기울여졌다. 그릇들을 만지는 소리만이 들려오고 있었다.

"……."

그는 다시 깊은 잠에 빠져들고 싶었다. 그래서 모든 걸 잊어버린 후에 다시 눈을 뜨고 싶었다. 그러나 잠은 오지 않았다. 그는 끝내 잠이 들기를 포기하고는 눈을 떴다. 창문 쪽을 바라보았다. 자신의 처지가 묘하게도 비참해지는 걸 느꼈다. 왜 이러는가? 그는 스스로에게 반문하곤 했다. 그는 자의식 때문에 스스로 비감함을 느끼고 있었다. 복수를 한 것에 대한 자아 반성이었다.

그는 오랜 시간 자신에 대해 생각하기 시작했다.

이렇게 복수를 한 것이 과연 누구를 위한 것인가? 그리고 그런 일들로 인해서 죄의 씨가 말라버릴 수가 있는 것일까? 앞으로 자신의 운명은 과연 어찌될 것인가? 그는 머리가 복잡했다. 갑자기 많은 생각들이 튀어나와 혼란스럽게 하는 것 같았다. 알 수 없는 미래의 불안 같은 것이었다. 아무리 종태가 남자 중의 남자라고는 하지만, 그 자신의 내면에서 일어나는 불안까지 잠재울 수는 없었다. 그는 요 근래 들어 스스로를 달래는 날이 많았다.

옛날엔 아무것도 모르고서 날뛰던 것과는 달리, 최근에 들어서는 그도 많이 신중해진 듯했다. 벌써 여러 사람을 처단해서였을까. 완벽하게 죽여버렸지만, 항상 마음 한구석에는 찜찜한 불안이 도사리고 있었다. 그래서인지 그는 언제라도 희자 곁으로 달려갈 마음의 준비를 하곤 했다. 그러지 않고서는 도저히 불안해서 하루하루를 살아갈 수가 없을 것이었다.

"……."

그는 창문 쪽으로 돌아누운 채로 바깥을 보았다. 멀리 파란 하늘이 성큼 내려와 있는 듯이 보였다. 솜털 구름들이 낮게 떠서 흐르고 있었다. 종태는 마치 인생이라는 것이 저런 게 아닌가 하는 생각이 들었다. 아무런 목표도 없이 흐르다가 마는 것이 인생이 아닌가 하는 생각이었다. 세상의 지위라던가, 명예, 돈 같은 것은 그저 흘러가는 데에 필요한 도구에 지나지 않는다고 생각되었다.

그는 인생의 종말에 대해 생각했다.

사람이란 어느 순간엔 다 죽게 마련이다, 길고 짧음의 단순한 차이일 뿐이라고 생각되었다. 그의 생각은 그랬다. 인생이란 것이 뭐가 그리 대단한가? 덧없이 살다가 가는 무리들이 얼마나 많은가? 마치 이름 없는 풀꽃과도 같을 거라고 생각했다. 아무도 기억해주지 않는 풀꽃들이 제 스스로 피어났다가 제 스스로 도태되어 사라지고 마는 거라고 생각되었다.

종태는 그런 생각을 하는 중에 이때까지 자신이 한 일에 대해 생각해 보았다. 별로 한 일이 없었다. 칼과 주먹만으로 세상을 살았다가 잠시잠깐 희자를 만나 행복했을 뿐, 더 이상 인생에 대한 애착심이 느껴질 만큼의 보람 있는 삶이라고는 말할 수 없었다.

잡초라는 단어가 생각났다. 있어도 그만, 없어도 그만이라는 잡풀은 저 홀로 태어났다가 저 홀로 죽고 마는 존재였다. 종태는 자신을 잡풀로 비유하고 싶었다. 그렇게 살았던 과거가 지금은 후련하지도, 그렇다고 통쾌한 삶도 아니었다고 생각되어졌다.

그는 마음이 혼란스러웠다. 마치 자신이 살인광이나 돼 버리지나 않았나 하는 우려감이 들기도 했다. 그런 생각을 하면 절로 마음이 쓰려왔다. 이것이 아닌데, 하는 생각만 자꾸 들었다. 삶이란 이렇게 자신이 원하는 방향으로만 흘러가는 게 아니었다. 그는 그런 생각을 했다.

"……."

그는 오늘 황 노인을 만나볼 생각이었다. 그래서 황 노인과 이야기를 하면서 마음의 복잡함을 누그러뜨리고 싶기도 했다. 그렇지 않고서는 그 누구에게서도 지금 자신의 이러한 답답함을 풀길이 없었다.

그는 자리에서 일어나 세수를 하고는 아침 식사를 했다. 지

255

예가 정성껏 차려놓은 아침 식탁이었다. 그는 아침을 먹고는 지예가 끓여내 온 커피를 마셨다. 지예는 종태가 선선히 아침밥을 다 비워내고, 커피를 맛있게 마시는 걸 바라보면서 흐뭇한 미소를 짓고 있었다.

"나, 오늘 양양 나가서 누굴 만나볼 사람이 있어."

종태가 지나가는 말처럼 흘렸다.

"누군데요?"

"으응, 그냥 아는 노인이지. 황 노인이라고. 양로원에 있는 분이야. 서울에서 살았다고 하는데, 나하곤 이야기가 좀 통해. 같이 식사나 하고 술이나 마셨으면 해서 그래."

"아, 저번에 강릉에 같이 갔다고 하던 분 아녜요? 맞죠?"

지예가 아는 척을 했다.

"그랬나? 내가? 맞아. 그 노인이야. 젊었을 땐, 한 가닥 했던 노인이야. 그래서 나하곤 좀 친하지."

종태가 설명하자, 지예는 다소 토라진 듯이 말을 꺼냈다.

"또 강릉 갈 거예요? 술 마시러?"

"아니, 오늘은 그냥 양양에 있다가 올 거야. 잠깐 이야기할 게 있어서."

"그럼 빨리 와요. 난 집에 혼자 있으면 너무 심심해서 그래. 알았지?"

"알았어. 빨리 올게."

종태는 그렇게 대답을 하고는 남은 커피를 다 마시고는 밖으로 나왔다. 지예가 거실 문턱에 서서 시동을 걸고 있는 종태를 쳐다보며 웃어주었다.

"갔다 올게."

종태는 손을 들어보이고는 서서히 브레이크를 놓았다. 차는 천천히 마당을 빠져나갔다.

양양에 도착해서 그는 곧장 양로원으로 찾아갔다. 오늘은 그냥 사무실에다 돈 봉투를 내밀고는 바로 황 노인을 데리고 밖으로 나올 참이었다. 느티나무가 있는 벤치 쪽에 황 노인이 여러 노인들과 같이 있다가 어슬렁거리며 종태의 차로 다가왔다.

"여어, 오랜만이군. 그래, 요즘은 어떤가?"

황 노인은 종태를 보자마자, 그렇게 반가움의 표시를 나타냈다. 종태는 얼른 내려서 황 노인의 손을 잡아주었다. 그러자, 황 노인은 젊은이처럼 악수를 청해오는 것이었다.

"네, 그저 그렇습니다. 몸은 건강하시구요?"

종태는 황 노인의 손에 잡힌 채로 말을 했다.

"그럼, 내야 잘 있지. 근데 요샌 통 안 왔어. 무슨 일 있는가?"

황 노인이 주위를 의식하며 물었다.

"어떻습니까? 오늘 좀 나가시죠. 제가 얼른 사무실에 좀 들렀다가 나오겠습니다."

"그럴까? 모처럼만에 이렇게 만났는데…… 알았네. 저 노인들한테 말해놓고 옴세."

그러면서 그들은 서로 헤어졌다. 종태는 얼른 사무실로 들어가 원장을 만나보고선 돈 봉투를 내밀었다. 노인네들이 잘 먹는 음식을 해드리라는 부탁과 함께 봉투를 내밀고는 곧장 밖으로 나왔다.

차가 있는 데로 오자, 황 노인이 미리 와서 서성이며 담배를 피우고 있었다.

"타시죠."

종태의 말에 황 노인은 옆자리로 올라탔다. 그들은 곧 그곳을 빠져나왔다. 황 노인이 먼저 말했다.

"강릉으로나 갈까? 저번에 갔던 데 말이지. 어때? 괜찮았지?"

황 노인은 종태를 쳐다보며 빙긋이 웃어 보였다.

"아, 아닙니다. 오늘은 그냥 양양에서 하죠. 간단하게 식사나 했으면 해서요."

종태의 말에 황 노인은 다시 한 번 쳐다봤다.

"왜? 무슨 긴한 얘기가 있는가?"

황 노인은 다소 긴장한 얼굴로 쳐다보는 것이었다.

"그런 건 아니고…… 간단하게 이야기나 좀 했으면 싶어서요."

종태는 아직 이야기가 안 끝났기 때문에 어디로 갈 것이라는 목표를 정하지 못했다. 그래서 그저 시내를 따라 천천히 달리고 있었다.

"그러지, 그럼. 아무 데로나 가세."

황 노인의 말에 그는 근처에 있는 꽤 이름 있는 집으로 들어갔다. 마당에다 차를 세우고는 안내를 받으면서 안으로 들어갔다. 요정이라고는 할 수 없었지만, 말하자면 귀한 손님들을 접대하기에 좋은 곳인 것 같았다. 젊은 여자들이 곱게 한복을 차려입고 나와 맞는 것부터가 그랬다.

요정에서 현대식으로 발달한 그런 곳이었다. 황 노인과 종태는 안으로 들어가서 자리를 잡고 앉았다. 마담인 듯한 여자가 들어와서는 인사를 올렸다.

"마담입니다. 추옥이라고 합니다. 우리 집에 와주신 걸 감사드립니다."

그리고는 곧이어 들어온 두 아가씨들이 마당의 옆에 앉아서 인사를 올렸다. 황 노인이 손을 휘저으며 말했다.

"알았네. 조금 얘기할 게 있으니까 좀 있다 들어오지."

황 노인이 그 말을 하자, 마담은 두 아가씨를 데리고 밖으로 나갔다. 그리고서 황 노인이 먼저 말을 꺼냈다.

"이제 됐네. 내가 먼저 말을 할까? 어떻겠나?"

"무슨 말씀이라도?"

"있지. 자네가 안 나타나서 못 했지만…… 이번에 태국엘 들어가는 데 자네도 같이 가지 않겠나?"

"태국엘요?"

종태는 반문했다. 얼떨결에 튀어나온 목소리가 조금 크게 난 듯했다.

"그러하네. 이번에 들어가는 건 계급 수여식이 있어서 그러네. 이미 형님도 자네를 믿고 있으니까 이참에 같이 들어가는 게 어떤가 싶어서."

"그럼, 황대엽 어른께서……."

종태는 말끝을 흐렸다.

"그렇다네. 이번에 형님이 투 스타가 되는 거지. 일본의 이끼다가 첫 번째로 투 스타가 된 거고, 이번에 형님이 동양에선 두 번째로 투 스타가 되는 자릴세. 자네에게도 무슨 자리를 잡아둔 것 같은데. 어떤가?"

"……?"

종태는 얼떨결에 받은 제의라 섣불리 대답할 수가 없었다.

"동양에는 쿤사가 파이브 스타라면 투 스타란 자리는 막강한 거지. 쿤시 조직에서도 군대와 똑같이 벌로 계급을 정하거든. 자네도 알지. 아시아에선 일본과 한국이 가장 확실하고 마약의 수요가 많은 곳이라는 것쯤은…… 내가 알기론, 아마 자네에게도 대령 쯤의 계급이 주어지는 걸로 알고 있는데."

260

"대령요?"

종태가 물었다.

"아암, 거기서 대령이라면 막강한 편이지. 조직력과 화력에선 어느 나라 군대 못지않으니까. 우리나라에서 투 스타가 나왔으니까 자넨 투 스타를 대동하고 모시는 참모장급인 셈이지. 자네 생각이 어떤가? 형님이 몇 번이나 자네를 찾았는데, 난 자네 연락처를 모르고 있잖은가? 그래서 내가 며칠만 기다려 달라고 그러긴 해놨는데."

"……?"

종태는 다시 말문이 막혔다. 어떻게 대답해야 좋을지 몰랐다. 얼핏 희자 생각이 났다. 희자 때문에 그는 망설여졌다.

"그런 제의를 받은 것만 해도 감사해야 할 일이라네. 어디 그런 자리가 쉽게 나오진 않지. 난 이때까지 자네를 쭉 지켜봤네. 자네가 아직도 조직에 몸을 담고 있었으면 이런 제의를 하기는 어려웠을 것이네."

"……?"

황 노인의 말에 종태는 약간 입을 벌렸다.

"조직에 있으면 안 돼. 조직이란 돈을 놓아두고 서로 싸우는 집단이니깐. 그러나 자넨 이미 손을 씻고 나온 사람이므로 철저히 신분을 감출 수 있어서 그러네. 마약이란 절대 드러나지 않게 행동해야 되는 것이 기본철칙이라네. 그래서 형님이 자네

261

를 천거한 것 같아.”

“…….”

종태는 더욱 할 말이 없어졌다. 쿤사에 대해서 아는 바가 없었고, 그저 히로뽕만을 알고 있을 뿐이었다. 그런데 쿤사 조직의 일원이 되어 달라는 말에 섣불리 대답할 수가 없는 일이었다.

“난 자네를 믿네. 형님도 자네를 지켜보고 있었다가 갑자기 자네가 행방을 감춰서 찾지 못하고 있었던 것뿐일세. 다행히 내가 형님한테 자네를 찾았다고 얘길 해서 이야기가 되긴 했지만…….”

“말씀은 고맙습니다만…….”

종태는 선배를 대하는 식으로 머리를 숙였다가 들었다.

“뭐가 문젠가? 이런 제의는 그리 쉽지 않은 것이네. 쿤사의 참모급이 되면 1년에 나오는 연봉만 해도 10억은 될 걸세. 그 돈이 작은 돈인가? 안 그런가? 그리고 국내 판매책을 다 거머쥐고 되고. 그 판매액의 삼십 프로를 형님과 자네가 둘이서 나눠 갖게 되는 거라면, 어디 작은 액수일 건가? 아마 연봉보다도 판매액수의 삼십 프로가 더 큰 걸세.”

황 노인의 설명에 종태는 눈이 더 커졌다. 10억도 결코 작은 액수가 아니었지만, 그보다는 마약의 판매액의 삼십 프로를 리베이트로 떨어진다는 말에 입이 벌어졌다. 국내에서 판매되는

262

아편이나 마약의 삼십 프로라면 실로 어마어마한 액수랄 수 있었다.

그 정도의 액수라면 국내의 대기업이 1년 동안 벌어들이는 돈과도 맞먹을 정도랄 수 있었다. 종태는 그런 계산이 앞서자, 조금 떨려왔다. 칼을 들지 않고, 주먹을 쓰지 않고도 조용하게 굴러 들어오는 눈먼 돈이라고 생각하자, 가슴이 벅차지 않을 수 없었다.

그는 심호흡을 한 번 하고는 다시 황 노인을 쳐다보았다. 황 노인은 담배를 꺼내 그 속의 담배를 꺼내려다가 종태에게 담배갑을 내밀었다. 말보로 담배였다. 종태는 손을 내저으며 말했다.

"어른께서 먼저……."

그 말에 황 노인은 먼저 한 개비를 꺼내고는 다시 담배갑을 내밀었다. 종태가 한 개비를 뽑아 입에 물었다. 그리고선 라이터를 꺼내 불을 켜서 내밀었다. 황 노인이 담배끝에 불을 붙이고는 한 번 깊숙이 들이마셨다가 후우, 하고 연기를 내뿜어냈다.

종태는 담배 연기를 깊숙이 들이마셨다가 천천히 내뱉었다. 마음의 혼란을 진정시키기 위해서였다. 지금 그는 마음이 어수선했다. 황 노인이 말한 쿤사 조직의 참모장에 해당하는 대령의 계급을 하사받는다는 것이 황당했기 때문이었다. 종태는 지금까지 국내에서만 조직력을 키워온 것이었지, 외국의 힘을 빌린 적은 없었다. 막강한 화력과 군대조직을 갖춘 쿤사 조직에 가입한다는 것이 그에게는 또 다른 모험의 세계로 뛰어드는 것이랄 수 있었다.

"……."

황 노인은 종태를 지그시 바라보고만 있었다. 담배 연기에 휩싸인 그의 얼굴은 야윈 편이었으나 단호한 면이 엿보이는 그런 얼굴이었다. 황 노인은 종태가 어떠한 말을 하기를 기다리고 있었다.

"……."

종태 역시 아무 말도 하지 않은 채, 그저 황 노인의 움푹 패여진 눈을 바라보고 있었다. 두 사람 사이에 잠시 침묵이 흘렀다. 방 안이 조용했다. 그리고 바깥의 소음도 일체 들려오지 않고 있었다.

"……."

황 노인은 다시 새 담배를 꺼내 줄담배를 피워댔다. 다 탄 담배 끝에다 새 담배를 갖다 대고는 불을 붙이는 것이었다. 종태는 담배를 눌러 끄고는 황 노인을 쳐다보있다.

"모든 지원은 다 쿤사 조직에서 해줄 걸세. 비자에서부터 국내 활동을 하기에 조금도 불편하지 않도록 철저하게 뒷바라지를 해주는 것이 쿤사의 장점이지. 어떻게 해주는지 아는가? 쿤사 조직은 실로 막강하네. 이미 우리나라에도 그 조직원들이 많이 박혀 있네. 형님하고 자네가 통솔만 하면 되네. 쿤사는 어떤 야망이 있는 사람이야. 그냥 마약만 밀매하는 조직이라고 생각하면 안 되네."

"……?"

종태는 의아한 표정을 지었다.

"이건 일급비밀이네. 자네를 난 믿고 있네. 알겠는가?"

"네, 압니다."

종태는 머리를 조아렸다가 들었다.

"쿤사는 말야……."

황 노인은 말을 꺼내놓고 잠시 망설였다. 그러다가 담배를 급하게 피우고는 비벼껐다. 그리고는 무겁게 입을 열었다.

"마약만 판매하는 게 목적이 아냐."

"……?"

"마약은 일종의 군비일 뿐이지. 그걸로 세계를 정복할 커다란 꿈을 갖고 있어. 그래서 미국이나 유엔에서 그걸 눈치 채고 나서려고 하고 있는 중이야. 언젠가는 미국이나 유엔과 전면전이 벌어질지도 모르는 일이지. 그래서 각 국마다 비밀리에 쿤사 정권을 세워놓는 게 쿤사의 생각이야. 이제 알겠나?"

"그럼 어떻게 각 나라마다 정권을 세운다는 겁니까? 그게 가능하겠습니까?"

종태는 가슴이 벅차올랐다.

"그야 가능하지. 우리나라에도 이미 수천 명의 쿤사 조직원들이 암약하고 있어. 계급은 낮지만 일종의 조직이 된 셈이지. 점점 인원이 늘어날수록 간부급인 영관급이나 스타가 생겨날 걸세. 그리고 일정량의 무기도 이미 국내에 들어와 있네. 그건 다 쿤사가 무기를 밀매해서 곧바로 한국으로 보내주는 것이네. 이미 조직원들은 한 번씩 미얀마로 건너가서 몇 달간 군사훈련을 받고 돌아온 셈이지. 모든 경비는 일체 그쪽에서 다 대니까."

황 노인은 비감한 듯이 말했다.

"훈련을 그쪽에서 받아요?"

종태가 나지막이 물었다.

"그럼. 거기선 주로 암살, 테러 훈련만 집중적으로 받아. 그리고 위관급인 장교에게는 쿤사가 직접 내려주는 권총을 수여받고 돌아오는 거지. 형님도 권총이 두 개네. 한 개는 내가 보관하고 있지."

"……?"

종태는 놀랐다. 황 노인이 권총을 깆고 있다는 깃이 놀라운 일이었다.

"권총은 아무것도 아니네. 이미 국내에 들어와 있는 무기 중에는 최신예 불란서제 기관총과 발칸포, 그리고 지상 저격용

경비행기까지 들어와 있다는 걸 알겠는가? 국내에 어떻게 그런 무기가 들어올 수 있겠는가 하고 의문이 들걸세. 그러나 그것도 간단해. 쿤사는 그만큼 치밀한 사람이야. 각 부품을 잘게 분해해서 국내로 들여왔다가 국내에 외국 고문이 들어와서 다시 조립하고선 출국하는 거라네."

"아!……."

종태는 탄성을 내질렀다.

"그런 무기들이 어디에다 보관되고 있는지도 모르겠지?"

"……?"

종태는 다시 얼굴을 들어서 그를 쳐다봤다.

"이건 매우 중요한 얘길세. 한국 군대의 무기를 만드는 방위 산업체가 쿤사가 사들인 회사라면 이해가 가겠나? 하하하."

"네?"

종태는 깜짝 놀랐다.

"방위 산업체가 바로 쿤사가 거액을 들여서 사들인 회사일 정도야. 그리고 그 사장이 바로 형님인 셈이고. 그 회사의 직원은 모두 쿤사에 서약한 군인들인 셈이지. 그 정도로까지 쿤사의 힘이 국내에 이미 들어와 있는 걸세. 하하하."

"……?"

종태는 이제 더 이상 할 말이 없었다.

"결정을 짓게. 여기서. 더 이상 망설일 필요가 없는 일이네.

다 자네를 위해서 하는 말이니까.”

황 노인은 종태가 망설이는 것을 가만 놔두지 않을 듯이 재촉했다.

“알겠습니다.”

“그럼 자네가 승낙을 한 것으로 믿고 미얀마로 보고를 해도 되겠나?”

황 노인이 다시 물어왔다.

“좋습니다. 하지만 한 가지 일을 할 게 있습니다.”

“뭔가?”

황 노인이 얼른 튀어나왔다.

“그건 좀 말씀드리기가…… 전 이미 세 사람을 죽였습니다.”

“?”

황 노인의 얼굴이 갑자기 굳어졌다.

“희자에 대한 복수를 한 겁니다. 그리고 얼마 전엔 여기 양양의 천사 고아원 원장을 바닷물에다 처박아 버렸습니다. 혹시 바닷물로 뛰어든 차사고 소식을 들으셨는지…….”

“아! 그래? 누군데?”

황 노인은 왜 그랬느냐는 듯이 종태의 얼굴을 쳐다봤다.

“모르시는군요. 여기 양양에 있는 천사 고아원 원장입니다. 늙은 여자죠. 고아원에 있는 애들을 장기 이식용으로 팔아먹은 년입니다. 죽일 년입니다. 희자가 살아 있을 때, 애가 안 들어

서서 입양하려고 마음먹었던 어린 애를 찾았더니 서울로 팔아
먹었더라고요. 그래서 제가 주소를 알아내가지고 찾아갔더니
벌써 그 애는 갈가리 해부가 돼서 죽은 뒤였습니다. 서울에 그
런 놈들이 활개를 치고 있습디다. 오갈 데가 없는 고아원의 어
린 애를 입양시킨다는 조건으로 데려가서 장기를 필요로 하는
사람들에게 거액의 돈을 받고 팔아넘기는 조직이 있는 것 같습
디다."

"그래? 그런 것도 있었나?"

황 노인도 장기 밀매 조직에 대해선 전혀 아는 바 없는 것처
럼 얼굴을 찌푸렸다.

"돈이라면 무엇이든지 안 하는 놈들이 있습니까? 그것도 어
린애들을 상대로 장기를 팔아먹는 조직까지 생겨날 정돕니다.
그래서…… 그 놈을 죽여서 양양에다 버렸고, 또 원장까지 해
치워버렸습니다. 원장은 자연 추락사로 위장해서 바닷물 속으
로 차를 처박아버렸고요. 놈은 갈가리 분해해서……."

"……?"

황 노인은 종태를 빤히 쳐다봤다. 입안이 마른지 황 노인은
담배를 꺼내 피웠다. 잠시 말이 없던 황 노인이 말을 꺼냈다.

"근데, 어떤 일이 남았는가? 한 가지 일이 남았다는 게."

"그건 제가 교도소로 들어가는 것입니다."

종태의 이 말에 황 노인은 화들짝 놀라는 얼굴로 다시 쳐다

봤다.

"교도소로? 왜?"

"일단 교도소로 한 번 들어가야 마음이 놓일 것 같습니다. 그런 거 있잖습니까? 우리 같이 일을 저지르고 나면 으레 교도소로 들어간다는 것이 체질화된 놈에게는 일단 교도소로 들어가 있으면 그걸로 마음이 놓이잖습니까? 그런 거 아시죠?"

"음……."

황 노인은 낮은 신음소리를 냈다. 종태가 말한 뜻을 모르는 건 아니었다. 큰 범죄를 저지른 뒤엔 차라리 다른 죄를 짓고서 교도소로 들어가 있는 게 백번 안전빵이었다. 그럼으로써 혹시라도 모를 경찰의 눈도 속일 수가 있었다. 경찰의 의혹을 받고 있다가도 일단 다른 죄목으로 교도소로 들어가 있으면 피의자에 대한 조사가 쉽지 않았으므로 충분히 감춰질 수 있었다.

만약 혐의가 짙어서 판사의 피의자 신문 영장을 받아서 교도소 안으로 들어와서 조사를 한다고 해도, 피의자가 묵비권을 행사하면 결코 밝힐 수 없는 것이 법의 한계성이었다. 그래서 가끔 살인죄를 저지를 놈들이 절도나 강도 같은 죄를 일부러 저지르고는 감방으로 들어와 있는 경우도 허다했다.

"그리고……."

종태는 말을 덧붙였다.

"뭔가?"

황 노인이 몸을 앞으로 숙였다.

"교도소로 들어가면 전두환이나 노태우를 죽여야만 할 것 같습니다."

"뭐? 전두환? 노태우?"

황 노인은 종태의 말이 끝나기가 무섭게 굵은 눈썹을 꿈틀거리며 눈을 부릅떴다.

"네. 둘 다 죽여야 할 것 같습니다."

종태는 미리 준비한 말을 하는 것처럼 담담했다.

"왜?"

황 노인은 자못 심각한 얼굴을 들이밀었다.

"그건…… 민족의 반역자들입니다. 한 나라의 대통령이 어마어마한 돈을 챙겼다는 것이 있을 수 없는 일이고…… 그들은 우리나라의 정치를 먹칠한 장본인들입니다. 그리고 광주사태도 일으켰고, 여러 사람을 죽였습니다. 그러면서도 아직까지 반성조차 하지 않는 그런 뻔뻔스런 놈은 죽여 없애야 합니다. 그래야만 우리나라 사람들은 다시는 그런 정치를 하지 않을 것 같습니다. 제가 이번에 그런 일을 해내고 싶습니다."

"……?"

종태의 설명에 황 노인은 더욱 크게 입을 벌렸다. 종태가 그런 생각을 품고 있었다는 것이 믿겨지지 않은 표정이었다.

"……."

종태는 담배를 꺼내 불을 붙였다. 그리고는 길게 연기를 내뿜었다. 황 노인이 종태를 쳐다보면서 더듬거리며 담배갑을 찾아들었다가 그 속의 담배를 꺼내 불을 붙이느라 허둥댔다. 황 노인은 가까스로 불을 붙이고는 종태에게서 눈을 떼지 않았다.

"그래, 어쩔 셈인가? 그런다고 뭐가 달라질 건 있는가? 전직 대통령을 살해한다는 건 좀 그렇지 않은가? 이미 징역을 살고 있는 사람인데……."

황 노인의 말은 어디까지나 침착했다. 젊은 혈기로 가득 찬 종태의 심기를 건드리지 않으려는 듯이 나직이 말했다.

"그게 올바른 재판입니까? 사람들을 얼마나 죽였는데 말입니까? 당연히 사형을 시켜야지요. 정권을 유지하기 위해 군인들을 밀어붙여 부녀자들까지, 심지어는 임신한 여자의 배와 거시기를 난도질하지 않았습니까? 그리고 처녀들을 여러 명의 군인들이 돌아가면서 돌림빵을 놓고, 그것도 모자라 그 짓을 하고난 뒤에 감쪽같이 죽여서 생매장을 한 게 드러나지 않았습니까?"

종태는 열이 올라서 다소 목소리가 커졌다.

"그래서 꼭 죽여야만 시원하겠다는 건가?"

황 노인의 말이었다. 종태를 꾸짖는 것도 아니고, 그렇다고 부추기는 말은 더더욱 아니었다.

"……?"

272

종태는 황 노인을 쳐다봤다. 황 노인이 그런 식으로 나오자, 종태는 노인의 여유로움에 다소 압도되는 듯했다.

"한 가지만 묻겠네."

황 노인이 담배 연기를 길게 내뿜으며 말했다.

"뭡니까?"

종태가 말을 받았다.

"그런 거 다 신문이나 뉴스에서 본 거겠지?"

"그렇지요. 그리고 비디오테이프에서도 봤고요. 끔찍스러운 장면들이 나오는 걸 봤으면 어른께서도……."

"아닐세. 난 못 봤네."

황 노인이 말을 가로막았다. 그리고는 다시 말을 꺼냈다.

"난 안 봤지만, 충분히 짐작할 수 있네. 군인들이, 그것도 공수부대 군인들이 여자들을 그렇게 했다고 생각하는가?"

"네. 다들 그렇게 알고 있습니다. 신문에서도 그랬고, 뉴스에도 그렇게 나왔습니다."

종태는 항의하듯이 답답한 마음으로 대꾸했다.

"그건 아직 모르는 일일세. 신문이나 뉴스에서 그렇게 나왔다고 해도 역사는 나중에 드러나게 마련일세. 혹시 자네, 군엘 안 다녀왔지?"

"……."

종태는 무슨 말을 하려는가 싶어 황 노인을 쳐다보고만 있었

273

다.

"군인은 명령에 죽고, 명령에 산다는 걸 아나? 그런데 전시와 같은 그런 상황에서, 그것도 적군과 아군이 대치하는 상황에서도 적군의 여자들을 강간하라고 명령을 내리는 군대는 없는 법이네. 난 군엘 다녀와서 알아. 그것도 특수 군대를 나왔어. 그런데 언제 죽을지도 모르는 위험한 상황에서 어떻게 강간을 하나? 자네 같으면 그런 전시 상황에서 여자를 보고 강간할 마음이 생기겠는가? 혹시 윗사람이 알면 즉시 군법감인데도? 여자 하나 때문에 젊은 일생을 망칠 군인들이 어디 있겠는가? 잘 생각해보게. 그들도 학교를 다니다가 군엘 왔거나, 직장을 다니다가 군엘 왔을 텐데, 군에서 제대할 때, 그것 때문에 군대 영창을 갔다가 온 전과가 있으면 사회에 나와서 제대로 취직이 되겠는가를 말일세."

"……."

종태는 말이 없었다.

"아무리 젊은 혈기라지만 군에선 영창이라는 데가 사회의 뼁끼통보다도 더 무서운 데지. 군대 감방이 군기도 더 세고, 더 죽을 맛이라는 거 몰라? 사회의 뼁끼통이야, 밖에서 넣어주는 사식 먹으면서 그냥 편하게 뒹굴면 하루가 깨지겠지만, 어디 군대라는 곳이 그런가? 그런데 그런 전시 상황 속에서 누구한테 붙잡혀 죽을지도 모르는 판국에 강간을 해? 그리고 여러 명의 군인들이 돌아가며 강간을 할 만큼 그곳엔 지휘자가 없었단 말이겠는가? 광주 시내가 온통 계엄령 속인데, 그런 와중에서 부하 군인들이 강간을 하도록 내버려뒀다가 혹시 군중들에게 맞아 죽거나, 피살이 된다고 하면 그 지휘관은 옷을 벗어야 되지. 지휘 책임을 물어 옷을 벗게 되는데 어느 지휘관이 그렇게 하도록 내버려두겠는가? 삼사나 육사를 나와서 오랜 기간이 걸려서 지휘관이 됐는데, 누가 단 한 번의 부하의 실수로 옷을 벗을 사람이 있겠는가 말일세. 한 번 생각해보게."

황 노인의 말은 아주 단호했다. 또박또박 말을 하는 그의 목소리가 어떤 확신에 차 있는 듯했다.

황 노인은 종태가 가만히 있자, 다시 말을 하기 시작했다.

"군이란 데를 몰라서 그래. 신문이나 뉴스에서도 그걸 몰랐어. 어느 군대든 간에 적군의 여자를 겁탈하라고 명령하는 군대는 없을 걸세. 그렇게 되면 곧 군기가 문란해져서 작전이 잘 수행이 안 되는 법이지. 그래서 군에서는 가장 위험한 것이 군기 문란이라는 걸세. 사기를 위해서 그렇게 하라고 명령할 수 있을 거라고 생각하나? 사기를 높이기 위해서 그만한 위험 부담이 뒤따르는 걸 감내한다고 생각하나? 그리고 사기보다도 더 큰 군기 문란이 퍼지게 되면 군대는 오합지졸이 되고 말지. 너도나도 여자를 찾아내서 강간을 한다고 생각하면 명령이 제대로 수행이 되리라고 생각을 하나?"

275

황 노인의 말은 점점 노기를 띤 것처럼 단호해져 갔다.

"그럼 광주사태가 거짓말이라고 생각하십니까?"

종태도 지지 않을 듯이 단호한 말투로 나왔다.

"그건 아니지. 분명히 일어난 비극이지. 그러나 사람이 죽었으므로 해서 그걸 담보로 어떠한 협상이 게재될 수도 있다는 말이지. 가령, 말하자면 그래. 군인들에 의해서 하여튼 간에 사람들이 많이 죽었으므로 이건 비극이다, 그러니까 무력 제압에 따른 과오가 크므로 그건 민주화라고 불러야 한다고 한다면 그건 뒷날 역사가 다시 밝혀지는 날이 올 것이란 말일세."

"왜 사람까지 죽이기까지 했습니까? 같은 동족인데? 안 그렇습니까?"

종태는 광주사태의 무조건적인 책임이 군인이 민간인을 죽였다는 데에다 초점을 맞추었다. 이것이야말로 황 노인을 꼼짝 못하게 만드는 말이 될 수 있을 것이란 생각이 들었다.

"어허, 이 사람. 그럼 그 당시 군인들이 안 막으면 누가 막을 수 있었겠는가? 자네가 경찰이라면, 경찰의 힘이 밀렸을 땐, 자네는 최후 방어선으로 누굴 부를 텐가? 경찰력이 무너질 정도라면 당연히 군인이 들어가야 하는 것 아닌가? 치안이 무너졌는데 그걸 방치한다면 정부가 아니지. 차라리 정부가 없다면 또 몰라도, 일단 정부가 있는데 경찰력이 꼼짝 못하게 되었으니까 막강한 군대가 들어간 것 아닌가. 자넨 그 문제에 대해서 어떻게 생각하나?"

황 노인은 종태에게 슬쩍 그 문제를 떠밀었다.

"그때, 민간인들이 총기를 탈취했다고 해서 경찰력이 완전히 무너진 건 아니잖습니까? 그리고 민간인들이 총기를 갖고 있다고 해서 군인들이 동원돼서 마구 사살하는 건 안 되죠. 안 그렇습니까?"

"어허, 이 사람아. 총기란 아무나 가질 수 있는 건가? 그건 나라를 지키기 위한 총이 아닌가? 예비군 무기 창고를 습격해서 총기를 훔쳐내서 어떻게 하겠다는 건가? 그걸로 한 번 싸워 보겠다는 사람들한테 총을 쏘는 건 당연하지 않은가? 바로 자네가 총기를 훔쳐갔는데 경찰은 총을 안 쓰고 몽둥이를 쓸 수 있겠는가? 총과 몽둥이 중에서 어느 쪽이 더 세고, 빠른가? 총을 가졌으니까 버리라고 해도 안 버리니까 밀어닥쳐서 강제로 총을 뺏는 수밖에 없잖은가? 자네도 조직에 있어봐서 알겠지만, 만일 상대방이 긴 사시미 칼을 갖고 있는데도 자네는 주먹으로만 싸울 셈인가? 아니지? 자네도 지지 않으려면 칼을 쓸 수밖에 없겠지? 그와 똑같은 이치야."

황 노인은 목이 마른지 잔기침을 해가며 말을 했다. 다소 열이 오른 것 같았다.

"……."

종태는 할 말이 없었다. 뭔가 말을 하고 싶었지만 막상 하려고 하면 말의 두서가 안 잡혔다.

"난 광주사태가 좀 과장됐다고 보네. 거짓말도 좀 보태졌을 거라고 생각하고. 그리고 결과를 너무 확대한 나머지 모든 것이 군인들만 죄인이 된 셈이지. 정권 유지를 해야겠다는 몇몇 정치군인들의 야심도 한 몫 거들었겠지만, 최초의 발단인 총기 탈취는 잘한 일인가? 어디 한 번 말해보게."

"……."

종태는 가만히 있었다. 황 노인의 실룩거리는 입을 쳐다보기만 할 뿐이었다.

"아무리 나라가 썩었고, 정치가 썩었다고 하더라도 총기를 탈취해서 어떻게 하겠다는 거야? 위협하기 위해서 훔쳤겠는가? 아니면 실제로 정권을 빼앗기 위해서 총기를 훔쳤겠는가? 그 동기부터가 잘못된 게 아니겠어? 그렇다면 앞으로 나라의 정치가 엉망이 되고, 경제가 파탄 지경에 이르면 모두 다 총기를 탈취해서 일어나도 된다는 말과도 같은 거지. 안 그래? 그때도 역시 정부에서는 진압하기 위해서 군인들을 밀어넣을 수밖엔 없겠지. 그러면 당연히 충돌이 일어나게 되고, 나중엔 민간인들만 죽어 나자빠지게 되겠지. 그러면 그때도 역시 민주화라는 이름을 달라고 요구해도 되는 건가?"

"……."

종태는 이미 더 이상 할 말이 없었다. 담배를 꺼내 불을 붙였다. 목 안이 타는 듯이 칼칼했다.

"그런 생각은 하지 말게. 자네가 전두환이나 노태우를 처단하겠다고 하면 나도 할 말이 없네만. 이미 그 사람들은 죽은 목숨이야. 그리고 자네가 나서서 죽여봐야 잘했다고 박수칠 사람 하나도 없을 거네. 그 사람들도 결과적으론 대통령이 되고 싶어서 나섰다가 항거에 밀릴 것 같으니까 군인들을 투입시킨 것밖엔 없네. 이미 그 사건은 민주화라는 칭호를 얻었고, 두 대통령들은 감방에 들어가 있잖은가? 그래, 이제 다 끝난 것일세. 다시 그 사건을 들먹인다면 우리나라의 역사가 비참해질 뿐이네. 알겠는가?"

"그러나 전 그런 일이 다시는 일어나지 않도록 전두환이나 노태우를 죽이는 것이 어쩌면 경고가 될 수도 있을 것 같다는 생각이 듭니다."

종태는 마지막 고집을 꺾지 않았다. 그 말에 황 노인은 눈을 크게 떴다.

"어허, 이 사람. 결국 일 저지를 사람이네. 정말 그럴 텐가?"

황 노인은 종태를 노려보았다.

"하여튼 두 대통령들은 하나같이 권력과 돈에 눈이 어두웠던 사람들 아닙니까? 그 결과의 말로가 어떤가를 분명히 보여주고 싶습니다. 그래야만 그런 생각을 갖고 있는 사람들이 정신이 차릴 것 같습니다."

"……."

황 노인의 얼굴이 일그러졌다가 천천히 펴졌다. 얇은 입술이 떨리는 것인지 파들거렸다.

"전 이미 작정을 했습니다. 그래서 그걸로 어떤 경고를 주고 싶습니다. 더 이상 그 문제에 대해선 묻지 마십시오. 그리고 나서 쿤사로 들어가겠습니다."

"어떻게 할 생각인가? 자네."

황 노인의 목소리는 다소 누그러졌다.

"일단 교도소로 들어가서 틈을 볼 생각입니다. 전두환과 노태우가 각각 다른 교도소에 있으므로 두 번은 옮겨 다녀야겠지요. 그러나 그 두 사람은 꼭 내 손에 죽고 말겁니다."

"……."

황 노인은 안타까운 눈빛으로 종태를 쳐다보았다. 그는 떨리는 손으로 답배갑을 집어 한 개비 담배를 꺼내서 불을 붙였다. 황 노인의 입에서 가느다란 연기가 새어나왔다. 그는 멀거니 천정을 쳐다보며 담배연기를 내뿜었다.

"……."

종태 역시 어떠한 말도 할 수가 없었다. 그저 묵묵히 황 노인을 바라보고만 있었다. 한참 만에 황 노인이 담배를 비벼끄며 물었다.

"자신 있나?"

간단했다. 그러나 어떤 결의가 담긴 말이었다.

"네, 자신 있습니다. 저도 빵잽이 아닙니까? 그런 것쯤은 충분히 할 수 있습니다. 좀 시간이야 걸리겠지만…… 우선 완벽하게 교도관들을 사귀어놓고 나서, 그 다음엔 감쪽같이 일을 처리할 생각입니다."

"어떻게? 감방 안에서 어떻게?"

황 노인은 궁금해했다. 감방 안에 있는 전두환과 노태우를 죽일 수 있다고 장담하는 종태의 말이 믿기지가 않았다. 전두환과 노태우라면 독방에다 복도에는 교도관이 눈알을 부라리며 지키고 서 있을 게 분명할 터였다. 그런데 종태가 가능하다고 큰소리치는 데에 놀라지 않을 수 없었다.

"그건 들어가 봐야 알겠습니다. 그래야 어떤 방법이 가능한지, 또 어떻게 하는 게 가장 안전한 방법인지를 알 수 있을 겁니다."

"……?"

황 노인은 종태를 쏘아보기만 했다.

"그건 다 알아서 해결할 수 있을 겁니다. 감방 안이란 원래 허술한 곳이 꼭 있게 마련이지요. 안 그렇습니까?"

종태는 황 노인이 감방을 살아봐서 알 것만 같았다. 척하면 삼척이라고, 감방을 살아본 사람이라면 종태가 한 말이 어느 정도 일리가 있는 얘기라고 생각되어질 것이었다.

"그러나 쉽진 않지. 전직 대통령이 있는 독방엘 어떻게 접근하나? 말도 안 돼지. 아마 철통같이 지키고 있을 걸세. 차라리 그런 머리를 거기다가 쓰느니 다른 쪽으로 쓰는 게 나을 걸세. 자자, 이젠 그런 얘기 그만하세. 술이나 한 잔 하세. 어떻겠나?"

"아, 좋습니다."

종태의 말에 황 노인이 손바닥을 짝짝 쳤다. 그 소리를 듣고 나비처럼 달려온 마담이 허리를 깊이 숙였다.

"부르셨사옵니까."

"그래. 이제 이야기가 다 끝났으니까 아가씨 둘 좀 들어오라고 그래. 그리고 거하게 술상 좀 올리고."

"네, 알겠습니다. 회장님."

마담은 다시 허리를 숙여보이고는 밖으로 나갔다. 곧이어 두 아가씨가 들어왔다. 한복을 예쁘게 차려입은 아가씨들이었다. 나이는 그저 스물을 갓 넘었을 것 같은 영계들이었다. 화장을 해서인지 성장해 보이는 듯했다. 종태와 황 노인의 옆에 앉은 그녀들은 다소 냉랭한 분위기를 바꾸려고 애를 썼다.

"어머, 젊은 오빠. 멋있어!"

영계들의 애교를 받아가며 그들은 술을 마시기 시작했다. 좀 전에 있었던 이야기들은 간 데 없어지고, 황 노인과 종태는 기분 좋게 술을 마셨다. 남자들 세계의 이야기엔 여자가 있어선 안 된다 라는 것이 그들의 공통점이었다. 그들은 일체 술 마시는 것 외엔 다른 이야기는 하지 않았다.

차라리 그것이 더 나았다. 이미 굳어진 종태의 마음을 돌릴 수 없다고 판단한 황 노인은 제 풀에 꺾어지기만을 바랄 뿐이었다. 젊은 청춘의 한때를 그런 데에 소모하고 싶어 하는 종태가 안타까울 뿐이었다. 그럴수록 황 노인은 종태에게 더 많은 술잔을 권했다. 그것은 바로 종태에 대한 신뢰감이랄 수 있었다. 종태는 오늘따라 황 노인이 더 자주 술잔을 권해오는 것을 알 수 있었다.

양주를 털어 넣으면서 종태는 마음이 타는 듯이 아파왔다. 그러나 그걸 내색하지는 않았다. 자연히 더 많은 술잔이 자주 오고 갔다. 그들은 별로 말이 없었고, 영계들만 분위기를 맞추느라 옆에서 깔깔거렸다.

벌써 양주 몇 병이 비워졌고, 그동안 안주들이 몇 차례 들락거리며 들어왔다가 나갔다. 그래도 종태는 아직 술이 취하지 않은 듯했다. 황 노인 역시도 그런 것 같았다.

"자아, 우리 여기서 한 판 할까?"

황 노인이 느닷없이 그런 말을 꺼냈다.

"뭘요? 화투 치시게요?"

황 노인의 옆에 앉은 미희가 종알거렸다.

"아니."

283

황 노인이 흘흘 웃어댔다.

"……?"

종태는 황 노인을 쳐다보았다. 황 노인은 미희를 돌아보며 다시 흘흘 웃어대고 있었다.

"오늘 저 친구랑 같이 좋은 이야기를 나눴지. 그래서 기념으로 우리, 여기서 씹을 하잔 말일세. 기념으로 말이야. 저 사람과 나와의 돈독한 우정을 기념하기 위해서 파티를 하잔 말일세. 알아듣겠나?"

황 노인의 말에 모두들 깜짝 놀랐다. 황 노인의 옆에 앉은 미희도 그랬지만, 종태의 옆에 앉은 효령이도 참새처럼 입을 딱 벌렸다.

종태는 술잔을 들어 입으로 가져가며 황 노인을 바라보았다. 황 노인이 눈을 찡긋해 보였다.

"아이, 그게 무슨 말씀이세요? 씹이라니요. 회장님께서 갑자기 너무 취하셨나 보다. 호호호."

미희가 간드러지게 웃어댔다.

"어허, 참말이래두. 난 저 사람과 중요한 약속이 있었어. 그러니까 그걸 기념하자는 거지. 안 할 거야?"

황 노인은 옆에 앉은 미희를 쳐다보며 말했다. 그리고는 다시 건너편의 효령을 쳐다봤다. 황 노인의 말이 진담인 걸 알았는지 미희와 효령은 너무 기가 막힌다는 듯이 서로를 쳐다보고 있었다. 그런 면에선 아직 앳된 점이 남아 있는 그녀들이었다. 서로 얼굴이 붉어지는 그녀들이었다.

"어때? 할 거야? 안 할 거야?"

황 노인이 점잖게 꾸짖듯이 나무랐다.

"호호호, 회장님두. 이런 데서 어떻게 해요? 나가서 하지. 안 그래요?"

미희의 말에, 황 노인은 종태를 쳐다보며 말했다.

"자넨? 어떻게 생각하나?"

"저야 뭐…… 여기선 좀 그렇네요. 하하."

종태는 약간 어색한 듯이 말을 꺼냈다.

"어허, 이 사람. 그게 뭐 어떤가? 내가 늙었다고 괄시하는가?"

"아, 아닙니다. 그런 게 아니라……."

종태는 두 손을 휘저으며 부정을 했다.

"그럼 하세. 너희들은 어떻게 생각하나? 돈이야 얼마든지 줄 테니까. 됐어?"

황 노인의 말은 약간 취기가 들어 있는 듯했다.

"아닙니다. 오늘은 내가 내죠. 저번엔 어른께서 쓰셨지만, 오늘은 제가."

"하하, 아니네. 그럴 필요 없네. 어때? 됐냐?"

황 노인은 다시 미희와 효령이를 둘러보았다.

"……."

미희와 효령이는 서로 난처한 표정을 지으면서 망설이고 있었다. 사인이 맞았는지 효령이가 먼저 말을 꺼냈다.

"여기서요? 같이요?"

"그럼. 그렇게 하자는 거지. 뭐 밖에 나가서 해? 안 그래?"

황 노인은 그 말을 해놓고선 껄껄 웃었다.

"아유, 그런게 어딨어요? 이 방 안에서 어떻게 두 사람씩 같이 해요? 딴 방을 쓰면 되잖아요?"

이번엔 효령이었다.

"그럼, 의미가 없지. 난 분명히 이 방에서 같이 하자고 그랬어요. 어떻습니까?"

황 노인은 익살스러운 표정으로 좌중을 둘러보았다. 그제야 황 노인의 말뜻이 참말이라는 걸 깨닫고선 조용해졌다.

"이 상을 경계로 해서 자넨 그쪽에서 하고, 난 이쪽에서 하는 거야. 그러면 더 재밌고 스릴이 있는 거지. 같이 서로 보면서 하는 것도 좋잖아? 너희들도 누워서 서로 마주보면서 키들거릴 수도 있고. 핫핫핫."

"……!"

미희와 효령은 기가 찬다는 듯이 마주보았다.

"자, 시작하자구! 내가 이러는 건 다 뜻이 있어서 그러는 거야. 너희들은 내가 왜 이러는지 모르지. 자, 벗지."

286

황 노인은 옆에 앉은 미희를 껴안았다. 두 사람은 곧 키스를 시작으로 짙은 애무로 들어갔다. 황 노인의 일방적인 애무였다. 그러나 미희는 그걸 마다하지 않았다. 황 노인이 하는 대로 내버려두고 있었다. 그러면서 미희는 교태를 부렸다.

"아이, 부끄러워."

"부끄럽긴."

두 사람의 교태를 바라보고 있는 종태를 향해 황 노인이 소리쳤다.

"뭘해? 어서 하라고! 그리고 넌 방문 좀 잠궈라. 누가 들어오지 못하게."

황 노인의 말이었다. 그 말에 효령이가 일어나서 방문을 걸어 잠궜다. 종태의 옆으로 온 효령이는 앞쪽에서 벌어지는 일에 자극을 받아서인지 종태의 가슴으로 기대왔다.

"아이, 뭐해요. 우리도 같이 해요."

효령이의 목소리에는 교태기가 들어 있었다. 종태는 자신의 가슴으로 파고든 효령이를 껴안으면서 그녀의 작은 엉덩이를 만져보았다. 작고 탄탄해 보이는 엉덩이의 감촉이 만져졌다. 가느다란 팬티의 가장자리 윤곽이 손끝에 만져졌다.

"……"

효령이가 먼저 입을 맞춰왔다. 그는 그녀의 입술을 받아들여 혀를 내밀었다. 그러면서 그들은 자연스럽게 혀를 내밀어 서로의 혓바닥을 애무해 주었다. 꿀물 같은 시간들이 거기 혀 속에 녹아 있는 듯했다.

종태는 이미 달아올라 있는 효령의 가슴 속으로 손을 집어넣었다. 작고 단단한 육질의 봉숭아 같은 젖가슴이 만져졌다. 그는 손바닥으로 어루만지며 빙빙 문질렀다.

이미 황 노인 쪽은 더 짙은 애무로 들어가 있었다. 언제 눕혔는지 미희는 방바닥에 드러누운 자세였고, 황 노인은 그녀의 옷을 벗겨 내리고 있었다. 술상 위로 어렴풋이 보이는 미희의 세워진 다리가 보였다. 지금 마악 황 노인이 미희의 팬티를 끌어내리고 있는 중이었다. 하얀 팬티가 세워진 무릎 위에서 잠깐 보여졌다가 사라졌다.

"아이."

미희의 간드러지는 목소리가 흘러나왔다.

"잘 빠졌군 그래. 이게 얼마나 좋아."

황 노인은 그러면서 몸을 낮추었다. 그리고는 미희의 아랫도리에다 입을 갖다 대는 모양인지 미희의 숨찬 목소리가 들려나왔다.

"아이……."

황 노인은 늙은이답지 않게 서두르고 있었다. 미희의 벌려진 다리 사이로 얼굴을 처박고서는 부지런히 핥아대고 있었다.

"어이, 자네도 어서 해보게."

황 노인이 얼굴을 들고서는 이쪽을 돌아보며 말했다. 종태는 황 노인이 싱긋 웃는 걸 보았다. 이렇게 해보라는 뜻인 것으로 보여졌다. 종태는 멋쩍게 웃고는 다시 효령에게로 얼굴을 돌렸다.

'누워'

종태는 눈빛으로 그렇게 말했다. 효령이 눕자, 그는 그녀의 옷을 벗기기 시작했다. 얇은 한복을 벗겨내자, 하얀 살결이 드러났다. 그냥 맨몸에 브래지어만 걸친 채였다. 그는 다시 치마를 벗겨내고는 분홍색 팬티를 다리 밑으로 걷어냈다.

"흐음."

그는 짧은 신음소리를 냈다. 가는 다리와 가는 허리, 그리고 알맞게 솟아오른 둔덕이 보였다. 그녀의 둔덕에는 새카만 털이 보기보다 무성하게 자라나 있었다. 그는 손바닥으로 털의 감촉을 느껴보았다. 그리고는 엎드려서 그곳에다 입을 맞추었다.

"아……."

효령의 입에서 작은 소리가 튀어나왔다. 그는 다시 그녀의 다리를 넓게 벌리고는 혀끝을 내밀었다. 그녀의 꽃잎은 매우 작은 듯이 보였다. 그는 혀끝에다 침을 묻히고는 그녀의 꽃잎 속으로 밀어넣어 보았다. 혀끝에 만져지는 그녀의 수많은 주름살들이 부드럽게 느껴졌다.

이미 황 노인은 애무하는 것을 마치고 나서 옷을 내리고는

미희의 몸 위로 올라가고 있었다. 황 노인이 하는 것을 본 종태
는 웃음이 튀어나오려 했다. 저런 노인이 젊은 영계를 다루는
것을 보면서 한편으론 감탄스럽기도 했다.

"……."

종태는 효령이의 그곳을 벌려보았다. 연분홍빛 살결을 들여
다보면서 다시 혀끝으로 애무해 주었다. 효령이의 몸이 점점
거칠어지고 있었다. 그는 그녀의 젖가슴과 어깨를 애무해 주면
서 몸을 일으켜 뿌리를 들이밀었다. 꽉 끼는 듯한 감촉이 그를
즐겁게 해주었다.

그는 뿌리를 움직이면서 황 노인 쪽을 바라봤다.

"……."

황 노인이 이쪽을 바라보면서 눈을 찡긋했다. 종태는 황 노
인을 향해 웃어주고는 다시 자신의 일에 몰두하기 시작했다.
종태는 기분이 새로웠다. 이런 식으로 황 노인과 같이 서로 마
주보며 섹스를 하기란 처음이었다.

황 노인도 만만치 않은 듯했다.

노인이라고는 하지만 믿기지 않을 정도로 격렬한 섹스를 구
가하고 있었다. 미희의 몸부림치는 모습이 다 보였다. 미희가
밑에서 엉덩이를 쳐들면서 황 노인의 공격에 반격을 가하고 있
는 게 보였다.

이번에는 효령이가 엉덩이를 들썩거리며 반격을 해왔다. 종

태는 짜릿한 걸 느끼면서 더욱 거세게 내리쳐댔다. 그러다가 다시 그녀의 몸에 납작 엎드린 채로 그녀의 젖가슴을 애무해 주었다.

"어이, 파트너 한 번 바꿔보는 거 어떻겠나?"

황 노인이 얼굴을 들고서 이쪽을 바라보면서 말했다.

"……?"

종태는 난감했다. 여자들의 기분을 전혀 무시하고서 그런 말을 해오는 황 노인에게 좀 난처한 빛을 띠었다. 종태는 효령이를 내려다봤다.

"…….."

효령 역시 난처한 얼굴빛을 띠고 있었다.

"아이, 어떻게 그렇게 해요? 창피하게."

미희의 목소리였다. 마치 황 노인을 꼬집을 듯한 말투였다.

"어때서? 이미 우린 다 한 식군데. 안 그러냐? 그것도 재밌잖아."

"그래도……."

미희의 말꼬리가 잘려지는 걸 들으면서 종태는 황 노인을 쳐다봤다. 황 노인이 어서 일어나라는 투로 재촉해왔다. 이미 황 노인은 미희의 몸에서 일어나고 있었다. 황 노인이 먼저 일어나 이쪽으로 건너왔다. 종태는 할 수 없었다. 하던 동작을 멈추고는 어정쩡하게 일어났다.

291

"어서 가. 식기 전에."

황 노인은 완전히 명령조였다.

"그건 좀⋯⋯."

종태는 망설였다. 발가벗은 채로 누워 있는 효령을 내려다보았다. 한창 감흥이 돋아나고 있는 판국에 황 노인이 달려온 것이 조금 섭섭한 기분이 들었다. 효령은 종태를 보면서 그저 웃기만 하고 있었다.

"어서 가라니까. 달았던 게 식으면 맛 없어. 어서 가."

황 노인의 재촉에 그는 할 수 없었다. 곧장 일어나서 미희에게로 갔다. 미희는 그대로 누워 있는 자세였다.

"⋯⋯."

종태는 어색했다. 그래서 황 노인 쪽을 바라보았다. 황 노인은 벌써 애무를 시작했는지 얼굴을 처박고 있었다. 그러다가 종태가 있는 쪽을 쳐다보았다.

"아, 뭐해? 그러다간 다 식겠다. 일단 애무부터 해봐. 어서."

"⋯⋯."

종태는 할 수 없이 몸을 낮추었다. 그리고는 미희 벌려진 가랑이 사이로 얼굴을 집어넣었다. 이미 한 번 황 노인이 스쳐간 그곳은 질펀한 물기로 번져 있었다. 그는 좀 마음이 그랬지만 할 수 없는 일이었다. 입술을 갖다 대 핥아대기 시작했다. 황 노인이 오늘따라 이렇게 시키는 것에 대해서 그는 알다가도 모를 것만 같은 기분이 들었다.

기분이 좀 이상했다. 그러나 그는 어쩔 수 없었다. 이미 그의 눈앞에는 미희의 알몸이 고스란히 벗겨져 있는 게 아닌가. 젊고 싱싱한 영계인 미희의 알몸을 들여다보면서 또 다른 욕망이 용솟음치는 것이었다.

그는 천천히 애무를 해나갔다.

젖가슴과 아래쪽의 꽃잎을 번갈아가며 애무해 주다가 성난 뿌리를 계곡의 입구에다 갖다 댔다. 미끄러질 듯이 쉽게 들어간 뿌리는 들어가는 순간부터 격렬하게 움직여댔다. 물고기가 물을 만난 것 같았다고나 할까. 물고기처럼 파닥거리며 깊숙이 안으로 안으로, 들어갔다.

들어갈 때와 나올 때의 짜릿한 감촉이 그대로 다 느껴졌다. 효령이와 미희의 느낌이 달랐다. 그건 뭐랄까…… 말로 표현할 수 없는 그런 것이었다. 쫀득거리는 맛이 다르다는 걸 어떻게 표현할 수 있을까. 종태는 그런 기분이었다. 둘 다 미인 축에 들어가는 영계들이었지만 섹스의 맛은 달랐다.

효령이가 그저 밋밋한 맛이라면, 미희의 그것은 쫀득거리는 맛이 있었다. 남자란 여자의 그런 맛에 따라 황홀함이 배가 되기도 하고, 그 반대로 반감되기도 했다. 겉모양새만으로는 절대로 판단할 수 없는 은밀한 무엇이라고 말할 수 있었다.

똑같은 남자일지라도 여자가 느끼는 맛이 다르듯이 여자들

또한 그러했다. 둘 다 미끈하게 쭉 빠진 영계였지만 종태의 뿌리가 느끼는 맛이란 사뭇 달랐다. 종태는 다시 힘을 얻는 듯했다. 미희의 다리를 쩍 벌려놓고서 엉덩이를 들었다가 내리치는 힘이 점점 커졌다. 그는 다시 두 손으로 미희의 꺾어진 무릎께를 붙잡고선 무릎을 꿇은 자세로 공격해 들어갔다.

"아…… 좋아요."

미희는 얼굴을 찡그리며 목마른 듯한 소릴 냈다.

"……."

종태는 이번엔 그녀의 두 다리를 모은 채, 왼쪽으로 눕힌 상태에서 엉덩이를 찌를 듯이 공격했다. 꽉 다물어진 엉덩이를 뚫을 듯이 들어간 뿌리의 감촉이 남달랐다. 꽉 조이는 듯한 느낌이었다.

"아."

미희는 짧은 신음소리를 냈다. 종태는 점점 더 거칠게 공격하기 시작했다. 거칠게라는 표현은, 엉덩이를 높이 들었다가 세게 내려치는 걸 말함이었다. 한 번씩 엉덩이가 부딪칠 때마다 미희는 입을 쩍 벌렸다가 힘없이 다물곤 했다.

"하아…… 아."

종태는 미희의 낮은 신음소리를 들으면서 더욱 자극을 받았다. 황 노인을 돌아봤을 때, 황 노인은 효령이의 몸 위에서 아직도 움직이고 있었다. 노인이라는 말이 어울리지 않을 정도로 거세게 움직이는 소리가 들렸다.

"……."

종태는 연속적으로 뿌리 운동을 하고 있으면서 황 노인과 눈이 마주쳤다. 황 노인이 빙그레 웃는 것이었다. 황 노인 역시 효령이의 두 다리를 거머쥔 채로 무릎 자세로 공격하고 있다가 종태를 쳐다본 것이었다.

"어떤가? 기분이. 괜찮지?"

"……."

종태는 그저 웃었을 뿐이었다. 말을 한다는 것이 어색하게 생각되었다.

"서로 파트너를 바꿔가며 하니까 기분이 좀 틀리지?"

"네."

종태는 짧게 대답했다.

그들은 다시 웃음을 교환하고는 서로의 일에 몰두하기 시작했다. 종태는 자신의 뿌리가 더욱 단단해졌음을 느낄 수 있었다. 아까 황 노인과 대화를 한 것이 자극을 주었던 탓일까. 서로의 파트너를 바꿔서 섹스를 한다는 것이 쾌감을 불러일으키고 있었다.

"흐, 아, 흐, 아…… 흐으."

종태는 미희가 흐, 아를 반복하는 걸 내려다보면서 납작 엎드렸다. 이번엔 최대한 밀착한 상태에서 엉덩이만을 움직여서

295

뿌리를 들이박았다. 꽉 밀착된 몸과 몸의 감촉이 흥분을 고조
시켰다.

작은 구멍 속을 들락거리는 뿌리는 온통 물기로 가득 차 있
는 느낌이었다. 그는 마치 싱싱한 물고기가 물살을 거슬러 올
라가는 것처럼 활기차게 움직였다. 뿌리의 끄트머리와 옆쪽 부
분에서 질벽의 부드러움이 고스란히 다 느껴지고 있었다.

"으으……."

종태는 마지막 사정의 기미를 느끼며 최대한 빠른 동작으로
몸을 움직였다. 이미 그는 사정이 시작되고 있었다. 종태는 얼
른 황 노인을 쳐다보았다. 황 노인 역시 마지막 사정에 접어들
었는지 엉덩이를 재빨리 움직이고 있는 게 보였다.

"……?"

두 사람은 서로 사인을 맞추기라도 하듯이 똑같이 오르가즘
에 도달하고 있었다. 황 노인의 몸이 뚝 멈추는 것을 보면서 종
태는 갑자기 몸을 움츠렸다. 몸에서 뜨거운 것이 튀어나가는
걸 느꼈다.

"우우."

옆에서 황 노인의 사정을 하는 신음소리가 들려왔다.

"하아……."

종태는 미희의 몸 위로 풀썩 쓰러졌다. 마지막 사정이 아직
끝나지 않고 있었다. 그는 몸을 떨면서 모든 걸 뽑아냈다.

"……."

종태는 사정을 하면서 다시 한 번 황 노인을 쳐다보았다. 황 노인이 이쪽을 바라보다가 서로 눈빛이 마주쳤다. 두 사람 다 웃음이 튀어나왔다.

"거, 똑같이 쌌군. 아, 기분 좋아."

황 노인의 말에 종태는 대신 웃음으로 응수했다.

"멋지지 않은가? 어때?"

"좋습니다."

"한 번에 두 여자를 해치운다는 건 기분 좋은 일이지. 난 자네가 싸길래 얼떨결에 쌌어. 괜히 흥분이 빨리 오더군. 이것도 기분 좋은 일이지. 안 그런가? 핫핫."

"전, 어른께서 사정을 하는 걸 보고선 벌써 나오는 것 같던데요? 하하."

"그런가? 역시 자넨 센 친구네. 그렇게 오래 할 수 있다는 게 말일세."

"그렇습니까?"

그들은 그쯤에서 대화를 멈추었다. 그리고는 서로 밑에 있는 여자에게 마지막 뒤처리를 하느라 후희를 하고 있었다. 미희와 효령은 누운 채로 상 밑으로 눈길을 마주치고 있다가 웃었다.

"너, 재밌지?"

미희의 말에 효령이 쿡쿡, 웃었다.

"그럼 넌?"

"네가 먼저 말해. 내가 물었잖아."

"좋아."

효령이 그렇게 대답했다. 미희는 효령의 몸 위에서 황 노인이 젖가슴을 혀끝으로 핥아대는 걸 지켜보고 있었다.

효령은 누운 자세로 종태가 미희를 애무하는 장면을 지켜보고 있었다. 미희와 효령은 술상 밑으로 해서 남자들의 애무하는 장면을 바라본다는 것은 스릴 있는 일이었다. 마치 포르노 비디오를 보는 것보다도 더 짜릿한 감동을 던져주었다.

그들은 질탕한 섹스 파티가 끝나고 나서 다시 술자리를 시작했다. 이번엔 다들 알몸인 채였다. 황 노인이 먼저 그런 제안을 하자, 다들 그 제의에 따른 것이었다. 황 노인은 또 짓궂게도 미희와 효령에게 양반자세로 앉기를 고집했다. 그랬으므로 술을 마시면서 바라보이는 여자들의 앉은 자세란 그야말로 섹시한 모습이 아닐 수 없었다.

검은 숲이 그대로 다 드러나 보이고, 그 밑으로 약간 벌어진 듯한 계곡의 입국 같은 것이 보일 듯 말 듯했다. 황 노인은 한 술 더 떠서 술을 마시다가도 언제 손이 그 속으로 들어가 있었는지도 모를 지경이었다.

"어이, 자네도 그 속으로 손을 한 번 집어넣어 보게나. 술맛이 다르지. 손가락 끝에 느껴지는 축축한 물기가 술맛을 돋궈

주지 않겠나. 핫핫핫."

황 노인의 그 말에 효령이는 몸을 꼬며 코맹맹이 소릴 냈다.

"아이, 그러지 마세요. 자꾸 그러면 여자들도 나중엔 선단 말예요."

"서? 여자들도 서는 게 있나?"

황 노인이 효령에게 웃으면서 물었다.

"그럼요. 자꾸 약 올리면 서죠. 남자들 그게 서듯이 일어선단 말예요."

"핫핫핫. 그런가? 그 말도 일리가 있네 그래. 그럼 어때? 또 하면 되지. 안 그래?"

황 노인이 종태를 바라보며 웃었다.

"또 할 수 있습니까?"

종태가 황 노인에게 물었다.

"또? 핫핫. 그건 모르지. 이놈이 잘해주면 설 거고, 못 해주면 안 서겠지. 그건 다 여자한테 달렸으니까. 핫핫."

황 노인은 그러면서 효령이를 끌어안아 입을 맞추었다. 효령은 언짢은 기색도 없었다. 이미 파트너가 정해진 터였으므로 싫다고 해도 싫은 내색을 할 수가 없었을는지도 모르는 일이었다.

미희와 효령의 젖가슴은 다소 탱탱했다. 작고 단단한 젖가슴이 잘 빠진 몸매에 어울리도록 단단하게 매달려 있었다. 젖꼭지가 통통하게 부풀어 올라 있는 게 보기가 좋았다. 황 노인과 종태는 해가 떨어질 때까지 그곳에서 술을 마셨다. 벌써 양주가 다섯 병이나 비워지고 있었다.

종태는 정신이 약간 얼얼해졌다. 술힘이 오르는 듯했다. 황노인을 쳐다봤으나 그 노인은 전혀 일어날 기미를 보이지 않았다. 종태는 담배를 피워 물고선 몇 잔을 입안으로 털어 넣고 입을 열었다.

"어른님. 이제 일어나시죠."

"왜? 벌써 가려고?"

"시간도 많이 된 것 같고…… 이제 일어나시죠."

종태의 말에 황 노인은 껄껄 웃었다.

"천하의 종태가 술을 무서워해서야 쓰나. 어때? 밤새도록 마시면 어때? 안 그런가? 종태 자네도 몸을 사리는군. 왜? 양양에 내려와서 사람이 되려고 그러는 건가?"

"아, 아닙니다. 그게 아니고……."

종태는 손사래를 치며 겸손해했다.

"그럼 뭔가? 자네도 이제 좀 있으면 여기엔 없을 사람 아닌가?"

"……?"

종태는 황 노인을 쳐다봤다. 갑자기 정신이 드는 듯했다.

"자, 들어. 자넨 좀 있으면 서울 시집살이 하러 갈 사람이 아닌가. 너무 시간을 아까워할 필요가 없지. 나중엔 나하고 같이

300

술 마신 거 생각하면서 그리워할 날이 있을 걸세. 자네가 더 잘 알겠지. 그곳만큼 외롭고 고독한 곳은 또 없을 테니까."

"……."

종태는 할 말이 없었다. 황 노인이 말하는 것을 모르는 그가 아니었다. 바로 뺑끼통을 두고 말하는 것이었다.

"그곳에 가면 날 그리워할 걸세. 그리고 내 말도 기억날 거고. 아암, 기억이 나제. 자네가 아까 그 말을 꺼냈을 때, 사실 난 조금 떨렸네. 그러나 자네가 내가 반대한다고 해서 안 할 사람인가. 그래서 내가 요상한 술자리를 다 만들었네. 자네한테 보일 게 뭐 있겠는가? 우린 이 방에서 서로 구멍동서가 된 셈일세. 핫핫. 구멍동서가 되는 예식을 올린 셈이지. 맞지?"

황 노인은 미희와 효령을 번갈아 쳐다보며 물었다.

"아유, 선생님도. 점잖으신 말을 하시지. 구멍동서가 뭐예요. 호호."

효령의 말이었다. 그러자 미희가 다시 말을 거들었다.

"구멍을 같이 팠다고 해서 구멍동서라는 거예요? 그거 말이 되네요. 그렇지?"

미희는 효령에게 협조를 구하는 것처럼 웃어 보였다.

"글쎄 말야. 남자들은 그런 말 쓰는 게 좋은가 봐. 그냥 같이 섹스를 했다고 하면 안 돼요? 그런 말 놔두고 하필 구멍동서라고 그래요? 호호."

효령이 핀잔이라도 하듯, 황 노인에게 눈을 흘기며 말했다.

"같은 구멍을 팠으니까 구멍 동서라는 거지. 안 그런가?"

황 노인은 다시 종태에게 협조를 청해왔다.

"맞습니다. 구멍동서죠."

"요즘은 말일세. 말세라서 그런지, 이웃에 사는 남자들끼리도 서로 구멍동서가 되는 줄도 모르고 오로지 한 여자한테 정성을 갖다 붓지 않겠는가 말일세. 여자는 양쪽을 번갈아가며 노는데 남자들만 그 여자가 오로지 자신만을 사랑하고 있을 거라고 생각하고서 든든하게 생각하고 있다는 거지. 그거 참 우습지? 남자들이 맹추야, 그지?"

"아유, 선생님은 어째서 그런 말만 골라서 하실까?"

효령이 옆에서 핀잔을 주었다.

"가끔 나랑 만나는 서울 여자 하나는 글을 쓰거든."

"……."

황 노인의 말에 모두들 입을 다물고 귀를 세웠다.

"근데 그 년이 글을 쓴답시고, 이 놈, 저놈 만나면서 몸을 헤프게 쓰는 거야. 그래서 내가 그랬지."

황 노인의 말을 자르면서 효령이 끼어들었다. 일종의 말의 흥미를 돋우기 위해서 그러는 거였다.

"뭐라고요?"

"아하, 그래서 그랬지. 야, 넌 그러다가 나중엔 글 쓰는 놈들다 구멍 동서 만들겠다고 내가 그랬어. 그랬더니 그 년이 하는 말이 웃겨. 서로 꿩 먹고 알 먹으니까 피장파장이라는 거야. 나 참······."

그러면서 황 노인은 이맛살을 찌푸렸다.

"아, 그러면 됐네요 뭐. 그런데 선생님 애인이 그랬어요?"

"애인? 그것도 애인인가? 걸레지. 글 쓴답시고 칠락팔락 뛰어다니는 젖은 걸레일 뿐이지 뭐겠나. 핫핫."

듣고 있는 사람들은 모두 다 웃음을 터뜨렸다.

"배웠다는 년들도 더 그래. 서울에 가면 전화방이라는 데 있지? 그것도 다 할 일 없는 년들이 전화질해서 오입하는 거지 뭐냐. 남자들은 허리가 부러지도록 직장엘 나가서 일하는데 여편네들이 낮에 집안에서 전화질이나 해서 오입할 궁리나 하는 게 우리나랄세. 우리나라 만세지. 만세고 말고."

황 노인은 점점 낯빛이 창백해지는 듯했다. 아마도 열을 받는 모양이었다.

"아, 그럼. 우리 같은 영계들이 서울로 진출하면 되겠네 뭐."

미희가 효령에게 그런 말을 했다.

"맞아. 요조숙녀인 것처럼 요리조리 빼면서 남자들 약이나 올려주다가 슬쩍 몸 한번 주면서 팁이나 두둑하게 달라고 하면 되겠다아."

이번엔 효령이가 맞장구를 쳤다.

"얼씨구. 그래, 잘 논다. 너희들이 서울 가면 그쯤은 하고도 남겠다. 젊고 예쁘겠다, 싱싱하고 씹 잘하겠다, 나이는 또 많으냐? 그럼 서울로 가서 한 밑천 잡아도 되겠는 걸. 핫핫."

황 노인이 커다란 웃음소리를 냈다.

"그럼요. 이딴 시골에서 웃음이나 팔아가면서 돈 모아봐야 서울 가서 가게 하나도 못 차려요. 선생님."

미희가 엄살을 부리며 코맹맹이 소리를 했다.

"그래? 그럼 너, 아예 이번에 서울로 진출해라. 전화방에다다 전화 넣어놓고 눈 삔 놈들이나 기다리면 되겠어. 너 같은 애들한텐 눈 삔 놈들이 줄줄이 사탕이겠어. 그런 놈들 주머니 톡톡 털어서 가게 하나 차려라. 그럼 되겠제?"

황 노인이 맞장구를 치며 나오자, 미희와 효령은 더 이상 말을 하지 못했다. 그렇게 하라는 것인지, 아니면 하지 말라는 것인지 분간이 안 갔다.

"이제, 일어나시죠."

종태의 말에 황 노인은 조금 서운한 듯했다. 그러나 더 이상 고집을 부릴 수 없었던지 황 노인이 고개를 끄덕였다. 그리고는 황 노인은 주머니에서 수표 몇 장을 꺼내 미희와 효령에게 건네주는 것이었다.

"자, 오늘 수고한 값이네. 다들 기분 좋게 해줘서 고맙다고 주는 거니까. 서울 가서 그런 데 기웃거렸다간 신세 조져. 차라리 이런 돈을 버는 게 더 값어치 있는지도 몰라. 알겠냐?"

"저어, 오늘은 제가……."

종태의 말에,

"됐네. 이 사람아. 자넨 좀 있으면 큰집에 갈 사람이 아닌가. 그러면 내가 써야제. 안 그런가?"

"……."

종태는 내밀었던 손을 거두고 말았다.

황 노인이 건네주는 수표의 액수에 그녀들은 눈을 동그랗게 떴다. 그녀들은 서로 쳐다보면서 말을 잃은 듯했다.

그들이 밖으로 나올 때, 미희와 효령은 마치 하인처럼 굴었다. 큰 액수의 수표를 받아선지 곰살맞을 정도로 야들야들하게 굴었다. 구두를 신을 때, 밑으로 내려가 구두를 신겨주질 않나. 마당으로 내려섰을 땐, 황 노인과 종태의 어깨의 먼지를 털어주며 갖은 아양을 떨었다.

"언제 또 오세요. 꼭 오실 거죠?"

"아따. 난 또 올지 모르겠지만, 저 사람은 서울로 올라가면 못 올지도 몰라. 핫핫."

황 노인의 말에,

"그럼, 저 선생님은 다신 못 와요?"

그렇게 말한 건 미희였다. 미희는 종태의 얼굴을 쳐다보며 섭섭한 표정을 지었다.

"……."

종태는 아무런 말도 하지 않았다. 영계들은 그들이 차에 오를 때까지 옆에 서 있다가 차가 출발했을 때, 깊숙이 허리를 숙이며 인사를 올렸다. 다시 오라는 말과 함께.

밖은 벌써 어둠살이 내려깔리기 시작하고 있었다. 종태는 묵묵히 차를 몰았다. 양양 시내로 들어갔다가 양로원으로 가고 있는 중이었다. 옆에 앉았던 황 노인이 무겁게 말을 꺼냈다.

"이왕 늦은 셈이니, 어디 바닷가로나 가서 좀 얘기하다 감세."

"……."

종태는 알았다는 듯이 고개를 끄덕여 보이고는 힘있게 액셀러레이터를 밟았다. 차는 곧 미끄러질 듯이 나아갔다. 그러나 종태는 수산포로는 가지 않았다. 일부러 도화리 쪽으로 차를 몰았다.

"정말 그렇게 할 건가?"

황 노인의 말은 침묵하다 못해 겨우 새어나온 말인 것처럼 무겁게 울려나왔다.

"네."

종태는 앞쪽만을 바라보며 대답했다.

"……."

황 노인은 다시 입을 다물었다. 잠시 침묵이 흘렀다. 황 노인은 담배를 꺼내 불을 붙여 몇 모금을 빨고서는 다시 말을 던져 왔다.

"내가 도울 게 뭐 있겠는가?"

이번엔 다소 부드럽게 말을 하려고 애쓴 흔적이 역력하게 내 보였다.

"없습니다. 다만 나중에…… 그때 가서 필요하면 말씀드리죠."

종태는 단호하게 말을 했다.

"그러시게. 면회를 와달라면 내가 가지. 그리고 필요한 게 있으면 편지하게나. 나도 그곳 사정은 잘 아니까. 자네가 굳이 그곳을 택했다면 난 어쩔 도리가 없네. 나중에 나와서 나랑 같이 손잡고, 형님이랑 같이 일을 해봄세. 알겠는가?"

"좋습니다."

종태는 선선히 대답을 했다.

"난 자네가 나올 때까지도 여기 있을 걸세. 여기가 젤 안전한 곳이야. 여긴 사각지대나 마찬가지야. 양로원으로 찾아오게."

"네."

그들은 다시 침묵이 앞을 가로막았다. 곧 바다가 나타났다. 종태는 바닷가 근처에까지 차를 몰아가서는 세웠다. 바다 쪽에서부터 시원한 바람이 불어왔다. 그들은 차에 앉은 채로 묵묵히 담배를 피우고 있었다.

아직 바다 위로 서치라이트가 비춰지질 않는 것으로 보아 그리 어두운 시간은 아니었다. 좀 있으면 바다 위로 불빛들이 난무할 것이다. 종태는 키를 돌려 시동을 꺼버렸다. 차의 엔진음이 사라지고 나자, 조용한 파도소리가 들려오기 시작했다.

"고생이 많을 거네."

"……."

종태는 이미 알고 있었다. 뺑끼통 안이 얼마나 협소하고, 미치도록 갑갑한 생활이라는 것을…… 그러나 그 안에 갇혀 있다가 보면 언제 그랬느냐는 듯이 차츰 나아질 것이라고 생각하고 있었다. 이미 그는 어려서부터 그곳 생활에 익숙해 있었던 터라, 그리 겁낼 일은 아니라고 생각했다.

이미 모든 각오는 돼 있었다. 그걸 피하고서는 아무것도 할 수 없을 것 같았다. 어쩌면 그 안에서 살인죄를 뒤집어쓰고서 형장의 이슬로 사라질 수도 있는 일이었다. 만약 그렇다고 해도 그는 피하지 않을 생각이었다. 자신이 세운 계획에 조금이라도 회의의 빛이 스며들기 전에 그는 하루라도 빨리 일을 감행할 생각이었다.

"형님한테 자네 일을 보고해 두겠네. 그렇게 알게. 이번의 일이 쿤사에게 알려지게 되면 어쩌면 자넨 영웅 칭호를 얻게 될지도 모른다는 생각을 했네. 자네의 그런 용기가 나중엔 도리어 영웅이 되게 할지도 모르겠네. 아무튼 잘 해내길 바라네. 난

더 이상 자네의 생각을 그만두라고 하진 않을 것이네. 도움이
필요하면 언제든지 주저하지 말고 편지를 쓰게. 봉함엽서 알
지?"

"네."

종태는 대답했다. 봉함엽서란 감방 안에서 쓰는 편지를 말함
이었다. 편지를 써서 네모나게 접어서 봉함을 해서 바깥으로
부치는 편지였다.

"자네가 없어지고 나면 난 이곳에서 또 혼자 썩어야겠군."

"……."

"심심해서 어떡허나……."

"잘 계십시오. 몸 건강하시고요."

종태의 목소리도 어느덧 무거워지고 있었다.

"그래, 자네나 몸 건강하게. 난 바깥에 있으니까 염려할 필요
는 없고……."

"이제 가죠."

종태는 더 이상 이곳에 머무를 필요가 없을 것 같았다. 괜히
마음만 울적해질 것만 같아서 그 말을 했다.

"가세."

종태는 시동을 걸었다. 그리고는 헤드라이트를 켜고는 기어
를 넣었다. 손바닥에서 작은 경련이 일어나는 듯했다. 그러나
그는 태연하게 차를 운전하기 시작했다. 양양에까지 나갔다가

황 노인이 내리는 걸 보고선 차에서 내렸다. 종태는 황 노인에게 깊숙이 몸을 숙여 인사를 했다.

"잘 계십시오."

종태의 목소리는 잔뜩 물이 고인 것처럼 무겁게 들려나왔다.

"잘 가게."

그것으로 황 노인과의 아쉬운 작별의 시간이었다. 종태는 곧장 차에 올라타고는 기어를 넣었다. 기어를 넣는 순간, 차는 곧 빠르게 나아갔다.

"⋯⋯."

황 노인은 저만치 멀어지는 차의 뒤꽁무니를 바라보며 서 있었다. 한 젊은이의 철창행을 바라보면서 자신이 오랜 과거가 생각나는 것이었다. 돈을 벌기 위해 안간힘을 쓰며 서울 생활을 시작했던 순간들이 선연히 떠올라서 그는 눈을 슴벅거렸다.

'잘 가게. 불귀의 몸일랑 되지 말고⋯⋯.'

황 노인은 술이 깨는 걸 느끼면서 몸을 틀었다. 그는 서슴없이 발걸음을 옮겨놓으면서 양로원 정문 안으로 걸어 들어갔다. 양로원에는 방마다 희미한 불빛들이 새어나오고 있는 게 보였다.

"⋯⋯."

그는 방이 있는 데로 걷다 말고 그 자리에 서서 하늘을 올려다보았다. 희뿌연 달무리가 눈에 보였다. 황 노인은 갑자기 눈앞이 침침해지면서 마른기침이 쏟아져 나오기 시작했다.

19

안, 안녕

종태는 마음이 무거웠다. 곤히 자고 있는 지예를 바라보면서 자신의 앞길을 생각한다는 것이 괴로운 일이었다. 벌거벗은 채로 알몸뚱이로 자고 있는 지예의 몸매를 보면 볼수록 세상에 대한 미련 같은 것이 남았고, 달디단 꿀물과도 같은 지예를 내팽개치고 다시 어둠의 자식으로 돌아가야 하는 자신의 처지가 한심스러웠다.

그는 가볍게 한숨을 뱉어냈다. 뺑끼통 안의 영어 생활이 힘들고 어려워서가 아니라, 젊은 나이에 그곳에 들어가 썩어야 한다는 세월이 그저 막막해서였다. 어젯밤 종태는 지예를 늘씬하게 죽여 놓았다. 마치 하루하루가 죄어오는 사형수의 마음이라고나 할까. 언제 그곳으로 떠날지도 모르는 그에겐 하루의 시간이 곧 급했다.

그래서 그는 어젯밤 지예와 섹스를 하면서 뿌리가 얼얼할 정도로, 엉덩이의 살점을 누르면 아플 정도로 무지막지하게 죽여놓았던 것이다. 이때까지 자신이 알고 있는 갖가지의 온갖 체위를 다 망라해가며 진땀을 빼냈었다. 이제 시간이 얼마 남지 않았다는 강박관념 때문이었을까. 질리도록 섹스를 했는데도 그는 곧 사정이 되지 않았다.

벌써 아침 햇살이 창문을 타넘어 들어오고 있었다. 커튼 끝자락에 묻은 햇살이 눈부시게 보였다. 마치 실루엣처럼 명암을 가진 커튼의 끝자락을 보면서 그는 시간과 세월의 아픈 흔적을 더듬고 있었다.

행복이라는 것은 곧 피흘림과 투쟁이 연속에서 얻어지는 것이라는 것을.

그는 아주 어렸을 때부터 삶이 곧 투쟁이라는 것을 몸소 익혀왔는지도 모른다. 공부가 그랬고, 가난한 시골의 삶에서 부대끼면서 스스로 그러한 삶의 철학이 몸속 깊숙이 박혀버린 것인지도 몰랐다. 이겨야 산다는 식의, 가방끈이 짧으면 힘이라도 세어야 한다는 식의 자기 방어가 자신도 모르게 터득되어버린 것인지도 몰랐다.

사실 그는 초등학교 때만 해도 공부에 뒤지지 않았다. 고학년으로 올라가면서 점점 떨어지기 시작해서 중학교의 중퇴를

끝으로 그는 완전히 공부와는 담을 쌓았다. 그리고부터 그는 주먹세계를 관심 있게 들여다보기 시작했고, 주먹세계라는 것이 머리는 없는 상태에서 무조건 힘만으로 밀어붙이는 동네와 읍내의 형아들의 무식함을 엿보게 되면서 자신의 머리를 믿게 되었는지 모른다.

주먹이란 것도 머리가 따라야 클 수 있는 것이었다.

머리에 든 것이 없는 주먹이란 무쇠와도 같았다. 단단해 보일 것만 같았어도 막상 깨어질 때는 질그릇과도 같은 것이었다. 종태는 열여섯 살부터 그러한 것을 깨닫기 시작했다. 주먹이란 머리가 있어야 힘이 배가되는 것이라고. 그리고 사실 그러했다. 주먹을 다스리는 머리가 없는 놈은 항상 사고만 쳐서 용맹함만을 가지고서 감방에나 들락거린 훈장만으로 주먹세계의 자리를 지킬 뿐이었다.

그는 다른 주먹잽이들과 달랐다. 그래서 그랬는지 그는 제법 빠른 시일 안에 주먹세계를 거머쥘 수 있었다. 주먹세계란 우리 사회의 어느 곳이라도 다 건드릴 수 있는 이점이 있었다. 정치판에도 끼어들 수가 있었고, 사회적으로 저명한 인사의 해결하기 어려운 문제에도 끼어들 수 있었다. 가령, 부채는 물론이었지만 남녀 관계의 불륜에까지 끼어들어 깨끗한 해결사의 노릇까지도 할 수가 있는 것이 주먹잽이들이었다.

불륜의 현장을 목격한 저명인사의 청탁을 받아 극비리에 상대 남자를 만나 간단한 협박 한 마디면 모든 것이 해결될 수 있는 것이었다. 사람이 목숨을 건드리겠다고 하면 어느 누구라도 몸을 움츠리게 마련이었다. 칼끝이 목에 깊숙이 들어와 있는 상태에서 불륜을 계속 고집할 놈은 이 세상에 하나도 없었다.

초창기에는 그는 닥치는 대로 돈을 모았다.

불륜이나 사업상의 부채 관계라던가, 심지어는 대형 건설현장의 어깨잡이로 군림하면서 뒤를 봐주는 것으로도 충분한 대가를 거머쥘 수 있었다. 그러나 나중에는 점점 의식이 넓어지면서 그러한 일에선 손을 떼게 되면서부터 순수한 주먹잽이로 돌아선 그였다.

주먹이란 의리와 순수한 배짱만으로 조직원들을 다스려야만 더 큰 힘을 발휘할 수가 있었다. 그것을 보고 따라오는 조직원들의 용맹함이란 죽음까지도 불사하는 것이었다. 그것이 순수성의 크나큰 힘이랄 수 있었다.

"……."

그는 죽음을 수없이 넘나들면서 칼의 춤을 너무나도 많이 봐왔기 때문에 죽음이라는 것에 대해선 별로 무서울 게 없었다. 그러나 세상의 모든 열락을 포기하고서 감방 안으로 들어가 처박혀야 한다는 것이 괴로운 일이었다.

지금 그의 옆에는 지예가 알몸인 채로 누워 있었다. 어젯밤의 힘든 섹스 때문이었는지 지예는 가는 코를 골며 잠들어 있었다. 여자가 가는 코를 골면서 자는 모습을 바라보는 종태의 마음속엔 자꾸만 불길한 예감 같은 것이 솟구쳐 올라오곤 했다. 그는 그런 불길함을 떨쳐버리기 위해 머리를 세차게 흔들었다.

'아냐. 결국은 한 번은 갔다 와야 돼'

그러다가도 그는 언제 그랬느냐는 듯이 다른 생각이 머리에 떠올랐다.

'아, 이런 여자를 놔두고 갈 수가 없지……'

여자란 곧 세상의 기쁨과 슬픔이었다. 미끈하게 잘 빠지고, 밤마다 질펀하게 놀 수 있는 젊은 여자의 알몸뚱이를 팽개치고 스스로 자수하다시피 사건을 저지르고 수갑을 차고 감방으로 들어가는 건 차라리 죽기보다 싫었다.

그에겐 죽을 때까지 다 써도 남아도는 돈이 있었다.

그리고 아직은 싱싱한 젊음이 있었다.

무엇이 아직도 부족한가.

그는 부족할 것이 없었다. 그런데 스스로 죄를 저지르고 그 속으로 들어가서 찬 마룻바닥에 앉아 있어야 한다는 것을 생각하면 마치 자신이 지금 그러고 있는 것처럼 절로 마음이 아파 왔다. 어려서부터 수없이 들락거린 그곳의 생활이 꽤나 익숙하긴 했지만, 막상 들어갈 것을 생각하면 소가 도살장으로 들어가는 듯한 기분이었다. 그곳은 자유가 없다는 것이 제일 무서운 것이었고, 젊은 나이의 그에게 있어선 그곳에 여자가 없다는 것이 가장 괴로운 일이 아닐 수 없었다.

젊음은 곧 섹스였다.

이미 섹스의 깊은 맛을 알고 난 그로선 어쩔 수 없는 현실적인 문제이기도 했다. 전에는 그나마 조직을 키우느라 가끔 한 번씩 몸을 푸는 정도로 몸 관리를 해왔을 뿐이었지만, 지금의 그는 여자 없이는 살 수 없을 것만 같았다. 섹스란 하면 할수록 더욱 윤이 나는 구리와도 같았다. 잘 닦지 않으면 금방 푸른 녹이 슬어 곧 잊어버리게 되지만, 자꾸 쓰면 쓸수록 더욱 걷잡을 수 없이 치닫게 되는 것이 바로 섹스였다.

그는 현재의 젊음과 앞날에 일어날 일 사이에서 혼란이 일어나고 있었다. 그대로 주저앉아 있는 건 남자로서의 할 일을 못 다한 것 같은 생각이 들었고, 앞날을 생각하면 한 번은 감방을 갔다 와야만 자부심 같은 게 생길 것만 같았다. 그것은 자신에 대한 재확신일 수 있었다.

'그래. 이미 난 한 번 죽은 목숨이야. 어차피 치를 건 치르고 나서, 다시 어떤 일을 해봐야지'

그는 황 노인이 제의했던 쿤사 조직을 염두에 두고 있었다. 차라리 국제적으로 놀고 싶었다.

그런 생각을 하자, 그는 더욱 마음이 급해졌다. 하루라도 빨리 모든 일을 정리하고서 다시 서울로 올라갈 생각이었다. 그

316

래서 전두환과 노태우가 수감되어 있는 관할 구역에서 사고를 쳐서 지극히 자연스럽게 전두환이나 노태우가 갇혀 있는 교도 소로 들어가야 할 것이었다.

"……."

그는 지예를 돌아보았다. 지예는 세상모르게 곤히 잠들어 있었다. 더웠는지 얇은 이불을 걷어차 그녀의 알몸이 다 드러나 있었다. 길게 쭉 뻗어내린 다리가 자신의 한쪽 다리를 옭아매고 있었다.

그는 손으로 그녀의 엉덩이를 어루만졌다. 매끄러운 감촉이 느껴졌다. 작고 단단한 엉덩이를 쓰다듬으면서 점점 밑으로 내려가며 어루만졌다. 항문이 있는 부분에서 그는 오래도록 머물렀다.

"응? 깼어?"

지예는 종태의 손길을 느끼면서 부시시 눈을 뜨는 중이었다.

"응."

"……."

지예는 그가 자신의 어느 부분을 어루만지고 있는지를 알고 있었다. 그대로 가만히 있었다. 그녀는 좀 더 종태의 가슴으로 다가들며 파고들었다.

종태는 그녀의 한쪽 다리를 들어 자신의 허리께에 올려놓고는 벌어진 다리사이로 손을 집어넣었다. 그녀의 보슬거리는 털이 만져졌다. 그리고 그 속에 감춰진 계곡에서는 지금 한창 물기가 올라오고 있는 중이었다. 그의 손에 흥건한 물기가 만져졌다.

"……."

이미 지예는 알고 있는 듯했다. 그가 무엇을 원하고 있는지를. 싫지 않았으므로 그녀는 내버려두고 있었다.

그의 손길은 언제나 우악스럽고 따뜻했다. 거친 듯하면서도 부드러움을 담고 있었다. 그의 손이 닿는 곳마다 지예의 피부는 민감하게 반응하고 있었다. 푹 자서일까. 그녀는 다시금 새로운 성욕을 느끼며 그가 들어오기를 기다렸다.

"나, 서울 가서……."

종태는 손으로 애무하면서 말을 꺼냈다.

"응. 왜? 또 서울 가?"

"응."

지예는 종태의 얼굴을 쳐다봤다. 지예가 웃으려고 그랬을 때, 종태는 얼른 말을 하기 시작했다.

"그래서 그래. 여기서 나를 기다릴 수 있나?"

종태의 말에 지예는 그저 웃었다. 그리고는 평상시처럼 그를 껴안았다.

"그럼. 내가 여기 있지, 어딜 가? 며칠 있다 올 건데?"

지예가 물었다.

"그건 모르겠어. 이번엔 좀 길어질지 몰라. 어때? 기다릴 수 있나?"

종태는 다시 확인이라도 하듯이 물었다.

"그럼. 내가 누굴 기다려? 왜 그런 말을 해?"

"아니. 그냥 해본 소리야. 됐어."

종태는 그 말을 하고선 더욱 적극적으로 그녀를 애무하기 시작했다. 이미 흥건해진 그녀의 사타구니를 손가락으로 씻어내며 계곡을 오르락내리락 거렸다가 젖가슴에다 입술을 갖다 대고는 돌기를 핥아대기 시작했다. 둥근 젖가슴을 한 입에 베어 물듯이 삼켰다간 혀끝으로 톡 튀어나온 부분을 살금살금 간지럽혔다.

"아!……."

그녀는 작은 소리를 지르면서 몸을 비틀어댔다.

이번엔 그는 그녀의 밑으로 내려가 입술을 갖다 댔다. 무성하게 자라나 있는 그곳을 핥다가 점점 더 깊숙이 계곡 속으로 들어갔다. 얇은 살결이 혀끝에 만져졌다. 그는 주름진 그곳을 낱낱이 핥아주면서 맑은 물이 솟아나오는 움푹 패어진 속으로 혀끝을 밀어 넣었다.

"하아!"

그녀는 짧은 탄식을 토해내며 종태를 꽉 껴안았다. 엉겁결에 끌어안은 그녀의 힘에 이끌리듯 그가 밀착되면서 그녀의 알몸을 끌어안았다. 온통 미끄러움으로 가득 찬 그녀의 알몸이었다. 이미 그의 뿌리는 인정사정없이 치솟아 있는 상태였다. 그녀의 아랫배에 가 닿은 뿌리는 찌를 듯이 꼿꼿이 서 있었다.

"빨리 해줘."

그녀는 조금 숨이 가쁜 듯했다. 마치 칭얼대듯이 달려들고 있었다. 종태는 옆으로 누운 상태에서 그의 뿌리를 밀어 넣었다. 그녀의 한쪽 다리를 자신의 허리 위쪽으로 올려놓았으므로 뿌리는 쉽게 들어갔다. 일단 들어갔다고 생각되어졌을 때, 그는 조금씩 몸을 움직이며 쳐들어갔다. 침대가 출렁거리면서 그가 하는 행동을 도왔다. 그리 힘들이지 않고도 섹스가 가능했다.

그는 그녀의 입술에 입을 맞추었다. 그러면서 아랫도리는 계속 움직이고 있었다. 위쪽과 아래쪽을 동시에 공격해 들어가는 동안, 지예는 벌써 한창 달아올라 있었다.

"아, 사랑해."

지예는 목이 마른 것처럼 숨 가쁘게 말을 토해냈다. 아침잠이 깨어날 무렵의 젊은 성욕이었다. 마치 기다리기라도 했듯이 그녀는 낙지처럼 달라붙어서는 그를 꼼짝 못하게 만들었다. 그러나 아무런 소용이 없는 일이었다. 그녀의 팔다리가 그의 몸뚱이를 옭매일수록 그는 더욱 달아날 듯이 움직여댔다. 나중엔 종태의 엉덩이까지 붙잡았지만 그것 또한 소용없는 일이었다. 그의 허리의 힘이 무지막지했다.

"아아······."

그녀는 즐거운 비명소리를 질렀다. 잠이 마악 깨어날 무렵의 기습적인 공격에 숨조차 돌릴 수 없는 지경이었다. 그녀는 가쁜 숨을 쉬며 헐떡였다. 그의 얼굴이 다가와 입을 덮어버렸다. 그녀는 질식할 것만 같았지만 그런 것만은 아니었다. 그녀는 그의 등짝을 거머쥔 채로 힘껏 끌어당겼다.

"하, 아."

종태의 아랫도리는 쉴 새 없이 움직였다. 그녀가 등짝을 붙잡았지만 소용이 없었다. 한 번씩 끌어올리듯이 뿌리를 축으로 해서 그럴 때에는 질벽이 온통 무너지는 듯한 쾌감이 느껴졌다. 마치 걷잡을 수 없도록 무너지는 흙더미처럼 그녀는 무너져내렸다. 쾌감이란 그랬다. 하나의 세포가 느낀 쾌감이 곧 연쇄반응을 일으키며 핵폭탄처럼 순식간에 번져나갔다.

그는 실로 미친 듯이 날뛰었다. 마치 탄력 있는 공이 통통 튀어 오르듯이 지예의 아랫도리를 밀어붙였다가 떨어지곤 했다. 밀어부칠 때의 그 힘이 얼마나 셌던지 한 번씩 그럴 때마다 그녀의 꽃잎이 자지러지는 듯한 쾌감이 산산이 부서져 내렸다.

그의 뿌리는 굵고 단단했다. 마치 쇠함마 같은 것이 내려치는 듯한 기분이었다. 그의 둔덕이 그녀의 둔덕에 맞부딪쳐 올 때마다 그녀는 약간의 통증을 느꼈다. 둔덕의 살이 충격으로 인해 짓무르는 듯한 기분이 들었다.

"아, 좋아요. 좋아. 오늘 너무 좋아."

지예는 말을 함부로 지껄여댔다. 정신이 있어서라기보다는 차라리 정신이 없이 하는 말이었다.

"……."

그는 오로지 그것에만 몰두하는 사람처럼 굴었을 뿐이었다. 허리의 힘을 이용해서 최대한 깊숙이, 그리고 최대한 거세게 밀어붙이는 것에만 온통 정신을 쏟아 붓고 있었다.

"아, 으으……."

그는 젖가슴을 빨던 입을 떼고는 잇몸소리를 냈다. 그의 몸이 부들부들 떨리는 것으로 봐서 곧 사정이 임박한 듯했다.

"싸요? 그럼…… 아, 싸요. 됐어요……."

그러면서 지예는 허리를 번쩍 치켜들어 그의 동작을 도왔다. 재빠르게 움직이는 그의 아랫도리에 맞춰 그녀 역시 허리를 움직여댔다. 반동의 힘이 더욱 커진 셈이었다. 둘 다 서로 몸을 맞부딪치면서 헐떡였다.

"아!"

그는 외마디 소리를 내지르면서 온몸에서 힘이 빠지는 모양이었다. 곧 이어서 뜨거운 것이 그녀의 몸속으로 들어왔다.

"아아."

지예는 그가 자신의 꽃잎 속에 사정을 하는 것이 지극한 쾌감을 던져주었다. 뜨거운 느낌도 그랬지만, 그것보다는 사랑하는 남자의 정액을 고스란히 받아들인다는 의미가 더 컸다. 마치 남자의 정열의 진액이 고스란히 다 들어오는 느낌이었다.

그들은 곧 조용해졌다.

온몸의 힘이 다 빠져나가고 난 뒤의 나른함만이 남아 있었다. 지예는 그의 몸을 끌어안은 채로 쓰다듬어 주었다. 그의 몸은 온통 땀으로 젖어 있었다. 그건 지예 역시 마찬가지였다. 그의 몸에서 흐른 땀인지, 아니면 자신의 몸에서 난 땀인지 몰랐다. 두 사람의 몸은 땀으로 밀착이 돼 있었다. 그가 조금만 몸을 움직여도 땀으로 인해 살과 살이 미끈거렸다.

"아, 좋았어……요."

지예는 목마른 듯한 소릴 냈다.

"그래, 좋았어……."

종태는 고개를 끄덕이며 말을 했다. 그리고는 다시 그녀의 젖가슴에다 입술을 갖다 댔다. 달콤한 향내가 나는 것이었다. 자신의 침이 묻어 있을 그곳은 마치 포근한 요람 같았다.

"……."

지예는 숨을 고르면서 그의 혓바닥의 감촉을 가슴 속으로 느끼고 있었다. 간질거리면서 살금거리는 혓바닥의 움직임에 따라 그녀의 젖가슴은 녹아나는 듯했다. 사람의 살갗 중에서 가장 예민한 곳이 있다면 바로 젖가슴과 사타구니 가장 안쪽일 것이었다.

323

지예는 눈을 뜨지 않았다.

그가 좀 더 오래도록 해주기를 바라고 있었다. 섹스가 끝난 뒤의 그런 애무가 더없이 좋아졌다. 가능하다면 더 오래, 어쩌면 밑에까지 해주기를 바랐다. 그가 사정을 한 곳에까지 입술을 갖다 대서 핥아준다는 것은 여자로써 느낄 수 있는 최상의 애무랄 수 있었다.

그러나 그는 젖가슴에서만 머물렀다. 그래도 그녀는 충분히 만족스러웠다. 꽃잎이 뻐근해지도록 밀어부친 그의 정성과 노력과 힘을 찬양하지 않을 수 없었다. 대개의 남자들은 안 그랬다. 대충 깔작거리다가 푹, 사정을 해버리면 그만이었다. 제풀에 흥분이 돼서 혼자 사정을 해버린다고나 할까. 그러고 나면 지예는 약간 짜증이 돋았다. 말하자면 스트레스랄 수 있었다.

그렇다고 짜증을 낼 수 있는 게 아니었다. 자신은 어디까지나 돈을 받고 몸을 빌려주는 여자이었으므로 고객에게 짜증을 드러낼 수는 없는 일이었다. 대개 그런 남자일수록 자신의 무능함 때문인지 더 많은 팁을 내놨다. 지예는 그걸로 만족하는 수밖에 없었다.

그러나 종태와의 섹스에서는 완전히 달랐다.

그는 완벽한 섹스를 할 줄 아는 남자였다. 물론 힘도 있었지만, 여자의 꽃잎을 철저하게 짓이겨대는 기술이 남달랐다. 어느 한 곳으로만 공격을 하다가도, 갑자기 뿌리를 축으로 해서

324

빙빙 돌리면서 좌 삼삼, 우 삼삼 식으로 공격을 해오기도 했다. 그럴 때마다 지예는 자신의 질벽이 개벽이라도 하는 듯이 황홀의 극치점으로 가 닿는 듯한 쾌감을 받곤 했다. 짜릿할 때의 기분이란 무엇으로 표현할 수 있을까?

깜박깜박 정신을 잃었다가 겨우 이어진다고나 해야 할까. 한 줌도 안 되게 물이든, 먼지로든 녹아 내려 버리고 싶은 마음이라고나 해야 할까. 연기처럼 푸르르 사라져버리기라도 하고 싶은 마음이라고나 해야 할까. 마치 증류수처럼 흔적 없이 사라져 버리고 싶은 건 사실이었다. 그래서 그의 몸속으로 숨어 들어가 이 세상에 존재하고 싶지 않은 그런 마음이었는지도 모른다.

그와의 섹스가 끝나고 나면 지예는 완전히 녹초가 되었다. 온몸의 뼈마디가 나른해지면서 기능을 완전히 잃어버린 것 같은 무력감이 엄습해왔다. 잔잔한 물살에 흔들리는 조각배처럼 한참 동안을 가만히 누워 있어야만 겨우 제정신으로 돌아왔다. 그런 나른함 속에 갇혀 있다는 것이 바로 섹스가 끝난 뒤의 깊고 푸른 여운이었다.

무언지 모를 정도로 걷잡을 수 없는 황홀감이 온몸의 신경을 느슨하게 만들었다. 그녀는 종태의 가슴 속에 얼굴을 묻고서는 그의 등을 끌어안았다. 그리고는 이번엔 그녀가 종태의 가슴을 핥아주었다. 땀을 흘려서인지 그의 가슴판에서는 짠내가 났다. 그러나 그런 것까지도 그녀는 좋게 느껴졌다. 그것은 바로 남자의 순수한 체취라고 생각되어졌다.

"언제 갈 건데?"

지예가 물었다.

"빨리 갔으면 좋겠어."

"……?"

지예는 말없이 그를 쳐다보기만 했다. 빨리 갔으면 좋겠다는 말이 서운하게 들렸던 모양이었다. 그리고 간다고만 했지, 언제 온다는 말은 없었던 것이 결국은 서운하게 했다.

"언제 오는데?"

지예가 물었다.

"그건 모르지."

종태는 그렇게 말을 하고는 담배를 꺼내 피웠다. 길게 몇 번 연기를 뿜어내면서 지예의 시선을 피해서 창문 쪽을 바라보고 있었다.

"그럼 언제 와? 그렇게 말하면 어떡해? 난 무서워 죽겠는 걸. 이힝, 무섭단 말야."

지예는 투정을 부리듯이 종태의 팔을 붙잡았다.

"못 돌아올지도 몰라. 큰일이거든…… 그래서 그래."

종태는 그 자신을 이해할 수 없었다. 그런 말을 쉽게 내뱉을 수 있다는 것이…… 그는 말을 뱉어냄과 동시에 한편으론 속이 후련하다는 느낌이 들었다. 결국은 언젠가는 그 말을 해야만 할 것 같았다. 그는 이제 더 이상 망설이지 않으려고 그랬다.

"무슨 일인데 그래? 그럼 왜 못 와? 싸우러 가는 거야?"

"······?"

종태는 휙 그녀를 쳐다보았다. 그녀의 눈빛과 정면으로 마주쳤다. 지예는 얼떨결에 내뱉은 말에 스스로 당황하고 있었다. 종태가 평소에 하는 걸로 봐서는 그냥 평범한 남자가 아니라는 것쯤은 그녀도 알고 있었다. 그래서 혹시나 해서 물어본 말이었다. 그런데 종태의 눈빛이 빛나는 걸 보고서는 일순 당황되는 것이었다. 그녀는 혹시 자기가 말을 잘못한 건 아닐까 하는 조바심이 들었다.

"아니. 못 온다고 하니까 그래."

지예는 얼버무렸다. 그럴 수밖에 없었다. 혹시라도 종태가 언짢아 할까봐 내심 졸아드는 기분이었다.

"어쩌면 못 올지도 모르지······."

종태의 말에 지예는 다소 답답한 감을 느꼈다. 마치 혼잣말처럼 뇌까리는 종태의 그런 태도가 이상하기만 했다. 그러나 종태의 어딘가에 숨은 듯한 결의가 내비치는 것만 같아 다소 불안했다.

그동안 숱한 육체의 관계를 가지면서 어느덧 끈끈한 정이 들어버린 그녀였다. 그가 없이는 단 하루도 견딜 수 없을 정도였다. 비단 섹스 때문만은 아니었다. 물론 그와의 섹스도 그러했지만, 그보다는 더 깊은 정 때문이었다. 오다가다 만난 사이였지만 그래도 지예는 마음을 붙일 수 있는 유일한 남자로써 생각하고 있었다.

아직 지예는 종태에 대해서 정확히 알지 못했다. 단지 어느 만큼의 넉넉한 돈이 있을 거라는 것과, 남자다운 데가 엿보이는 것이 첫 번째로 마음에 들었다. 그 남자다움이란 바로 좀 전에 지예가 불쑥 말한 것처럼 어쩌면 종태가 건달축에 끼이지는 않을까 하는 생각이었다. 그의 모든 행동이 여느 남자들과는 다른 데가 있었다. 무서움을 모르는 듯한 강인함과, 어떤 일에 있어서든지 대차게 밀고 나가는 그런 모습에서 지예는 건달과도 같은 인상을 받곤 했다.

"왜 못 온다는 거야? 무슨 일이 있어? 나, 답답해."

지예는 좀 짜증을 냈다. 그가 그토록 말을 하지 않는 것이 불안스럽기까지 했다.

"차차 알게 될 거야. 넌 나를 알면……."

종태는 입을 다물어버렸다.

"왜? 알면 안 돼? 어째서 그래?"

"난 조용히 살고 싶은 사람이야. 그래서 아무한테도 말하고 싶지 않은 거라고. 지예, 네가 알면 좋을 게 하나도 없는 놈이라니까. 더 이상 묻지도 말고, 알려고도 하지마. 알았지?"

"……."

종태의 말에 지예는 입술을 삐죽 내밀었다. 다소 불만스런 표정이었다. 그러나 깊은 불만이라기보다는 얕은 불만에 지나지 않았다. 종태가 뭔가를 가슴 속에 숨겨놓고선 자신에게는 털어놓지 않는 것에 대한 일종의 추궁 같은 것이었다.

"나를 사랑하나?"

종태가 느닷없이 그런 질문을 했다.

"응, 사랑해. 왜?"

"그럼 됐어. 내가 사고를 치더라도 면회는 올 수 있겠지?"

"......?"

지예는 종태를 빤히 쳐다봤다. 약간 입이 벌어져 있었다. 그게 무슨 말이냐는 뜻이었다.

"해결할 일이 있어서 그래. 잘못되면 뼁끼통엘 가야 되니까 미리 말해두는 거야. 뼁끼통 알지?"

"......."

지예는 고개를 끄덕였다. 안다는 표시였다.

"면회를 올 수 있어?"

"......."

지예는 다시 고개를 끄덕였다. 그러는 그녀의 얼굴은 점점 핏기가 없어져 갔다. 다소 얼떨떨한 모양이었다. 지예는 지금 종태가 말한 것들을 다 이해하고 있었다. 그가 사고를 칠지 모른다는 말과, 어쩌면 뼁끼통엘 들어갈지도 모른다는 것도 무얼 의미하는지를 알고 있었다.

　종태는 분명히 건달임에 분명했다. 그가 평소에 하는 행동으로 봐서도 그녀는 충분히 알 수 있었다. 건달이란 모든 면에서 행동하는 것이 어딘지 모르게 틀린 게 있는 것이었다. 종태가 그랬었다. 다소 과감한 성격에서부터, 행동폭이 큰 걸 보더라도 지예는 대충 알 수 있었다.

　그런 그가 사고를 친다고 하니 그녀로서는 당황될 수밖에. 분명히 커다란 이권에 개입돼 있거나, 어떤 조직의 일원으로 커다란 싸움에 한 판 끼어드는 게 분명하다고 생각되었다. 그런 생각을 하자, 지예는 더 이상 그에게 물어볼 수가 없었다.

　그녀는 그를 사랑하고 있다고 생각하고 있었다. 그것도 대충이 아닌, 진실로 사랑하는 사람이었다. 그래서 그가 하는 일이 어떤 일이건 간에 반대할 이유도, 그렇다고 그에게 꼬치꼬치 캐물을 만한 건덕지 같은 것도 없었다. 그가 하는 대로 그저 따라가는 것이 사랑하는 여자가 취할 태도라고 생각했다. 그래서 그가 자신을 달리 생각해주는 것만으로 스스로 만족할 수밖에 없었다.

　"그럼 됐어. 난 내일 서울로 올라갈 테니까 지예는 여기 남아 있을 수 있어?"

　종태가 다시 확답을 얻기 위해 그 말을 던졌다.

　"언제 올 건데?"

무작정 기다린다는 것은 좀 그랬다. 그래서 지예는 그가 언제쯤 돌아올 것쯤은 알고 있어야 했다.

"그것도 몰라. 그게 언제가 될지……."

종태는 다시 담배를 꺼내 불을 붙였다. 대답하기 어려운 문제였다. 그렇다고 지예를 속일 수는 없는 일이었다. 어차피 시간이 지나고 나면 알게 될지도 모른다는 생각이 들었다.

"그런 게 어딨어? 왜 그러는 거야? 내가 싫어졌어?"

"아니. 그런 건 아니고…… 이번에 큰일을 저지르고 나면 혹시 감방 갈지도 몰라. 그래서 그러는 거지……."

종태는 할 수 없었다. 그렇게라도 말을 해두고 나니까 조금 속이 후련해졌다. 그 말을 들은 지예의 얼굴이 놀라는 눈치였다.

"남자란 가끔 일이 잘 안되면 들어갈 수도 있는 거야. 너무 신경 쓰지 마. 알았지?"

"왜 들어가? 무슨 잘못한 거 있어?"

지예는 아직도 이해하지 못하겠다는 듯이 캐물었다. 그녀의 얼굴엔 어떤 의혹의 빛이 역력하게 드러나 있었다.

"그런 게 있어. 그런 거 자꾸 묻지마. 나중에 다 얘기할 테니까. 그리고 참……."

종태는 갑자기 말을 끊었다.

"왜?"

지예는 그의 얼굴을 빤히 쳐다봤다. 종태는 갑자기 떠오른 생각을 정리하느라 바빴다. 지예에게 그 일을 맡긴다는 것도 괜찮은 일이라고 생각됐다. 그는 다시 한 번 생각했다가 천천히 말을 꺼냈다.

"이건 그냥 나 혼자 생각인데…… 너, 고아원 같은 거 맡아서 해볼래? 할 수 있겠어?"

"그건 왜? 웬, 갑자기 고아원이야? 그런 거 아무나 하는 건 줄 아나봐? 내가 어떻게 그런 걸 해? 왜 그래? 갑자기 고아원이 왜 튀어나와?"

지예는 불쑥 튀어나온 고아원 원장을 맡아보지 않겠느냐는 말에 놀라는 것이었다. 종태는 이왕 꺼낸 말이라서 끝까지 그녀를 설득해보고 싶은 생각이 들었다.

"유치원이나 고아원이나 마찬가지야. 오히려 고아원이 더 보람 있는 일이겠지. 고아원 알지?"

"응, 알아. 근데 내가 그런 걸 할 수 있을까? 너무 웃겨."

지예는 깔깔 웃어댔다.

"……."

종태는 그저 그녀를 쳐다보고만 있었다. 하긴 저렇게 어린 아가씨가 고아원을 맡아서 원장을 한다는 것도 무리일 것 같은 생각이 들었다. 그렇지만 시간이 촉박한 그로선 어떻게든 누군가에게 고아원을 맡기고서 감방엘 들어가야만 그나마 조금은 마음이 놓일 것 같았다.

이미 천사 고아원의 원장이 행방불명이 되었으므로 남편이 아니라면, 누군가 친척이 나서서 운영을 하고 있을 게 틀림없었다. 그래서 그는 그 고아원을 아예 사버려서 지예한테 맡기는 것이 좋을 것 같다는 생각이었다. 그러고 나면 한결 마음이 편할 것 같았다. 지예 같은 여자가 맡아서 한다면, 정부에서 보내주는 지원금이나 외부에서 들어오는 성금 따위에 서툴게 손을 대지 않을 것만 같았다.

고아원이라는 덴 그런 성금이나 지원금만으로도 충분히 운영될 수 있었다. 그러나 고아원 원장들이란 사람들이 오갈 데 없는 어린 아이들을 보살핀답시고 들어오는 각종 지원금이나 보조비를 개인이 사리사욕을 채우기에 바빴다. 그런 것만 없다면 고아원에 있는 아이들에게 먹을 것, 입힐 것 등을 제대로 해줄 수가 있는 것이었다.

"······."

지예는 웃고 있다가 종태의 심각한 얼굴을 쳐다보고는 웃음을 거두었다. 종태가 자신을 쳐다보고 있음을 알아차리고는 멋적게 웃었다.

"너도 태어나서 한 번쯤 좋은 일을 해야지. 그런 거 하는 게 좋은 일이야. 뭐가 어때서 그래? 젊다고 원장을 못 하나? 어린 아이들을 잘 돌보는 게 좋은 일이지. 안 그러냐?"

"왜 갑자기 그런 생각을 했어? 유치원도 아니고, 하필 고아원이야? 어디 그런 데가 있어?"

지예의 질문이었다. 그 말에 종태는 일순 당황스러웠다. 지예에게 천사 고아원이라는 말을 안 한 게 천만다행이라고 생각되었다.

"응, 그냥…… 전에부터 희자가 그런 생각을 했었어. 그래서 그걸 못해보고 갔으니…… 너한테 그런 걸 해보라고 말해보는 거야. 어디 그럴만한 데가 있는지 알아보려고. 네가 마음에 있다면 새로 건물을 지어서 고아원을 만들어도 되고…… 어때? 네 생각이?"

종태는 집요하게 나왔다.

"으응, 종태 씨가 그러면 하고는 싶은데…… 나 가방끈이 짧아서…… 고등학교 중퇴거든. 그리고 나이가 어려서 그런 거 하면…… 좀 이상해서 그래. 그런 건 으레 나이가 많은 사람이 하는 걸로 알아. 근데 될까?"

지예는 망설이는 눈치였다. 종태는 지예의 그런 마음을 놓치지 않았다. 그는 얼른 말을 했다.

"난 이번에 사고를 치게 되면 분명히 교도소로 들어갈 거야. 감방엘 들어가게 되면…… 들어가기 전에 무슨 좋은 일이라도 한 가지 해놓고 들어가고 싶어서 그래. 그 일을 네가 맡아서 해줬으면 싶은데……."

종태의 목소리는 간절한 염원을 담고 있었다. 그녀에게 바라

334

는 자신의 생각이었다. 지예는 말이 없이 생각하는 듯했다. 종태는 그녀가 원장을 맡아 해준다면 더할 나위 없이 개운해질 것만 같았다. 그렇게 몰아가고 싶은 마음뿐이었다.

"빨리 결정해. 시간이 없어. 난 이번에 큰일을 치르고 들어가. 몇 년을 받게 될지도 모르고…… 나오게 되면 너한테 그만한 보답을 할 생각이야. 나를 사랑하지?"

"응."

지예는 고개를 끄덕였다.

"그럼 나를 생각하고서 승낙해. 나를 믿는다면 말야. 내가 들어가고 나면 넌 어디로 갈 거야? 서울 집으로? 아니면 그때까지도 커피숍 같은 델 다닐 순 없잖아? 안 그래?"

종태는 좀 더 설득적으로 나갔다. 그녀가 알아듣기 좋도록 좀 더 구체적으로 앞일에 대한 말까지도 꺼냈다. 그녀에게 선택의 순간을 던진 셈이었다. 그러나 막상 자신은 곧 감방 안으로 들어가야 한다는 것이 마음에 걸렸다.

"그래. 난 당신을 사랑해. 그런데 왜 감옥엘 들어가? 안 들어가면 안 돼? 그냥 여기서 살면 안 돼?"

"안 돼. 그건. 난 어차피 한 번은 들어갔다 나와야 될 몸이야. 그런 건 묻지 말고. 내가 하는 일이니까. 알았냐?"

종태는 다시 한 번 그녀에게 못을 박았다.

"알았어……."

그녀는 더 이상 말을 하지 않았다. 잠시 어색한 시간이 흘렀다. 그녀의 손을 잡고 있는 그로선 마음이 착잡해졌다. 그냥 이대로 눌러있다는 것도 그랬고, 막상 그런 결행을 한다는 것도 그리 쉬운 일은 아닐 것이다. 그러나 그의 마음속에는 점점 더 강항 확신 같은 게 다가오고 있음을 알 수 있었다. 그건 곧 양양을 떠나야 한다는 것이었다.

그리고 다시 양양을 찾게 될 때를 생각해 보았다. 어쩌면 까마득한 세월이 흐른 뒤에서야 찾을 수 있을지도 모르는 일이었다. 그는 희자를 생각했다. 뼛가루가 되어 옷장 속의 유골함 속에 갇혀 있을 그녀를 생각하면 절로 마음이 저려왔다. 그러나 어찌할 것인가. 이미 그는 마음이 굳어져 있었다.

지예의 손이 다가왔다. 그의 뿌리를 거머쥐고는 가볍게 흔들어댔다. 그녀의 손이 닿자, 그때까지 잠들어 있던 그것은 점점 되살아나고 있었다. 그녀는 일으켜 세운 상태에서 거칠게 움직여댔다.

"……"

종태는 그녀의 입에서 어떠한 대답이 튀어나오기를 기다리고 있었다. 종태의 뿌리를 거머쥔 것으로 봐선 곧 선선히 대답이 튀어나와 줄 것만 같았다. 지예는 종태의 가슴 위에다 얼굴을 눕히고는 한 손으로 뿌리를 갖고 놀았다. 이미 팽팽하게 솟아오른 그것은 지예의 손아귀에서 더욱 단단해지고 있었다.

"알았어요. 시키는 대로 할께."

지예는 그러면서 종태의 뿌리에다 입을 갖다 댔다. 그녀는 미친 듯이 핥아대기 시작했다. 그녀의 입안에서 뿌리는 완전한 힘을 발휘하고 있었다. 딱딱해진 그것은 그녀의 혀끝이 닿자, 더욱 용맹스럽게 일어났다. 마치 불뚝거리며 일어서는 것처럼 힘줄이 툭툭 튀어 올랐다.

"……."

종태는 가까스로 참고 있는 중이었다. 마치 폭포수처럼 쏟아 내 버리고 싶은 충동을 느꼈지만 그는 사정을 참을 수밖에 없었다. 그 대신 어금니를 꽉 깨물면서 그녀가 하는 짓을 내려다 보고 있었다. 그녀는 긴 머리카락을 쓸어 올리면서 얼굴을 들었다가 내려놓으면서 뿌리를 자극하고 있는 게 보였다.

그녀는 입술을 오므린 채로 그 속으로 뿌리를 집어넣었다가 빼내기를 거듭하고 있었다. 마치 섹스를 할 때의 기분과도 같은 짜릿함이 전해져왔다. 간간이 그녀의 이빨이 귀두 부분에 닿았을 때는 오금이 서늘할 정도로 싸아한 쾌감이 전신을 휘감았다. 그럴 때마다 그는 참을 수 없는 절정감을 느끼며 사타구니를 떨곤 했다.

"아!……."

종태는 자신도 모르게 그런 소리를 냈다.

"좋아?"

"응. 좋아."

종태의 목소리는 헐떡거리고 있었다. 그 말에 더욱 힘을 얻은 그녀는 더욱 거세게 나왔다. 뿌리 전체를 입 속에 넣었다가 빼냈다. 그녀의 불룩해진 입을 내려다보는 그는 흥분되지 않을 수 없었다.

"안 되겠어. 누워 봐."

그는 지예를 눕히고는 곧바로 위로 올라갔다. 이미 한계점에 도달해 있었으므로 삽입이 됨과 동시에 그는 격렬하게 움직였다. 연속적인 부딪침의 소리가 들려나왔다.

"아아, 좋아!…… 하아!……."

지예는 그를 와락 끌어안았다.

"아아……."

종태 역시 붙잡힐 수 없는 몸이었다. 그녀가 잡으려고 하면 할수록 그는 더욱 거세게 움직여야만 했다. 나중엔 그녀의 손이 등짝을 움켜잡고선 후들 떨어댔다. 이미 그녀는 쾌감의 극치점에서 흔들리고 있는 중이었다.

그건 종태 역시 마찬가지였다. 이미 그녀가 먼저 입으로 뿌리를 자극시킨 탓이었으므로 그녀의 꽃잎에 들어가는 즉시, 그는 오로지 참을 수 없는 절정감으로 치닫고 있었던 것이었다.

그는 더 이상 어떤 체위도 구사할 수 없었다. 이미 마음이 허물어진 상태였으므로 더 이상 버틴다는 건 무리였다. 그는 뿌리를 세게 들이박으면서 정액을 토해냈다.

"아!"

그는 외마디 소리를 질렀다. 그땐 지예도 역시 사파른 신음 소리를 내면서 부둥켜안았다. 그녀의 두 다리가 그의 다리를 옥죄면서 부들부들 떨어댔다. 그녀의 벌어진 입에서는 화끈거리는 단내가 물씬 풍겨나왔다.

"아아, 좋아. 좋아. 미치겠어."

"……."

종태는 마지막 남은 한 방울까지도 다 토해내 버릴 것처럼 계속 뿌리를 아래위로 움직여댔다. 이미 쏟아져 나온 정액 때문인지 뿌리는 다소 헐렁한 듯했다. 가파른 진흙탕 속을 쭈루루 미끄러져 내려가는 듯한 기분이었다. 그러나 질벽의 부드러움으로 인해 그는 마지막 쾌감까지도 고스란히 맛볼 수 있다는 것이 더 기분 좋았는지 모른다.

"……."

그들은 서로의 알몸을 부둥켜 안은 채로 가파른 숨을 몰아쉬었다. 짧았지만 격렬한 것만큼 그들은 휴식이 필요했다. 두 사람은 곧이어 서로의 입술을 찾아 입을 맞추었다. 그녀의 혀는 달콤했다. 그는 혀를 내밀어 그녀의 혓바닥을 잡아당길 듯이 강한 힘으로 빨아들이고 있었다. 그녀의 혀가 딸려 들어오지 않으려고 그랬지만 어쩔 수가 없었다. 종태의 혀와 엉킨 다음부터 그녀는 꼼짝도 할 수 없었다. 그가 이끄는 대로 이리저리 옮겨다니면서 줄기찬 싸움을 계속했다.

"아!"

종태는 감탄의 신음을 내지르면서 그녀를 꽈악 끌어안았다. 곧 으스러질 것처럼 끌어안은 그는 뿌리를 최대한 깊숙이 집어넣었다. 이미 시들기 시작한 뿌리였지만 그렇게 함으로써 좀 더 깊숙이 들어갈 수 있었다. 그들은 아래쪽과 위쪽이 완전히 결합된 한 몸이었다.

"아아, 미치겠어."

그녀는 안간힘을 쓰며 버둥거렸다. 아직도 여운이 남아 있는 듯한 몸부림이었다. 종태는 그녀를 더욱 세게 끌어안아 주었다. 그러고서도 그녀가 잠자코 있질 못하자, 그는 다시 포옹을 풀고는 입을 밑쪽에다 갖다 댔다.

그녀가 몸부림을 치는 동안, 그는 다시 밑을 애무하기 시작했다. 혀끝을 뾰족하게 내밀어 주름진 곳을 샅샅이 누볐다. 혀끝에 묻어나온 물기가 윤활유 역할을 했다. 그녀의 아래쪽에서는 남자를 더욱 애타게 만드는 체취가 흘러나오고 있었다. 그 내음은 오직 그곳에서만이 낼 수 있는 그런 향기였다.

"아……."

그녀는 미칠 것만 같았다. 팔다리를 비틀며 몸부림을 쳤지만 아무런 소용이 없었다. 그의 혀가 움직이는 대로 그녀는 꿈틀거렸다. 그의 혀는 자신의 꽃잎을 어루만지다가 훌쩍 도망갔다가 다시 쳐들어오는 것처럼 안달 나게 만들었다. 그녀는 마른 침을 삼키며 자꾸만 그를 잡아당기려고 그랬다.

그러나 그는 어쩔 수가 없었다. 이미 한번 사정을 한 상태였으므로 다시 일어서기란 어려운 일이었다. 그녀의 몸부림은 점점 거칠어져 갔다. 그는 할 수 없이 혀와 손가락을 번갈아가며 집중적으로 공략해 들어갔다. 그녀의 꽃잎 속으로 손가락을 밀어넣은 상태에서 혀끝을 동그랗게 말아서 클리토리스를 살살 문질러댔다.

"아아, 죽겠어. 미치겠어."

그녀는 다시 몸을 비틀었다. 간신히 그 말을 내뱉은 그녀는 혼곤한 듯이 눈을 뜨고는 초점 없는 눈빛으로 그를 쳐다보았다. 여자의 그런 눈빛은 마치 꿈을 꾸는 듯했다. 어디에랄 것도 없이 초점이 맞지 않은 눈동자는 마악 잠에서 갓 깨어난 것 같았다.

"……."

그는 다시 입술을 갖다 대서는 사타구니의 양쪽을 넓게 핥아 나갔다. 그러면서 점점 안쪽으로 모아들었다. 결국은 다시 꽃잎으로 좁혀진 그의 혀는 마치 뱀의 혀처럼 날름거리며 음순을 건드렸다. 얇은 음순의 꽃잎이 이리저리 움직이며 애타하는 듯했다.

그는 다시 혀끝을 동그랗게 내밀어 아래쪽에서부터 위쪽으로 핥으면서 올라갔다가 다시 내려왔다. 그러면서 가장 예민한 음핵을 톡 건드리고는 다시 내려왔다. 그때, 지예는 두 다리를 달달 떨어대면서 알아듣지 못할 말로 마구 웅얼거렸다.

그는 끝도 없었다. 멀어진 듯했다가 다시 가까워지고, 다시 멀어졌다간 순식간에 다가와서는 꽃잎을 마구 짓이겼다. 그녀는 미칠 것만 같았다. 다리를 활짝 벌렸는데도 아직 덜 벌린 것처럼 안타까운 마음이었다. 그녀는 다리를 최대한 벌린 채로 그를 안으로 끌어들이려고 애썼다.

그는 꿈쩍도 하지 않았다.

입으로는 밑을 공략하면서, 두 손으로는 그녀의 젖가슴을 만졌다. 돌기 주위를 빙빙 돌던 손바닥이 점점 안으로 모아지면서 돌기를 어루만졌을 때는 더 이상 참을 수 없도록 간절하기만 했다. 그녀는 절정감으로 치솟아 오르면서 새끼 짐승마냥 잉잉거렸다.

"아아…… 우……."

그녀는 깊은 한숨을 토해내며 아랫도리를 움직여댔다. 마치 남자가 위에 있기라도 한 것처럼 그녀는 힙을 들었다가 내려놓았다. 그의 얼굴이 닿았다가 떨어졌다. 그러는 와중에서 그의 혀는 점점 더 자극을 가해왔다. 그녀는 몸부림을 치면서 그를 끌어안았다.

"아! 미치겠어! 죽겠어! 그만 해!"

그녀는 발작적으로 그런 말을 토해냈다. 곧 그는 하던 동작을 멈췄다. 그의 입술은 그녀가 흘린 분비액으로 흥건히 젖어 있었다. 그는 그것을 핥아냈다. 찝찌름한 내음이 맡아졌다. 그건 기분 좋은 내음이었고, 달콤하기까지 했다.

"……."

그녀는 이제 더 이상 움직일 수가 없었다. 축 늘어진 그녀의 다리는 미동도 하지 않았다. 그는 일어나 욕실로 걸어갔다. 얼굴에 온통 묻어 있는 분비물이 마르면서 끈적거렸다.

그는 아침 식사를 하고 나서 곧바로 양양 읍내로 나갔다. 고아원엘 들러서 동정을 알아보았다. 그가 짐작했던 대로였다. 원장이 없는 고아원은 그야말로 일손을 놓아버린 부도난 회사 같은 기분이 들었다.

"어쩌죠? 선생님. 아무런 소식조차 없으니…… 경찰이 다녀갔지만 도무지 알 수가 없대요."

사무원인 미스 송이 울상을 지으며 말해왔다. 사무실에는 원장의 남편인 듯한 육십에 가까운 남자가 앉아 있었다. 미스 송은 그가 들으라는 듯이 애처롭게 말을 건네왔다.

"글쎄요…… 그건 그렇네요. 나도 까맣게 몰랐는데. 언제부터 안 나왔죠?"

종태는 마치 수사관이나 되는 것처럼 물었다. 옆에 앉았던

343

육십이 가까운 남자가 종태를 힐끗 쳐다봤다.

"아 참, 인사하세요. 이 분이 우리 원장님 남편되시는 분이세요. 그리고 이 분은 우리 고아원을 도와주시는 차종태라는 선생님이시구요."

미스 송의 말에 종태는 일어나 그에게 인사를 건넸다.

"아, 안녕하십니까. 첨 뵙겠습니다. 차종태라고 합니다."

그 남자 역시 엉거주춤 의자에서 일어나 종태 곁으로 다가오면서 손을 내밀었다.

"그래요. 전부터 이야긴 많이 들었습니다."

육십에 가까운 원장의 남편은 손이 거칠었다. 종태가 악수를 하면서 잡아본 손은 마치 뱃사람이라고 할 정도로 손마디가 굵었다. 그들은 곧 악수를 했던 손을 풀고선 도로 자리에 앉았다.

"걱정이 많으시겠습니다. 연락조차 없으니……."

종태의 말에 그 남자는 썼던 모자를 벗어들어 책상 위에 올려놓았다.

"글쎄 말이우. 벌써 나간 지가 얼만데…… 죽었는지 살았는지조차 연락이 없으니 원…… 고아원은 어쩌려고…… 내가 매일 나오는데 뭐가 뭔지 알 수가 있어야지. 이것도 사업이라고, 하던 놈이 해야지 원……."

그는 불만을 털어놓고 있었다. 옆에 서 있던 미스 송이 그 남자 몰래 눈을 찡그리면서 입술을 삐죽 내밀었다가 닫았다.

344

“그렇겠네요 뭐. 이런 건 아무나 하는 게 아닌 걸로 아는데…… 원장님이 참 잘하셨는데요.”

종태는 다소 서운한 듯이 말을 꺼냈다.

“그러니까 딴 걸 하자고 그랬더니, 그 사람이 박박 우겨서…… 결국은…… 하 참, 내…… 술을 먹었나. 차를 몰고 다니는 것도…… 내가 처음엔 너무 자주 술을 마시지 말라고 하면서 차는 무슨 놈의 차냐고 말렸는데…… 가끔 술을 처마시고 들어오는 통에 싸움도 몇 번 했어요. 무슨 여자가 그래, 술을 마시고 운전을 한답니까? 안 그래요?”

“……?”

종태는 그 남자를 쳐다보았다. 종태에게 하소연이라도 하듯 불만을 털어놓는 것이었다. 종태는 듣고 있기가 멋쩍어서 그냥 빙긋이 웃어주었을 뿐이었다. 그 남자는 호주머니에서 담배를 꺼내 피우면서 다시 말을 꺼냈다.

“아마 음주 운전을 했을 게 뻔해요. 그러다가 어디 낭떠러지 같은 데서 굴렀거나…… 저수지 같은 데 빠지면 혼자선 못 빠져나오지. 아, 그럼 누가 알아요? 흔적도 없을 낀데.”

“……?”

종태는 깜짝 놀랐다. 입 밖으로 신음소리가 튀어나올 뻔했다. 어떻게 자신이 한 행동을 아는 것처럼 말을 하고 있는 것이 내심 놀라울 뿐이었다. 종태는 속으로 낮은 신음소리를 냈다.

"사람이란 다 지 복이 있는 거지요. 복이 없으면 어쩔 수가 없는 기라요. 맨날 술을 마시고 돌아 댕기니 어떤 놈이 채가지 않겠소?"

그 남자는 혼자 분에 겨워 뇌까리다가 종태에게 눈길을 던지고 있었다.

"……."

종태는 가만히 있었다. 어떤 말을 해야 할지 몰랐다. 괜히 쓸데없는 말을 해서 그를 부추긴다거나, 괜한 오해 같은 걸 사고 싶진 않았다.

"내 참…… 이런 경우가 있나. 경찰은 아예 꿩 구워먹은 식이고…… 어떻게 찾을 방법이 있어야지. 이런!"

그 남자는 혼자 화가 나는지 다시 새 담배를 꺼내 불을 붙이고는 벅벅 빨아댔다. 성미가 꽤 급한 것 같았다. 종태는 이때다 싶었다. 무슨 말이든 꺼내야 할 때라는 생각이 들었다.

"저어……."

"……?"

종태의 말에 그 남자는 담배 연기를 내뿜다 말고 쳐다봤다.

"원장님이 계셨으면 좋겠는데…… 이런 말씀 드려도 될런지 모르겠습니다만…… 이 고아원을 어떻게 하실 생각이신지…… 혹시…… 어른의 생각이 있으신지……요."

종태는 조심스럽게 말을 꺼냈다.

346

"······?"

종태의 말에 그 남자는 무슨 말인가 싶어 잠시 쳐다보기만 했다. 종태는 다시 말을 덧붙였다.

"혹시 고아원을 어떻게 하실 생각이 있으신지······?"

"고아원을요?"

그가 물어왔다.

"네, 전에도 원장님께 여쭤보려고 그러다가 말았는데······요. 그런 생각이 있으시다면 저한테······ 이런 말씀 드려도 될런지 모르겠습니다만. 저도 이왕이면 이런 고아원을 한 번 해보고 싶은 생각이 들어서요."

종태는 정중하게 말을 했다.

"아! 그래요? 그럼 잘됐네 뭐. 그 여편네가 돈이 없나, 뭐가 없나 괜히 이런 거 한답시고 싸돌아다니는 게 눈꼴 시려워서. 내가 가만히 놀고 있으니까 백수인 줄 알고서 막 대하는데, 잘 됐구려. 벌써 여러 날이 지났는데도 소식조차 없으니······ 나중에 연락이 되더라도 할 말이 있겠소? 그래, 할 생각이 있소?"

그 남자는 눈짓으로 바닥을 가리키면서 물어왔다.

"네, 저도 한 번 해보고 싶습니다만. 어른의 생각이 어떠신지?"

"그야 뭐. 이것도 실은 내 명의로 돼 있어요. 마누라가 원장이지만. 하여튼 뭐가 문제가 되겠소? 안 그래요? 근데 돈은 좀 들 텐데? 작은 액수가 아니오. 젊은 분이 그만한 여력이 있을까?"

그 남자는 그렇게 말하고선 미스 송을 쳐다봤다. 그리고는 이내 눈을 껌벅이며 눈짓을 보내오는 것이었다.

"자, 나가서 차나 한 잔 합시다. 차 갖고 오셨소?"

"네. 밖엔 있습니다."

"그럼 나가요. 여긴 더우니까 나가서 얘기나 합시다."

그 남자가 먼저 일어섰다. 종태는 그 뒤를 따라 나오면서 미스 송을 힐끗 쳐다보았다. 미스 송은 그 남자의 등 뒤에다 대고 입을 삐죽여보이고는 이내 종태를 쳐다보며 활짝 웃었다.

"……."

종태도 미스 송을 바라보며 눈짓을 해주고는 웃어주었다.

그들은 곧 고아원 마당을 빠져나와 읍내 다방으로 차를 몰았다. 옆자리에 앉은 그 남자는 아예 임자를 만난 것처럼 기분 좋은 자세로 터억 앉아서는 입가에 흐뭇한 미소를 달고 있었다.

다방 안에 들어가서 앉자, 그 남자는 얼른 몸을 앞으로 숙이며 말을 걸어왔다.

"아까 말한 거 다시 한 번 말해봐요. 어떻게 했으면 좋겠소?"

그 남자는 본격적으로 흥정을 걸고 나왔다. 급한 듯이 담배를 꺼내놓고선 한 개비를 꺼내 물었다. 종태가 얼른 라이터를 켜서 들이밀었다. 그는 불을 붙이고는 기분 좋게 한 모금을 내뱉고서는 다시 몸을 앞으로 숙였다.

"아까는 미스 송이 있어서 그랬는데…… 어떻게 하면 좋겠소?"

"그야…… 어른께서 먼저 말씀하셔야죠. 좋은 조건이면 좋겠는데요. 당장에 급한 건 아니지만…… 하여튼 마음에 있었던 건 사실입니다."

"하하, 그래요. 거, 보기보단 꽤나 짭짤합디다. 우리 마누라가 돈을 흥청망청 쓰고 다니는 걸 보면 알 수 있어요. 내가 여러 군데에다 땅도 좀 사둔 게 있는데. 그거 다 고아원에서 나오는 돈 가지고 산 거요. 고아원이라고 하면 다들 자선사업가로 알고 있지만, 안 그래요. 요즘 세상에 돈 처발라서 오갈 데 없는 애들 거둬 먹인다고 누가 알아줍니까? 하하. 젊은 사람이 세상 보는 눈이 있는 거 같소."

그 남자는 종태의 안목을 높이 사는 것처럼 추켜세웠다.

"뭘요. 그냥 한 번 해보고 싶은 것뿐이죠. 아직 나이도 어리고…… 경험이 없습니다. 좋은 일이라는 건 아는데, 막상 할 수 있을지 모르겠습니다."

종태의 겸손에 그 남자는 껄껄 웃으며 말했다.

"뭐, 어린애들 데리고 있는 게 뭐가 힘듭니까? 안 그렇소? 밥 때가 되면 밥 먹여주고, 잠잘 때 되면 잠 재워주는 거밖에 뭐 있소? 그러고, 도에서나 군에서 내려주는 지원금이나 받아

349

서 챙기면 되는 거지. 그라고 있잖소······."

그 남자는 몸을 앞으로 깊숙이 숙이며 낮은 목소리를 냈다. 은밀한 말을 하기 위한 자세였다.

"······?"

종태는 그가 무슨 말을 하려는지 몰라 얼굴 한쪽을 그에게 가까이 갖다 댔다. 그는 귓속말을 하듯이 낮은 목소리를 내면서 은근히 다가왔다.

"거, 외부에서 들어오는 돈이 수월찮습디다. 고아원을 도와주는 사람들 있죠? 그 사람들이 보내주는 돈만 해도 만만치 않아요. 이거 맡으면 당신은 돈방석에 앉아요. 그러니까 아무 말 말고 얼른 맡으쇼. 난 그 여편네하고 돈 때문에 맨날 싸움질이나 하니까. 그 여자 노랭이야. 내가 땅 사둔 것도 그 여자가 다 공동명의로 해놨어. 내가 꼼짝 못하지. 다행히 고아원은 내 앞으로 명의가 돼 있지만서도."

그러면서 그 남자는 히죽 웃었다.

"얼마나 들어옵니까?"

종태는 구체적인 액수를 알고 싶었다. 그 남자는 다시 얼굴을 숙이고는 손가락을 펴 보였다.

"이거."

그 남자는 엄지손가락 하나를 세워보였다. 종태가 얼마냐는 듯이 쳐다보자, 그는 웃음을 흘리면서 은근하게 말을 해왔다.

"한 달에 천 정도. 그만하면 됐죠?"

그 남자는 꽤나 만족한 듯이 말을 했다. 종태는 입이 벌어졌다. 그만한 액수가 들어온다는 게 믿겨지지가 않았다.

"그 정도나 돼요? 원장님은 맨날 쩔쩔매는 것처럼 말을 했는데……."

"아아, 그건 순전히 그 여편네의 엄살이지. 그걸 믿어요? 누가 고아원해서 땅 사고, 집 사고 할 줄 알겠어? 돈이 들어오니까 땅 사고, 집도 사는 거지. 안 그래? 내 말 믿으라니까."

그 남자는 조금이라도 빨리 고아원을 처분하고 싶은 마음인 것 같았다. 종태는 이때다 싶은 생각이 들었다.

"그럼, 얼마나 받을 것 같습니까? 선생님 생각은?"

그 말을 해놓고 종태는 숨을 깊이 들이마셨다가 내뱉었다. 그 남자의 입술만 바라보고 있었다.

"나야, 얼른 처분해서…… 이젠 여기 양양도 따분해졌고…… 마누라도 없어졌는데, 있을 필요가 없지 않수? 그 여자랑 나랑은 정식 부부도 아니고…… 나이는 처먹어 가지고…… 색은 또 얼마나 밝히는지 몰라. 이거 참…… 내가 할 말 못할 말 다 하고 있네. 하여튼 그 여잔 한 남자로 만족할 여편네가 아냐. 내가 떠야지. 잘 됐지 뭘 그래."

"……?"

종태는 다소 놀란 눈으로 그를 쳐다보았다.

"아, 겁낼 건 없고. 지금 나가서 등기소에 가서 떼어보면 내 명의로 나와 있는 거 볼 수 있으니깐. 복덕방에다 등기부등본을 떼어달라고 해서 확인해보면 알 수 있는 거니까. 그건 그렇고…… 얼마를 받아야 한다……."

그 남자는 망설이는 듯했다. 그러면서 종태를 빤히 쳐다보다가 불쑥 말을 꺼냈다.

"13억이면 어떻겠수? 땅도 한 천 평이나 되고. 변두리지만 땅값도 많이 올랐어. 그 정도는 받아야 될 거 같은데?"

"13억이요?"

"그럼, 그 정도는 받아야제. 안 되겠어?"

그 남자는 담배를 꺼내 물며 이쪽의 눈치를 살폈다. 그 남자가 생각해도 조금은 세게 부른 값 같기도 하고, 어쩌면 깔고 앉아 있는 땅덩어리가 천 평이나 되었으므로 조금 약하게 부른 게 아닌가 하는 표정 같아 보였다. 막상 자신이 금액을 불러놓고도 정확한 액수를 몰라 허둥대는 것만 같았다.

"좋습니다. 그럼 딱 1억만 깎죠. 어떻습니까?"

종태는 그만한 액수로 쇼부를 치고 싶었다. 더 이상 망설일 필요 없이 남자답게 제시한 금액이었다.

"1억이라……흠."

그는 다시 종태의 얼굴을 쳐다봤다. 서서히 얼굴이 풀어지면서 희색이 돋아나는 듯했다.

"좋소. 그럼 당장 계약서 쓰러 갑시다. 잔금은 좀 빨리 줬으면 싶은데. 여기 양양 경찰서에서 내 뒷조사를 하고 있는 것 같은데. 난 죄가 없으니 별로 걸릴 건 없소. 하루라도 빨리 여기 양양을 뜨고 싶소. 잔금은 언제까지 될 수 있겠소?"

이번엔 그 남자가 더 조급해했다.

"그럼, 더 빨리 하는 조건으로 한 오 천 만원만 빼줄 수 있겠습니까? 그러면 최대한 빨리 돈을 빼서 드리도록 하죠. 저도 좀 사정이 그러니까……."

종태는 좀 깎아도 되겠다는 생각이 들었다. 이 남자는 벌써 양양을 뜨기로 마음먹은 것 같아서 한 번 해본 소리였다. 급하기는 급했던 모양인지, 그 남자는 생각할 것도 없이 말을 던져왔다.

"좋소. 그럼 보름 후에 잔금을 치를 수 있겠소? 그러면 오천을 깎아드리리다."

그 남자의 흔쾌한 제의가 뒤따랐다.

"좋습니다. 그럼 보름 후에 잔금을 치르는 것으로 하고. 오늘은 얼마를 걸면 되겠습니까?"

종태는 계약금을 미리 걸어 놀 셈이었다. 그래야만 완전한 계약이 성립될 것만 같았다.

"한 1억쯤이면 되겠습니다. 될 수 있겠습니까?"

"좋습니다. 그럼 복덕방으로 가서 얘기하죠. 이왕 쇠뿔은 단

353

김에 **빼랬다고. 나가시죠.**"

그들은 곧 커피를 마시고는 밖으로 나왔다. 읍내의 수협으로 가서 그 남자를 차에 기다리라고 해놓고선 종태는 돈을 찾아 나왔다. 그들은 곧 복덕방으로 가서 간단한 계약서를 작성하고 는 계약금으로 1억 원을 지불했다. 미리 계약금을 지불하기 전 에 복덕방에선 등기소로 달려가서 등기부등본을 떼어갖고 와 서 확인을 한 다음에 계약금을 지불했다.

잔금은 보름 후에 갚는 것으로 명시를 해두었다. 이로써 모 든 절차가 끝이 났다. 종태는 그 남자와 밖으로 나와서 다시 커 피숍으로 들어갔다. 그 남자가 아는 대로 고아원을 운영하는 데에 필요한 조언을 듣고는 헤어졌다.

사실 그 남자의 말이라는 것도 별로 들을만한 게 없었다. 고 아원이라는 데가 뭐 그리 어려운 문제가 있을 것인가. 아이들 에게 최대한 신경을 써주고, 잘 먹이고, 잘 입히는 것만이 최고 일 수 있었다. 그 남자가 말한 외부의 돈을 끌어들이는 것에는 별로 관심이 없었다. 돈을 목적으로 하는 것이 아니었으므로 종태는 별로 기대할 바가 못 되었다.

오로지 그가 하고 싶었던 일이었고, 희자가 하고 싶었던 일 이었을 뿐이었다. 그래서 지예한테 고아원을 맡겨서 운영하게 하는 것이 그가 할 수 있는 일이라고 생각되었다.

그러면 그 자신도 마음 놓고 감방 안으로 들어갈 수가 있었다. 그는 곧 차를 몰아 양로원으로 갔다. 황 노인을 찾았다. 황 노인을 만난 자리에서 그는 바로 방금 전에 천사 고아원을 인수했노라는 말을 건넸다.

"응, 그래? 고아원을? 그럼 자네가 할 건가?"

황 노인은 놀란 듯이 물었다.

"아닙니다. 저랑 같이 동거하고 있는 여자한테 맡기고 갈 겁니다. 황 어른께서 자주 들러보시고 도와주셨으면 해서요. 전 보름 후에나 잔금을 치르고 나서 들어갈 겁니다."

"……."

황 노인은 말이 없었다. 그저 묵묵히 듣고만 있을 뿐이었다. 황 노인이 벤치로 가서 앉았다. 종태는 그를 따라 벤치로 가서 앉으면서 말을 꺼냈다.

"저도 좋은 일에 돈을 한 번 써보고 싶었습니다. 이건 희자가 살았을 때에도 원했던 일이구요. 그래서 현재 저와 같이 있는 여자에게 그런 말을 했습니다. 내가 나올 때까지 네가 맡아서 고아원을 운영하고 있으라고요. 이런 일은 아무래도 나이가 좀 어리긴 하지만…… 황 어른께서 옆에서 좀 돌봐주시면 될 것 같아서……."

종태는 말을 흐렸다.

"그러세. 나도 양로원에 있으니까. 가끔 한 번씩 들러보겠네. 자네가 그런 일에 신경을 쓰고 있다고 하니까 나도 마음이 숙

연해지네. 아무튼 좋은 일이 아닌가. 뒤처리를 걱정 말게나. 몸 조심하고 있다가 나와서 같이 손을 잡지. 형님한텐 자네가 곧 뺑끼통 안으로 들어갈 거라고 말해뒀네."

"고맙습니다."

"그런데 돈은 있나? 그만한 돈이?"

"네, 충분히 있습니다. 그건 걱정하지 마십시오."

"……."

황 노인은 종태를 물끄러미 쳐다보았다.

"그럼 전 이만……."

종태는 벤치에서 일어나 깊숙이 고개를 숙여 인사를 하고는 차에 올랐다. 차가 떠날 때까지도 황 노인은 그 자리에 서서 종태를 지켜볼 뿐이었다. 종태는 황 노인을 바라보다가 눈시울이 축축해지는 걸 느끼면서 액셀러레이터를 밟기 시작했다.

차가 출발했을 때, 뒤쪽에서 조그마한 소리가 들려왔다.

"잘 가게나."

종태는 분명히 황 노인의 목소리라는 걸 알아들을 수 있었다. 차 엔진음에 가려져서 분명하게 들리진 않았다. 그는 곧 양로원을 빠져나와 수산포를 향해 달렸다.

그동안 종태는 마음의 정리를 끝내놓고 있었다. 자신이 감방 안으로 들어가게 되면 다시는 밖으로 나오지 못할지도 모른다는 불안감이 자꾸만 엄습해왔다. 그래서 그는 하루라도 좀 보람 있게 보내고 싶은 마음뿐이었다. 그동안 그는 지예를 데리고 동해안의 곳곳을 돌아다니며 바닷가의 구석구석을 다 익혀둔 셈이었다.

뻥끼통이란 그랬다. 사회와는 완전히 담을 쌓아 차단된 곳이었으므로 그 안에 들어가 있으면 모든 것이 그립기만 했다. 먹고 싶은 것, 입고 싶은 것, 가지고 싶은 것들이 너무 많았어도 가질 수가 없는 곳이 바로 그곳이었다. 오로지 맨몸뚱이 하나로 하루를 깔아뭉갤 수밖에 없는 곳이었다. 사회에서의 지위와 명예도 다 필요 없었고, 사회에서 어떻게 잘 나갔던 간에 일단 그곳엘 들어가게 되면 인생까지도 차압당하는 곳이었다.

그는 보름 안에 모든 걸 다 끝냈다. 고아원의 잔금을 치르는 것도 다 치른 셈이었다. 그리고 지예가 출근하는 것을 보고선 그는 곧 서울로 떠날 참이었다. 일단 서울로 가서 일을 저지를 셈이었다. 그것만이 그에게 남아 있는 유일한 일이랄 수 있었다.

'어떤 일을 터뜨려버려?'

그는 곰곰이 생각했다. 너무 큰일을 터뜨려서 요주의 인물로 수감되고 나면 자신의 계획을 실행에 옮기기가 어려울 것이었다. 뻥끼통 안에선 요주의 인물에 대해서 지독한 감시가 뒤따랐을 뿐 아니라, 온몸에 겹겹이 수갑과 혁수정을 차고서 24시간을 보내야 하기 때문에 그건 곤란했다. 손목에 두 겹의 수갑을 차고서, 그것도 모자라 다시 가죽으로 된 혁수정을 찬 상태에서는 아무 일도 할 수가 없었다.

그는 지예가 출근한 낮 시간을 이용해 바닷가를 혼자 거닐었다. 그러면서 그는 생각했다. 희자와의 애틋했던 시간들에 대해서 생각하다가 어느새 자신도 모르게 눈물이 솟구치는 걸 느꼈다. 하얀 갈매기가 바다 바로 위에서 놀고 있는 것도 그리움처럼 느껴지기도 했다. 막상 감방 안으로 들어간다고 생각하니 그립지 않은 게 하나도 없을 정도였다.

지예조차도 그랬다. 그동안 살과 살을 맞대면서 어느새 정이 들어버렸는지 살뜰한 정이 남아 있는 듯했다. 첫 날 출근을 해서 돌아온 지예는 천사 고아원의 원장을 맡은 것이 너무나도 감회가 깊은 듯, 종태에게 고맙다는 말을 수없이 건네곤 했다. 처음의 자신이 했던 생각보다 별로 어렵지 않은 것에 다소 흡족해하면서 출근해서 돌아온 첫날밤에 그들은 여느 날보다도 더 오랜 사랑을 나누었다.

지예는 행위를 하는 동안에도 수없이 그에게 고맙다는 말을 건네왔다.

"난 이제 잘할 수 있을 거예요. 걱정하지 마세요."

"그래, 그럼 됐어."

종태는 그 말로써 위로를 보내줬다. 그리고 그들은 깊은 섹스가 끝난 뒤에 포옹을 한 채로 잠이 들었다. 그리고 다시 그녀는 아침에 출근을 하고 나면 종태는 바닷가로 나가서 하루를 보내다가 집으로 돌아오곤 했다. 바닷가에서 보내는 하루의 시간이 짧을 정도였다.

희자와 가졌던 아름다운 추억들은 생각하면 할수록 더 깊은 추억 속으로 스며드는 안개와도 같은 것이었다. 그의 머릿속엔 그녀와 만나 엮었던 영등포 구치소 감방 안에서의 생활과 이곳 수산포로 와서 아련했던 순간들의 기억들이 그를 서글프게 하곤 했다. 사랑이라는 것이 그토록 몸살 나게 만들고, 그를 애절하게 만들었던 것이었다.

그는 마지막이 될지 모르는 이곳에서의 생활을 깊이 간직하기 위해 오래도록 바닷가를 서성거렸다. 해가 질 때까지 그는 바닷가를 거닐다가 지예의 퇴근 시간에 맞추어서 양양 읍내로 나갔다. 그리곤 그녀를 태워오는 것이었다. 그러고 나면 하루가 언제 지나갔는지도 몰랐다.

그는 이제 서서히 마음의 준비를 끝내야 할 때라고 생각했다. 희자와의 애틋했던 사랑도, 지예와의 끈끈한 정도 이젠 어느 정도 갈무리를 짓고서 혼자만의 결행으로 들어가야만 할 시간이 됐다고 생각했다.

다소 두려운 건 사실이었다. 그러나 피할 수 없는 막다른 골목 안으로 접어든 것처럼 그에게는 이제 또 다른 선택의 여지조차도 없는 듯했다. 그는 지예가 퇴근하기 전에 뒷마당에 숨겨놓았던 박격포와 포탄 박스를 꺼내 짚차의 뒷자리에다 실어놓았다. 그리고 그 위를 덮어 위장시켜 놓았다. 서울까지 가지고 갈 것이었다. 그는 안방으로 들어가 마지막으로 희자의 유골함을 꺼냈다.

'희자, 이제 간다. 누가 뭐래든 나는 내 할일을 해야만 할 것 같아서……내가 어떤 일을 하려는 줄 알고 있겠지? 나를 원망하지 말아. 어쩌면 너에게로 더 빨리 갈지도 몰라. 알았지?'

종태는 희자의 유골함을 열어 뼛가루를 만져보며 속으로 말을 건네고 있었다. 하얀 뼛가루가 흩어져 내리면서 소북이 쌓였다. 그는 오래도록 부드러운 뼛가루를 만지다가 다시 뚜껑을 덮고서는 옷장 깊숙이 넣어두었다.

그는 곧 차를 몰고 양양으로 떠났다. 고아원에 들러 지예를 태워 나올 수도 있었지만 그는 그렇게 하지 않았다. 어제도 그랬지만 그는 정문 밖에서 그녀를 기다렸다. 괜히 쓸데없이 안에까지 들어가 태우고나오는 것이 마음 내키지 않아서였다.

"언제 왔어?"

그녀가 차에 오르면서 묻는 말이었다.

"좀 전에. 오늘은 어땠어?"

종태는 기어를 넣으면서 물었다. 차는 골목길을 빠져나오면서 넓은 길로 나와서 달리고 있었다.

"응, 재밌어. 아이들이 얼마나 좋아하는지 몰라. 내가 같이 놀아주니까 애들이 좋아해. 그러니까 좀 피곤한 거 있지?"

"……."

종태는 묵묵히 듣고만 있었다.

"음식도 좀 좋게 먹이라고 그랬어. 돈은 아끼지 말고. 어때? 됐지?"

지예는 종태에게 일일이 보고라도 하듯이 종알거렸다.

"그래. 됐어. 넌 잘 할거야. 그렇게 하면 돼. 고아들이니까 걔들은 사랑이 부족할거야. 네가 엄마라고 생각하고 잘 돌봐 줘라. 그러면 나중에 애들이 커서 찾아올지도 모르지. 그게 보람 있는 일이겠지."

"……?"

지예는 종태를 쳐다봤다. 오늘따라 딴 사람 같이 말을 하는 것이 이상했다. 그녀는 종태의 오른손을 붙잡으면서 말했다.

"그런데…… 그런 말 하는 게 싫어. 마치 먼 데로 떠날 사람 같아서…… 꼭 남남인 것처럼 말하는 게 난 싫어."

"……."

지예의 말에 그는 아무런 대꾸도 하지 않았다. 차는 곧 산 속으로 접어들고 있었다. 지예가 늦게 퇴근해서인지 곧 어두워졌다. 그는 헤드라이트를 켜서 길을 밝혔다. 길가의 산 쪽에 서 있는 소나무들이 긴 그림자를 일렁이고 있었다. 곧 바다내음이 몰려올 것이었다.

산을 한 번 돌고 나면 곧 바다가 보일 것이었다. 지금은 밤이라서 보이진 않았지만 바다가 던져주는 풋풋한 내음이 콧속으로 스며드는 듯했다. 밤길이라선지 한가하기만 했다. 지예의 손이 다가와 그를 붙잡았다.

"우리, 여기서 섰다가 가."

"……."

그는 말없이 천천히 속력을 떨어뜨렸다. 그러나 서진 않았다.

"나, 당신하고 하고 싶어. 이런 데서."

"……."

종태는 그녀의 말에 대꾸하지 않았다. 이번엔 그녀가 핸들을 붙잡았다. 그러나 그는 핸들을 더욱 꽉 잡은 채 묵묵히 차를 몰았다.

"왜 그래?"

"……."

그제야 그는 차를 세웠다. 그리고는 담배를 꺼내 불을 붙였다.

"……."

지예는 그가 하는 것을 바라보고만 있었다. 오늘따라 이상하다고 느낀 그녀는 그가 하는 것을 지켜보고만 있었다. 종태는 몇 번 연기를 내뿜었다가 무거운 입을 열었다.

"나, 오늘 밤에 떠날려고."

"오늘? 왜?"

지예가 놀란 듯이 물었다.

"그냥. 더 있으면 안 될 거 같아서. 내가 나올 때까지 잘할 수 있겠지? 난 널 믿고서 고아원을 맡겼으니까……."

"……."

그 말을 들은 지예는 갑자기 마음이 무거워졌다. 그가 막상 오늘 밤 떠난다고 생각하니 절로 가슴이 아파왔다. 자신이 좀 더 고아원 일에 전념하는 걸 보고 나서 그가 떠날 줄로 생각하고 있던 그녀였다. 그런데 이렇게 빨리 떠난다고 생각하니 왠지 마음부터 어수선해졌다.

"……."

종태는 더 이상 할 말이 없었다. 더 길게 말해봤자 마음만 아플 뿐이라는 걸 그는 알고 있었다.

"그럼, 나 안아 줘. 한 번만."

지예가 그의 품으로 다가왔다.

"……."

그는 묵묵히 안고 있을 뿐이었다. 더 이상 그녀에게 어떠한 행동을 할 수가 없었다. 이미 마음은 서울 하늘로 날아가고 있는지도 몰랐다.

그는 끝내 그녀의 청을 들어주지 못했다.

간단하게 입을 맞추고는 그걸로 끝이었다. 그는 어떠한 말이라도 해줘야만 할 것 같았다.

"이제 난 갈 거니까 지예 네가 다 알아서 해라. 들어가면 내가 편지할게. 나한테 너무 얽매이지는 말고……."

"알았어요. 사랑해요."

그녀는 다시 한 번 그의 품속으로 뛰어들었다. 그러나 이미 그의 가슴은 차가울 뿐이었다. 그의 가슴에서 차가운 바람이 스며나오는 듯했다. 그는 그만큼 모질게 마음먹고 있었다.

그들은 곧 집으로 돌아오자마자, 종태가 먼저 서둘렀다. 지예는 그가 떠나는 길을 마중하기 위해 양양까지는 따라 나갔다가 돌아올 것이라고 말했지만 종태는 그걸 용납하지 않았다.

"됐어. 여기서 가는 게 좋아. 마지막으로 너한테 부탁하는 건……."

그는 말끝을 흘렸다. 지예가 빤히 쳐다보면서 그를 종용하고 있었다. 종태는 한 번 심호흡을 하고 나서는 말을 꺼냈다.

"언니 말야. 희자의 유골을 절대로 소홀히 다루지 말아. 난 그것만큼은 내가 돌아올 때까지 영원히 지키고 싶어. 알았나?"

"네, 알았어요. 언니는 제가 잘 알아서 모실게요. 그건 걱정하지 마세요."

지예는 다소 우울한 목소리로 말했다. 종태에게 깍듯하게 존

칭어를 쓰는 것도 그랬다. 헤어진다는 것이 못내 서운한 건 그녀뿐이 아니었다. 종태 역시 그랬다. 마음으로는 괴로운 일이었다. 일부러 사서 고생을 하러 들어가는 기분이었다. 그는 이제 더 이상 지예한테 부탁할 말이 없을 것 같았다.

이제 모든 걱정거리를 털어버릴 수 있을 것만 같았다. 지예한테 고아원을 맡긴 건 잘한 일인 것 같았다. 그녀는 그걸로 충분히 살아갈 수 있을 것이다. 그는 그렇게 믿었다. 그녀에게 어떠한 대가를 해주고 간다는 것이 무엇보다 마음이 편했다.

"저녁 준비할게요."

"아냐. 됐어. 그냥 둬."

종태는 그녀가 움직이려는 걸 막았다. 지예는 곧 얼어붙은 듯이 그 자리에 섰다. 그리고는 울상을 지으면서 바라보고 있었다.

"왜에? 그럼 난 어떡해? 그냥 간단 말야?"

지예의 눈엔 금세 물기가 촉촉하게 내밴 것 같았다.

"됐어. 내 마음이 흔들릴까봐 그래. 네 마음은 알아. 저녁은 천천히 먹을게. 이따 가다가……."

종태는 더 이상 말을 잇지 못했다. 그쯤에서 중단하는 것이 나을 것 같았다. 그는 마음이 아팠다. 막상 헤어지려고 하니 그동안의 정이 물살처럼 감겨들었다. 그는 그 물살을 만류하면서 스스로 마음을 다잡아먹고 있었다.

365

"그럼 지금 갈 거야?"

"……."

종태는 대답 대신 고개를 끄덕였다. 지예가 더욱 놀란 눈으로 그를 쳐다보았다.

"준비할 것도 있는데?"

"됐어. 그냥 홀가분하게 가는 게 좋아. 챙길 것 없어. 내가 돌아올 때까지 그대로 둬."

"……."

지예는 이제 더 이상 말을 할 수 없었다. 그가 그렇게 나오는 데엔 어떠한 말도 필요 없을 것 같았다.

"돈은 통장에 든 것 빼서 쓰고…… 필요하면 나중에 얘기해. 난 필요 없을 거니까."

"……."

지예는 눈물이 푹 쏟아지려 했다. 더 이상 그의 말을 듣고 있을 수가 없었다. 그녀는 돌아서서 물기를 닦아냈다. 자신은 이때까지 이런 사랑을 받아본 적이 없었다. 모두가 자신의 몸매만을 훔치려 들었을 뿐이었다.

그런데 이 남자는 달랐다.

자신을 위해 그 값비싼 고아원을 사서 건네줬질 않나, 통장에도 얼마쯤의 돈을 넣어주곤 그걸 빼서 쓰라고 말을 하는 이 남자에겐 더 이상의 고마움은 없을 것만 같았다. 지예는 마음이 자려왔다. 이 남자를 붙잡으려고 하면 할수록 더욱 멀게만 느껴지는 남자였다.

종태는 그런 사내였다. 과거가 불분명하긴 했지만 그 과거를 씻어버리려고 이곳 수산포에까지 내려왔다가 희자를 잃어버리고 나서 방황하고 있는 게 분명했다. 지예는 혼자서 그런 생각을 했다. 그래서 지금 이 남자는 무언가를 하기 위해서 자신의 곁을 떠나야만 하는 필연적인 무엇이 있을 거라는 막연한 추측밖엔 들지 않았다.

"……."

종태는 담배를 꺼내 피웠다. 무언가 할 말이 남아 있을 것만 같았지만 얼른 생각이 떠오르지 않는 듯한 표정이었다. 그러다가 그가 일어섰다. 지예를 한 번 뚫어지게 쳐다보더니만 거실을 걸어나갔다.

"가요?"

지예는 놀라서 얼른 그의 뒤를 따라나갔다.

"……."

그는 아무런 말도 하지 않았다. 거실 밖으로 나가서 차에 오를 때까지도 그는 말이 없다가 차의 시동을 걸고서는 한 마디 말을 던졌다.

"사랑했어."

"……."

지예는 마당에 서서 울먹이고 있었다. 마음 같아서는 소리내어 울고 싶었지만 그럴 수 없는 실정이었다. 마음만 애탔을 뿐이었다. 그녀는 스커트 자락을 거머쥐고서는 그를 올려다보았다.

"사랑해. 그동안 너무 고마웠어. 난 내 일을 찾아 가야 돼. 몇 년이 지나더라도 난 꼭 올 거야. 그때까지 잘 있어."

"언제 와?"

그녀는 울먹이면서 물었다.

"그건 몰라. 나중에 내가 돈이 필요 없을 때, 지예를 한 번 부를게. 알았지?"

"……."

지예는 고개를 끄덕였다. 그러나 종태가 말한 나중이라는 말의 의미를 알지 못했다. 그건 혹시 일이 잘못돼서 형장의 이슬로 사라질 수 있을지도 모른다는 암시나 마찬가지였다. 그때가 되면 자연히 돈이 필요 없게 된다는 뜻이었다.

"간다."

그러면서 그는 브레이크를 밟았던 발을 떼어놓으면서 엑셀러레이터를 지그시 밟았다. 차의 앞머리가 마당을 한 바퀴 돌면서 마당을 빠져나갈 때쯤, 그녀는 퍼뜩 정신이 들었다.

"잠깐만!"

"……?"

종태는 다시 브레이크를 눌러 밟았다. 지예가 황급히 안으로 들어가는 것을 보면서 그 자리에 서 있었다. 지예가 곧 나타났고, 그녀의 손엔 무엇인가가 들려져 있었다.

"이거 받아."

그녀가 뭔가를 불쑥 내밀었다.

"뭔데?"

종태는 얼결에 받긴 받았지만 무엇인지 알지 못했다. 지예는 슬픈 눈빛으로 말했다.

"내가 종태 씨한테 줄려고 준비한 건데. 깜박 잊었어. 내 마음이야. 종태 씨가 자꾸 그러니까 나도 헷갈려."

그러면서 지예는 울상을 지었다. 눈가에 눈물이 맺혀 있는 게 보였다. 불빛을 받은 눈가의 물기는 마치 유리조각처럼 빛이 났다.

"고마워. 갈게."

종태는 다시 밟았던 브레이크를 떼면서 차를 출발시켰다. 차는 곧 마당을 벗어나 길로 나섰다. 종태가 한 번 돌아봤을 때, 지예는 그 자리에 못 박힌 듯 서 있는 게 보였다.

'잘 있어. 언제고 돌아올 거야. 어쩌면 못 돌아올지도 모르고'

종태는 곧바로 가속 페달을 밟았다. 차는 쏜살같이 앞으로 나아가고 있었다. 바다 위에는 서치라이트 불빛이 이리저리 움직이고 있는 게 보였다. 그는 그 바다를 바라보면서 달렸다. 한 손으로 운전대를 잡고 있으면서 한 손으로는 담배를 꺼내 피웠다.

바다 쪽에서 불어오는 시원한 바람이 얼굴에 와 닿았다. 그는 곧 양양을 벗어나 한계령으로 들어서기 시작했다. 이젠 그의 머릿속엔 수산포라는 곳의 지명이 아득하게 멀어져갔다.